VW

EUROPA ERLESEN | HERAUSGEGEBEN VON LOJZE WIESER

EUROPA ERLESEN
AMSTERDAM

Herausgegeben
von
Carel ter Haar

Wieser *Verlag*

Wieser Verlag
A-9020 Klagenfurt/Celovec, Ebentaler Straße 34b
Telefon: +43(0)46337036 Fax: +43(0)46337635
e-mail: office@wieser-verlag.com
Homepage: http://www.wieser-verlag.com
•
Der Verlag dankt den Inhabern der Rechte für die Genehmigung zum Abdruck der Texte. Für einige Texte waren die Inhaber der Rechte leider nicht zu ermitteln; Rechteinhaber dieser Texte werden gebeten, sich an den Verlag zu wenden.

Die Titel wurden zum Teil vom Herausgeber gewählt.

Lektorat: Franz Marenits
Gestaltung: Studio Bisart
ISBN 3 85129 294 4

Ante scriptum

Im Herbst 1997, als wir uns an die Herausgabe einer Reihe unter dem Titel EUROPA ERLESEN *wagten, schloß die einleitende Bemerkung mit den Worten: »Europa kennen, Europa erkennen, Europa erlesen«. In den kühnsten Träumen über die Möglichkeiten der Reihe hatten wir uns nicht vorzustellen gewagt, innerhalb von nicht einmal zwei Jahren zwei Dutzend dieser literarischen Kleinodien aufzulegen. Mit »Siebenbürgen« liegt nun der fünfundzwanzigste Band vor, und wir sind Kulturlandschaften auf die Spur gekommen, die im Inneren der Menschen und des Kontinentes schlummern, denen wir neues Leben einhauchen konnten. Wir haben einen Beitrag zur neuen Kartographie des einundzwanzigsten Jahrhunderts geliefert. Wir haben skizziert, wie Literatur ohne Grenzen auskommen kann, aber sehr genau die Begrenztheiten und Verengungen, die Gefühle und Wünsche, das Wollen und das Streben sowie das »Zu-sich-Stehen und dem Anderen Raum geben« zum Ausdruck gebracht. Wir haben einen Beitrag zu einer Literaturlandkarte Europas geleistet, indem wir uns auf kulturelle und menschliche Beziehungen besannen. Wir haben vergessenen Orten und Regionen ihre Literatur wiedergegeben, und wir haben bekannten Orten und Regionen ihr Gedächtnis wiedergebracht, weil wir ihnen Autorinnen und Autoren in Erinnerung riefen, die sie schon längst vergessen oder von deren Existenz sie nie erfahren hatten – hauptsächlich waren das solche aus dem europäischen Osten.*

Auf unserer »imaginären Reise durch die verschwundene Welt« haben wir aber auch zur Kenntnis nehmen müssen, daß diese – trotz der 25 Bände – im Grunde genommen noch gar nicht begonnen hat, daß wir am Anfang stehen und daß wir gerade nur einen Zipfel zur unbekannten Welt der menschlichen Seele gelüpft haben. Wir haben jedoch bereits eine Ahnung von dem bekommen, was sich darunter verbirgt und welch eruptive, melodische, feine Töne man wahrzunehmen vermag, dem Gesang der Sirenen gleich, leiht man ihnen sein Ohr.

Wir haben unterirdischen Flüssen gelauscht und vielleicht erstmals begriffen, daß sie, wenn auch nicht sichtbar, doch umso hörbarer, existenter sind, als räumliches Tabu das eine, als Sehnsuchtsort das andere Mal. Wir haben Karten geschaut und auf ihnen jene Orte der Sehnsucht gesucht; und je mehr wir den Kartographen folgten, desto mehr verirrten wir uns, kamen vom Weg ab und mußten von neuem beginnen, denn jene Wege zu den Gesängen der Sirenen und den Sehnsuchtsorten waren nicht verzeichnet. Je deutlicher der Weg, je dicker die Linie, desto sicherer tappen wir ins Ungewisse. Uns wird erschreckend klar, wie sehr es uns an einer Landkarte der Literatur mangelt.

»Reisen und lesen gehören zusammen«, schreibt uns dieser Tage ein begeisterter Leser. Wir sind aufgebrochen, einen weiteren kartographischen Beitrag zur literarischen Landkarte zu leisten, diesmal von Island über Lappland, Amsterdam und Barcelona nach Niederösterreich, besuchen mit der Photographin Lisl Ponger das verschwundene jüdische Wien und kommen in

Plovdiv an. Wir setzen die Themenbände mit dem Band »Die letzte Reise« fort und fügen ihnen eine zweite Abteilung hinzu, den »Literaturschauplatz«, und eröffnen diesen mit Jules Vernes Roman »Mathias Sandorf«, um auf der Suche nach verschwundenen und neuen Wegen von jemandem begleitet zu werden, der in der Erforschung unwegsamen Terrains Erfahrung hat und durch die Macht der Verhältnisse gezwungen war, Neues zu wagen.

Lojze Wieser
20. Juli 1999

Inhalt

FLIP DROSTE

(* 1928)

Das Wunder von Amsterdam

Amsterdam, die Stadt eines wundersamen Sakraments und dessen traurigen Leugnens, glückselige und unselige Stadt.

Die Geschichte des Wunders, das am fünfzehnten März (dem »Idus Martiae« hätten die Römer gesagt) im Jahre des Herrn 1345 geschah, wird Ihnen in etwa bekannt sein. An der Stelle, die man jetzt als Kalverstraat bezeichnet und die sich unweit vom Groot Begijnhof befindet, lag zu jener Zeit ein Mann in seinem Haus im Sterben, der von wohlmeinenden Nachbarinnen gepflegt wurde. Der Pfarrer der Oude Kerk spendete ihm den letzten Trost und legte ihm die heilige Hostie auf die Zunge, aber wenige Augenblicke später spuckte der Kranke alles wieder aus, auch die Hostie. Das Erbrochene wurde ins Feuer geworfen. Am nächsten Morgen, als die Frauen wieder ins Krankenzimmer kamen, sahen sie mitten im Feuer die unversehrte Hostie, die hell und weiß wie ein Stern leuchtete. Eine der Frauen holte sie aus dem Feuer, ohne sich zu verbrennen und kurze Zeit danach wurde sie in einer großen Prozession in die Oude Kerk zurückgebracht.

Seit jenem Tag ist die Prozession zu einem alljährlich wiederkehrenden Ereignis geworden. An der Kalverstraat, dort wo das Haus des sterbenden Mannes stand, ist die Kapelle der Heiligen Stede mit ihren herrlichen Eingangstüren erbaut worden, die so hoch emporragt, daß die drei stolzen Kirchenschiffe und die schlanke Turmspitze sich im Wasser der Amstel spiegeln.

Ich habe dreimal im »Stillen Umgang« durch die Stadt mitgehen und mit den Tausenden aus dem Wasserland unter dem herrlichen Säulenwald, der die Kirchenschiffe stützt, beten dürfen. Die Kapelle ist zu diesem Anlaß mit den Fahnen aller Zünfte, mit denen der Schützen, der Rhetorikerkammern und der zahlreichen Vereine, die diese schnell wachsende Handelsstadt kennt, geschmückt. Für den Kirchenschmuck und für die Feierlichkeiten in den Tagen nach der Prozession sorgen die Frauen der Sakramentsgilde der Heiligen Stede, eines Vereins, der auch schon seit fast zweihundert Jahren besteht. Die Gilde zählt mindestens zweihundert Mitglieder und wird von vier Regentinnen, vornehmen Damen aus dem Bürgertum, geleitet.

JOOST VAN DEN VONDEL

(1587–1679)

Verkündigung und Legitimation eigener Größe 1637

Der Engel Rafael:
Gysbrecht! Nimm getrost das Kreuz auf Deine
Schultern,
Das Gott Dir auferlegt. Vergebens wird dies Haus

Vertheidigt; hätten wir's in unsern Schutz genommen,
So wäre Amsterdam niemals so tief gesunken.
Drum weig're Dich nicht mehr, folg Deiner treuen Frau,
Verlass' Dein Erbe jetzt und quäle Dich nicht länger.
Liegt auch die Stadt zerstört und wüst, lass' Dir's nicht grauen;
Mit größ'rem Glanz ersteht sie einst aus Staub und Asche.
Oft führt die höh're Macht es wunderbar hinaus.
Eh' noch dreihundert Jahr vergehn, wächst die Gemeinde
In frischer Macht empor, gestärkt durch Bundsgenossen;
Den römischen Altar wirft sie aus allen Kirchen,
Erklärt des Grafen Haus verlustig seines Rechts,
Und herrscht durch Staaten; drob entbrennt ein harter Kampf,
Ein langer, langer Krieg entsteht, ein Ungewitter;
Die ganze Christenheit wird mit davon erfaßt,
Und mitten in dem Zwist, dem nimmersatten Wüthen,
Erhebet Deine Stadt zum Himmel ihre Krone,
Und eine andre Welt sucht sie durch Eis und Feuer,
Nach allen Winden tönt ihr donnerndes Geschütz. –
Und so geht Dein Geschlecht bis dahin auch nicht unter;
In stetem Adel wird es blühn und rühmlich herrschen
In Ehren weit umher, in Schlössern und in Städten.
Von Lob und Preis umringt bleibt Aemstels alter Name.
Und wann die große Stadt einst ihre Bühne öffnet,
Dann führet sie dem Volk auch Deine Thaten vor,

Den Bürgermeistern wie den sechsunddreißig Räthen,
Gesessen auf dem Schild mit Kreuzen überdeckt –
D'rum schiffe schnell Dich ein, Zeit ist's, denn ohne Gott
Und unsre Hülfe wär's schon mit dem Schloß vorbei.
Mit Wolken werd' ich Euch, mit dichtem Nebel decken,
Und zieh' in vollem Glanz und in des Stromes Mitte
Als Leitstern Euch voran. D'rum Muth, verzweifelt nicht!
Folgt mir gehorsam nach und thut, was Gott gebietet.
Sein Wort ist: Ihr zieht nach Preußens üpp'gen Fluren,
Wo sich von Polen her aus dem Gebirg' die Weichsel
Ergießt und reiche Frucht mit ihrem Strom bespült.
Dort bleibt und wartet ab, bis sich die Wuth gelegt.
Dort wirst Du eine Stadt – nenn' sie Neu-Holland – bauen,
Und in gesunder Luft, auf schönen Ländereien,
Vergessen all Dein Leid, den überstand'nen Schmerz,
Und Dein Geschlecht erklimmt den Weg zum höchsten Glücke.

HANS MAGNUS ENZENSBERGER

(* 1929)

Robert im virtuellen Amsterdam von 1621

Die kleine, von Ulmen gesäumte Straße lag an einem zugefrorenen Fluß. Doch am andern Ufer sah es, wie in einem Spiegelbild, genauso aus; auch dort stand eine Reihe von Bäumen. Die Häuser waren hoch und schmal und trugen zierliche Backsteingiebel. Robert war es gewohnt, zu raten, wo er war; diese Art Quiz machte ihm geradezu Spaß, und es dauerte diesmal nur eine Minute, bis er die Antwort gefunden hatte.

Es war kein richtiger Fluß, was er da vor sich hatte, es war ein schnurgerader Kanal, der mitten durch die Stadt ging. Kleine hochgewölbte Brücken führten von einem Ufer zum andern. Er erinnerte sich an eine Postkarte, die ihm jemand zum Geburtstag geschickt hatte. Aha! dachte er, und prompt fielen ihm die beiden Wörter ein, die der unsichtbare Quizmaster in seinem Kopf hören wollte: *Grachten* und *Amsterdam*.

Die Sonne drang nur schwach durch dünne Schleierwolken, und dennoch lag die Stadt in einem blendend hellen, diffusen Schneelicht da. Noch ein wenig scheu und benommen ging Robert ein Stück weiter. Von weitem hörte er Lachen und Schreien, und als er die nächste Brücke erreicht hatte, sah er am Ende der Gracht, dort wo sie in eine weite Wasserfläche mündete – war das ein Hafenbecken oder war es das Meer? – eine bunte Menge, die sich auf dem Eis vergnügte. Schlittschuhläufer, Paare, Kinder und Hunde, sogar eine Kutsche hatte sich aufs Eis gewagt: Das alles gab ein ausgelassenes Bild ab. Nur er stand wieder einmal daneben und hatte nicht teil an diesem kalten Karneval. Er sah sich die Kleider der Leute genauer an. Allzu tief konnte er nicht in den Schacht der Vergangenheit gestürzt sein, denn die Holländer – er war jetzt ganz sicher, daß es Holländer waren – trugen ähnliche Sachen wie er selber: buntes Wams, weite Kniehosen, Spitzenkragen, pelzverbrämte Mäntel; nur die Hüte waren höher, und manche der Herrschaften waren ganz in Schwarz.

Er trat näher und hörte zu, wie eine Kindermagd mit einem kleinen Jungen schimpfte. Schon wieder eine Sprache, die er nicht kannte! Es hörte sich ein wenig wie Plattdeutsch an. Manche Wörter klangen beinahe englisch, und hie und da schnappte er einen halben Satz auf, der ihn an sein bißchen Norwegisch erinnerte.

Die neue Fahrt ins Ungewisse machte ihm gar nichts aus. Er war überhaupt nicht müde; im Gegenteil, er fühlte sich frisch und ausgeruht, als hätte er keinen beschwerlichen Sturz aus einem brennenden Haus in eine andere Welt hinter sich. Er war einfach neugierig und auf jedes Abenteuer gefaßt, und was die fremde Sprache betraf – nun, es war ja nicht das erstemal, daß er sich stotternd und radebrechend durchschlagen mußte. Die Sprachen waren wie die Kleider, neue Kostüme, in die man schlüpfte; ungewohnt zuerst und unbequem, bis man sich nach und nach an sie gewöhnte; und so, wie Kleider Leute machen, so war es auch mit den fremden Sprachen. Man bewegte sich anders darin und verwandelte sich ihnen an, ja, man wurde beinahe ein anderer Mensch. Die Aussicht darauf, daß er wieder einmal von vorn anfangen mußte, konnte Robert nicht schrecken. Er verstand sich ganz gut darauf, zu raten, zu stammeln und das, was er hörte, nachzuäffen.

Den ganzen Tag lang durchstreifte er wie im Wachtraum die unbekannte Stadt. Noch viel belebter, noch viel reicher und vornehmer als Straßburg war dieses Amsterdam! Der Hafen wimmelte von Schiffen. Ostindienfahrer ankerten hier, die Gewürze, Seide und tropische Hölzer geladen hatten, Walfänger aus nördlichen Gewässern und Lastkähne, die am Kai vor hohen Speicherhäusern ihre Fracht löschten. Schwere Kisten und Bündel wurden an Flaschenzügen hochgehievt und verschwanden im Innern der Magazine. Jenseits des Hafenbeckens sah Robert zu seinem Erstaunen, daß sich dort ganze Scharen von Windmühlen drehten; die gab es also wirklich und nicht nur auf Ansichtskarten!

Das Treiben in den engen Gassen der Innenstadt war überwältigend. In seinem warmen Mantel schlenderte Robert an Kräuter-, Gemüse- und Schweinemärkten vorbei. Diesmal hatte er ja sogar Geld dabei, Goldgulden und Silbertaler, die er aus dem Elsaß gerettet hatte. An einem der Stände kaufte er sich einen gebratenen Fisch, den er mit einem Stück Brot auf der Straße verzehrte. Er begegnete ernsten, schwarzgekleideten Herren mit riesigen gefalteten Halskrausen. Das mußten Kaufleute oder Ratsherren sein. In einer breiten Gasse saßen Goldschmiede und Diamantschleifer über ihre Arbeit gebeugt am Fenster. Ein

Rabbiner, der einen breiten Hut aus braunem Pelzwerk trug, zog mit seinem Gefolge vorbei. Seine jungen, schwarzgewandeten Schüler hatten sich lange Schläfenlocken wachsen lassen. Wagen rasselten vorüber, Verkäufer riefen ihre Waren aus, von den Türmen bimmelten Glockenspiele. Die Kirchen waren von Bettlern, Krüppeln und Musikanten umlagert. Amsterdam war eine fleißige Stadt. Robert bewunderte die Werften, die Zugbrücken und die Schleusen, aber was ihn am meisten beeindruckte, war die fieberhafte Bautätigkeit. Bis weit über die Wälle hinaus wurden neue Grachten gegraben. Hohe Gerüste umgaben halbfertige Kirchen und Türme. Überall waren Baumeister, Zimmerleute, Maurer, Dachdecker und Glaser am Werk.

In der Auslage eines Kartenstechers am Damrak konnte Robert einen Stadtplan studieren. Unter den druckfrischen Stichen war auch eine große kolorierte Ansicht von Amsterdam mit einem weiten Blick von der Seeseite her über die ganze Stadt und der stolzen Überschrift:

AMSTELODAMUM TOTIUS EUROPÆ EMPORIUM CELEBERRIMUM HOLLANDIÆQUE PRIMARIA URBS
DELINEATA ANNO DOMINI 1621.

»Ganz Europas berühmtester Handelsplatz« – ganz schön unbescheiden, aber vielleicht stimmte es ja? Nun wußte Robert also nicht nur wo, sondern auch wann er hier lebte. Lächerliche siebzehn Jahre Zeitunterschied! Da hatte er schon ganz andere Stürze durch die Falltüren der Vergangenheit erlebt.

Als es aber anfing, dunkel zu werden und die Leute auf den Straßen nach Hause eilten, verflog seine übermütige Stimmung. Er kannte niemanden in der ganzen Stadt und verspürte wenig Lust, sich einer der vielen Matrosenherbergen anzuvertrauen, aus denen das Gekreisch von Weiberstimmen und das Lallen der Besoffenen drang. Er kannte Bordelle nur aus dem Fernsehen, und ehrlich gesagt graute ihm davor.

KARL GUTZKOW

(1811–1878)

Der Sadducäer von Amsterdam

Glückliche Juden, die ihr zwischen Hollands Poldern und Deichen euer Asyl suchtet! Habt ihr je in der Fremde euer Passahlamm in solcher Ruhe genossen und zu den Laubhütten so viel Zweige von den Bäumen brechen dürfen, als an dem Meerbusen IJ? So lustig rauchten nirgends eure Schornsteine bei der Paraskeue am Vorabende des Sabbaths; so reich verbrämte Talare durften die Männer, so schwere goldene Ketten und Ohrgehänge eure Weiber nur in Amsterdam tragen. Die Holländer fürchteten sich weder vor eurem Gelde, noch vor euren Bärten, noch vor euren schönen Töchtern, noch vor Jehova, der sich prächtige Tempel in ihrem Lande baute und mit Wachskerzen, unartikulirten Tönen, ja selbst mit recht unduldsamen, ketzersüchtigen und orthodoxen Priestern und Leviten verehrt wurde.

Es war in der ersten Hälfte des siebzehnten Jahrhunderts, in einer der Straßen, die von dem großen Kai zu Amsterdam auslaufen, in einem stattlichen Hause, das sich vor Niemandem versteckte, aber schon spät, bei eingebrochener Nacht, daß vielleicht die sorgsamste und ehrwürdigste der jüdischen Mütter mit dreien von ihren Söhnen zusammensaß. Welch prachtvolle Umgebung! Welche sonderbare Verbindung des orientalischen und holländischen Geschmacks: in Vorhängen, Sophas, Rauchpfannen, der weitfaltige, elastische, sinnliche Orientalismus, in allem übrigen Zubehör eines großartigen Gesellschaftszimmers die nette, barocke, chinesische Eleganz des Holländers. Esther aber wechselte mit ihren Söhnen jene zärtlichen, sorglichen Reden und Blicke, welche nirgends so treu gemeint sind und wie vom beklommenen Herzen kommen, als im Schooß einer Judenfamilie. Sie ist egoistisch, grausam gegen andere, gewissenlos, die Familienzärtlichkeit der Juden, aber sie ist voller Hingebung und Aufopferung für die Ihrigen.

Sie waren Alle vor Kurzem erst aus Portugal eingewandert. Eliezer schrieb, das Haupt auf den linken Arm gestützt, in die alte Heimath und rückte sich die Kerzen auf dem Tische immer näher; Joel wog portugiesische Münzen in einer kleinen Goldwage und trug den Betrag sorgfältig in ein Buch ein, worin er darauf das Gewicht, in holländischen Münzen ausgesprochen, berechnete; Ruben, der Jüngste, ein etwa zwölfjähriger Knabe mit glänzenden Augen, sang lustige Lieder von den Rebeufern des Tajo; Esther aber neigte sich zu Jedem, blickte bald in Eliezers Brief, lauschte bald auf das Zünglein in Joels Goldwage, bald strich sie Rubens lockiges Haar und küßte den treuen Mund, der so schöne Weisen nicht vergaß. Das ist die Mutter des Hebräers, sie will jedem ihrer Söhne das ganze Glück, die längsten Jahre, die schönste Braut und die reizendsten Kinder schenken, sie ist mit einer Liebe immer ungerecht gegen die andere, und liebt sie doch alle.

Nun aber Eliezer seinen Brief und Joel seine Goldwage zusammenschlug, fühlte Esther, wie ihr gleichsam zwei Sorgen vom Herzen fielen, und schnell (anders konnte sie nicht leben) griff sie nach einer neuen. Ach! sie lag ihr nicht fern. Esther seufzte und ihre Söhne verstanden sie, so daß selbst Ruben schwieg und die Hand seiner Mutter küßte. Lange blickten sie stumm vor sich hin, bis es der älteste wagte, der Mutter die Last einer schmerzlichen Frage vom Herzen zu nehmen und leise vor sich hinsprach: »Wird Uriel diese Nacht wieder ausbleiben?« Uriel war Esthers dritter Sohn. Sie warf sich unmuthig auf ihren Sessel, dann ermannte sie sich und fragte Eliezer, ob er nirgends von Uriel eine Spur gefunden? »Ich sprach Jochai, unsern Vetter,« antwortete Eliezer; »er traf ihn einige Stunden von Amsterdam, in einer bessern Stimmung als sonst, sogar mit dem Entschlusse, bald in die Stadt zurückzukehren.« Esther traute diesen Worten nicht, denn sie selbst hätte sich nicht gescheut, die Unwahrheit zu reden, wo sie den Ihren damit etwas Liebes zu erweisen wußte. Sie hielt abwehrend die Hand gegen Eliezer und sprach: »Täusche mich nicht, Lieber; ich weiß es, daß er die Seinen flieht, weil seine Liebe zu Jehova täglich mehr erkaltet. O, was hoffte ich von diesem Sohne.«

HENDRIK VAN LOON

(1882–1944)

Rembrandt (I)

Zu Hause fand ich alles in höchster Aufregung. Mein Söhnchen sah wie die Verzweiflung selber aus. Kaum erblickte der Junge mich, als er mir um den Hals fiel und schluchzte: »Ach, Vater, ich dachte, du seiest böse auf mich, weil ich mich über deinen seltsamen Hut lustig machte, und mir war, als würdest du nimmer, nimmer wiederkommen. Sei doch wieder gut!«

Darauf erzählte ich ihm, Vater sei Tag und Nacht beschäftigt gewesen, um der Regierung bei der Rettung der Stadt vor dem Prinzen zu helfen; er stampfte mit dem Fuße auf und sagte: »Ich hasse den Prinzen!« Ich erklärte ihm aber, der Prinz tue, was er wahrscheinlich für recht halte, genau wie wir das Rechte zu tun meinten, und es bestehe kein Grund zu Haß, wo kein Unrecht geschehen sei. Und dann sagte ich: »Nun komm mit mir hinauf, ich werde mich etwas säubern. Dann wollen wir zusammen einen neuen Hut kaufen.«

Nun machte ich den ersten Spaziergang mit meinem Sohn und war recht stolz. Ich hatte oft die Einsamkeit meines Lebens empfunden – an eine Wiederverheiratung gedacht. Aber ich war ängstlich. In meinem ganzen Leben war ich nur einer Frau begegnet, die ich wirklich lieben und (was noch mehr bedeutet) nachsichtig behandeln zu können glaubte, selbst wenn mir ein Dutzend Dinge durch den Kopf gingen und sie mich nach derselben törichten Sache drei dutzendmal fragte. Sie war sehr schön und gescheit, wußte, was ich sagen wollte, schon eine halbe Minute zuvor, und ich wußte, was sie antworten würde, ehe sie den Mund öffnete. Manchmal sah ich sie zwei bis drei Monate nicht, und dann fand ich, ich wußte alles, was ihr zugestoßen, und sie wußte alles, was mir zugestoßen war. Wir hatten uns beim ersten Anblick gegenseitig gern; sie hätte mich wahrscheinlich genommen. Ich hatte den Mut verloren, meinen Bruder an einer Frau zugrunde gehen zu sehen. Ich sagte mir, diese Frau würde völlig anders sein; ich wußte es. Und doch wagte ich nicht, mich ihr zu nähern. Ich war nach der Neuen Welt gegangen, ohne die Angelegenheit entschieden zu haben. Vielleicht wartete die Frau noch auf mich oder hatte schon lange einen andern geheiratet und mich nun völlig vergessen.

Diese Gedanken beschäftigten mich, während ich nach dem Hutgeschäft auf dem Oude Singel ging und stolz meinem Jungen zuhörte, der mir erzählte, wie die alte Brücke eines Tages unter dem Gewicht eines mächtigen Basaltblockes zusammengebrochen war, den man von den Steinplätzen an der Amstel nach dem Dam transportierte zum Neubau des Rathauses. Als wir an die Brücke kamen, sah ich, daß sie erneuert war; mitten auf ihr stand eine wohlbekannte Gestalt, einen Bogen Papier in der einen, einen Pinsel in der andern Hand.

Er war nicht im geringsten gealtert, Rembrandt, der Schiffe skizzierte, die eine Ladung Torf für die mächtigen Bäckereien löschten, von denen die städtischen Krankenhäuser beliefert werden.

Er war so in seine Arbeit vertieft, daß er mich gar nicht gewahrte. Als ich unmittelbar hinter ihm stand, sagte ich: »Warum nicht auf die Mauern gehen und Herrn Banning Cocq malen, wie er die Verteidigung unserer Stadt gegen feindliche Angriffe einrichtet?«

Darauf drehte er sich um, fiel mir um den Hals, küßte mich auf beide Wangen (zum Schrecken und zur Verwirrung meines Jungen, der schnell wegschaute) und sagte dann: »Das arme Kind! Da kommt sein Vater nach jahrelanger Abwesenheit heim, während deren wir ihn alle so schmerzlich vermißt haben, daß wir mehr als einmal ihn und seine Kriegerschar jenseits des Ozeans aufsuchen wollten, und trägt eine herrliche Bibermütze und ist genau so unvernünftig, wie früher.«

»Einen Augenblick«, unterbrach ich ihn, »das mit der Bibermütze gebe ich zu, aber warum die Anspielung auf meinen geistigen Gesundheitszustand?«

»Ja, warum faselt Ihr von Feinden und dem alten Banning Cocq, den ich vor tausend Jahren als Kämpen gemalt habe?«

»Ich scherzte nur«, antwortete ich. »Jetzt scheint ja alles gut zu gehen, darum können wir nun wohl darüber spaßen. Ich dachte an ein Vorkommnis, das sich gestern auf den Wällen abgespielt hat.«

»Den Wällen? Was für Wällen?«

»Nun, den Wällen beim Haarlemmerpoort.«

»Da ist doch alles in Ordnung. Ich bin erst vergangenen Sonntag dort gewesen. Ich machte mit Titus einen Spaziergang nach dem See.«

»Ich dachte nicht an die Wälle selber, sondern an ein Erlebnis der Soldaten, die dort Wache standen.«

»Es sind doch jetzt dort gar keine Soldaten auf Wache; seit Jahren schon nicht. Ein paar schlafen dort nachts in der kleinen Stube über dem Tor, und das ist alles.«

»Rembrandt«, sagte ich, »seid nicht närrisch und treibt keine Scherze. Ihr versteht mich ganz gut. Die Wälle sind seit der neuen Belagerung wieder besetzt.«

»Belagerung?« fragte er. Und nun entdeckte ich, daß er kein Sterbenswörtchen davon gehört hatte – daß er nichts von der Beschießung in den letzten drei Tagen wußte. Es erschien unglaublich, war aber wahr. Ich mußte aus Amerika kommen, um ihm vom Ausbruch des Bürgerkrieges zu erzählen.

»Was habt Ihr denn bloß in Gottes Namen die letzten vier Tage angefangen?« fragte ich ihn.

»Gearbeitet«, antwortete er. »Ich habe einige Porträte von meinem Bruder Adriaen und seiner Frau gemalt. Er hat einen interessanten Kopf. Ich kann das Malen doch nicht einstellen, bloß weil ein Prinz von Soundso meint, sich zu langweilen, und in einem kleinen Scharmützel eine willkommene Abwechslung sieht. Wenn sie die Stadt beschossen hätten, wäre ich vielleicht umgekommen. Dann wäre ich gestorben und hätte der Nase von Adriaen noch eine besondere Schicht aufgelegt. Wie ein zweiter Archimedes: Noli tangere fratrem meum. Was wollt Ihr denn jetzt anfangen? Wohin steuert Ihr?«

Er nahm meinen Sohn an der andern Hand und führte uns zum Hutgeschäft. Eine halbe Stunde später ging ich in anständiger Kopfbedeckung, schwarz und höchst diskret in der Form, mit meinen Begleitern nach der Houtgracht.

THEUN DE VRIES

(* 1907)

Rembrandt (II)

Monate dauert es, ehe die beiden einander näherkommen.

Und inzwischen spielt sich das große Ereignis ab, das die ganze Stadt in Aufregung versetzt.

Statthalter Willem II. versucht Amsterdam überraschend zu nehmen – aber sein Vorhaben mißlingt.

Von Zorn und Empörung ist die Stadt erfüllt, und dann von zügelloser Freude. In den Schenken und an der Kornbörse, in den Wandelgängen am Damm und in den Schützenhäusern wird von nichts anderem gesprochen. Noch tagelang ziehen Abteilungen der Bürgerwehr über die Wälle. Waffenprunk herrscht in der Stadt, Erregung und viel Gerede.

Rembrandt hat fernab von diesen Geschehnissen gelebt. Im stillen hat er sich gesagt:

Amsterdam ist für mich nicht das Amsterdam der Regenten, die stolze Hochburg der Republikaner. Ob die Familien Tulp und Bicker hier herrschen oder die Freunde von Oranien kümmert mich wenig. Amsterdam ist Amsterdam, eine freie Republik innerhalb der Republik, – die schönste Stadt für Maler und Dichter. Amsterdam verdankt seine Größe nicht seinen Herrschern, und Frederik Hendriks Sohn irrt sich, wenn er meint, er könne durch den Sturz von ein paar Bürgermeistern die Macht der Stadt einschränken.

Aber andererseits – warum muß eine freie Stadt, ihres Ansehens so sicher wie Amsterdam, bei jeder

Gelegenheit sich so laut ihrer Macht rühmen, die auch ohne absichtsvolle Kundgebung überall spürbar ist? Warum dieser Starrsinn, diese Anmaßung, wenn es darum geht, ob der Generalkapitän der Union eine Handvoll Reiter und Landsknechte halten darf? Bei den gewaltigen Lasten, die Amsterdam aufbringt, bedeutet der Sold dieser Truppen so gut wie nichts. Und gilt nicht auch für die Bicker, daß die von Gott bestellte Obrigkeit anzuerkennen ist?

Seine Hoheit ist ein kühner, stattlicher Offizier; sein Vater und sein Vatersvater haben das Land aus unseliger Tyrannei errettet. – Vielleicht denkt Rembrandt noch an die Tage, als Frederik Hendrik den höflichen, samtweichen Huyghens mit Aufträgen zu ihm schickte, der in der Werkstatt vor einem neuen Bild vor Bewunderung bisweilen plötzlich fluchen konnte (freilich auf französisch!). Jene Zeiten waren ruhmvoller und ruhiger; zwischen Amsterdam und dem Statthalter herrschte Frieden, und die Stadt kannte noch nicht den tollen, zügellosen Ehrgeiz von heute und ließ dem Prinzen, was des Prinzen war …

Ja, alles ist anders geworden. Schon in Frederik Hendriks letzten Jahren regte sich der eigensinnige Widerstandsgeist der Stadt. Sie, die früher stolz und bereitwillig die schwersten Lasten getragen hatte, murrte jetzt und verlangte mitzureden, nun der alt und kindisch gewordene Prinz sich kaum noch um Holland kümmerte. Die Bicker und die Six hatten ihren Einzug gehalten – und mit ihnen waren Ränkespiel und kühle, berechnende Herrschsucht in die Stadtverwaltung eingezogen. Die Bürgerkönige!

In wenigen Jahren hatten sich Macht und Einfluß der Stadt verdreifacht; die Vorherrschaft in den »Generalstäben« wurde durch Drohungen einfach erzwungen, es war, als wolle Amsterdam die Führung der Republik übernehmen.

Doch wer Willem II. einmal gesehen hatte, wie er lächelnd und fürstlich, die schlanken, starken Finger um den Schwertknauf gepreßt, mit nachlässigen, stolzen Bewegungen seiner langen Reiterbeine das widerspenstige Pferd bezwang und zähmte, der konnte ihm seinen Ehrgeiz nicht nachtragen ... Er hätte ein König sein können! Im Vergleich zu ihm waren die Bicker weiter nichts als maßlos eingebildete Bürger, die mit dem geborenen Herrscher einzig und allein das Streben nach Macht gemeinsam hatten.

Solche und ähnliche Gedanken mögen Rembrandt an einem der schwülen Sommerabende durch den Kopf gegangen sein, als noch der Schrecken über die kurze Belagerung auf Menschen und Dingen lastete. Titus schläft dann schon, und die Schüler, noch immer versessen auf Neuigkeiten, schwärmen durch die Stadt, ohne daß er sie von diesem losen Treiben zurückhalten kann.

Aber niemand vermag zu sagen, was der Meister denkt. Ohne Aussprache fließt sein Leben vorüber.

CHRISTIAN REUTER

(1665 bis nach 1712)

Titanic 1697

Wir schifften etliche Wochen sehr glücklich fort, und waren alle brav lustig auf dem Schiffe, als wir aber an die Insel Bornholm kommen, wo es so viel Klippen giebt, und wenn ein Schiffmann die Wege da nicht weiß, gar leichtlich umwerffen kann. Ey Sapperment! was erhub sich im Augenblick vor ein grosser Sturm und Ungestümm auf der See, der Wind schmiß der Tebel hohlmer die Wellen die höchsten Thürme hoch über das Schiff weg und fieng an kohl-bech-rabenstockfinster zu werden. Zu dem allergrößten Unglücke hatte der Schiffmann zu Stockholm im Wirtshause den Compaß auf dem Tische stehen lassen und vergessen, daß er also gantz nicht wußte, wo er war und wo er zufahren sollte. Das Wüten und Toben von dem grausamen Ungestümm wärete 14. gantzer Tage und Nacht, den funffzehenden Tag, als wir vermeinten es würde ein wenig stille werden, so erhub sich wieder ein Wetter und schmiß der Wind unser Schiff an eine Klippe, daß es der Tebel hohlmer flugs in hundert tausend Stücken sprang. Sapperment! was war da vor ein Zustand auf der See! Es ging Schiff, Schiffmann und alles, was nur zuvor auf dem Schiffe war, in einem Augenblick zu Grunde, und wenn ich und mein Herr Bruder Graf nicht so geschwinde ein Brett ergriffen hätten, worauf wir uns flugs legten, daß wir zu schwimmen kamen, so wäre kein ander Mittel gewesen, wir hätten gleichfalls mit den 6000 Seelen müssen vor die Hunde gehen; o Sapperment! was war da von den Leuten ein Gelamentire in dem Wasser, nichts mehr dauret mich noch die Stunde, als nur meine allerliebste Charmante, wenn ich an dasselbe Mensche gedencke, gehen mir der Tebel hohlmer die itzige Stunde die Augen noch über. Denn ich hörte sie wohl 10 mahl noch im Wasser *Anmuthiger Jüngling!* ruffen, allein was kunnte ich ihr helffen, ich hatte der Tebel hohlmer selbsten zu thun, daß ich nicht von dem Brette herunter kippte, geschweige daß ich ihr hätte helffen sollen. Es war immer und ewig Schade um dasselbe Mensche, daß es da so unverhofft ihr Leben mit in die Schantze schlagen mußte. Es kunnte sich auch der Tebel hohlmer nicht ein eintzige Seele retten als ich und der Herr Graf auf dem Brette.

Als ich und mein Herr Bruder Graf diesem Trauer-Spiele auf unserm Brette in die Ferne nun so eine Weil zugeschauet, plätscherten wir mit unsern Händen auf demselben fort und mußten wohl über hundert Meilen schwimmen, ehe wir wieder an Land kamen. Nach Verfliessung dreyer Tagen bekamen wir die Spitzen und Thürme von Amsterdam zu sehen, worauf wir gleich zumarchireten, und den vierten Tag früh um 10 Uhr hinter des Burgemeisters Garten mit unserm Brette, nach viel ausgestandener Gefährlichkeit allda anländeten. Damit gingen wir durch des Bürgemeisters Garten durch und immer nach desselben Hause zu, der Hr. Bruder Graf, der mußte nun das Brett tragen, und ich ging voran. Wie wir nun die Garten-Thüre aufklinckten, welche in des Burgemeisters Hof ging, so stund der Burgmeister gleich in der Hauß-

Thüre und sahe uns da angemarchiret kommen. Mit was vor Verwunderung uns auch der Mann ansahe, will ich wohl keinem Menschen sagen, denn wir sahen wie die gebadeten Mäuse so naß aus, dem Hrn. Grafen lieff das Wasser immer noch von seinen samtnen Hosen herunter, als wenn einer mit Muhlen gösse. Ich erzehlete dem Herrn Burgemeister aber flugs mit zwey, drey Worten gantz artig, wie daß wir Schiffbruch gelitten und auf dem Brette so weit schwimmen müssen, ehe wir an Land gekommen.

Der Herr Burgemeister, welcher der Tebel hohlmer ein wackerer braver Mann war, der hatte groß Mitleiden mit uns, er führete uns in seine Stube, hieß warm einheitzen, damit mußten ich und mein Herr Bruder Graf in die Hölle hintern Ofen treten, und uns wieder trucknen. So bald uns nun ein wenig der warme Ofen zu passe kommen war, fing der Herr Burgemeister an und fragte, wer wir wären. Ich fing hierauf gleich an und erzehlete demselben gantz artig meine Geburth und wie es mit der Ratte damahls wäre zugegangen. O Sapperment! was sperrete der Mann vor ein paar Augen auf, als ich ihm von der Ratte solche Dinge erzehlte, er nahm hernach allemahl, auch wenn er mit mir redete, sein Mützgen unter den Arm und titulirete mich *Ih. sehr Hoch-Wohlgebohrne Herrlichkeiten*. Nach dieser Erzehlung wurde der Herr Burgemeister hinaus geruffen und blieb wohl eine gute halbe Stunde draussen, ehe er wieder hinein kam. Ich und mein Herr Bruder Graf waren sehr hungrich, weil wir in 4. Tagen keiner keinen Bissen gefressen hatten, sahen derowegen, weil niemand in der Stube war, was in des Burgemeisters Röhre in der

Hölle guts passirete, der Hr. Graf fühlte hinein und brachte der Tebel hohlmer einen grossen Topff voll Sauer-Kraut da heraus geschleppt, welches vielleicht dem Gesinde seyn mochte. Sapperment! wie erbarmeten wir uns über das Sauer-Kraut und frassen es der Tebel hohlmer reine aus. Es wärete hierauf nicht lange, so wurde mir und dem Hrn. Bruder Grafen davon erschröcklich übel, weil wir solches ohne Brodt in den nüchtern Magen hinein gefressen, ey Sapperment! wir fingen an zu speyen und spyen der Tebel hohlmer dem Burgemeister die Hölle geschissene voll, daß es auch so ein Gestanck in der Stube wurde, daß wir fast selbst nicht drinnen bleiben kunnten. Hierauf kam der Herr Burgemeister wieder in die Stube hinein, und als er solches roche, fieng er zu mir an: *Ih. Hoch-Wohlgebohrne Herrl.* haben sich gewiß am Ofen versänget, daß es so darnach riecht. Sapperment! was sollte ich dem vornehmen Manne flugs wieder antworten? Ich war her und erzehlete ihm flugs mit so einer artigen Manier, wie daß wir nemlich wären hungrich gewesen und den Topff mit dem Sauer-Kraute in der Röhre zu fassen gekriecht und hinein gefressen, und als uns das Zeug nicht bekommen wäre, so hätten wir solches wieder müssen von uns speyen, und davon würde es nun wohl so übel stinken. Sapperment! wie horchte der Mann, daß ich solches mit so einer geschickten Manier vorbringen kunnte, er rufft alsobald seiner Hauß-Magd, daß sie die Hölle ausreumen sollte und in der Stube ein wenig räuchern. Wie solches geschehen, so ließ er alsobald den Tisch decken und tractirete mich und den Herrn Grafen der Tebel hohlmer recht delicat.

So bald als wir nun gespeiset hatten, kamen etliche von denen vornehmsten Staaden in des Burgemeisters Hauß, und gaben mir und meinem Herrn Bruder Grafen eine Visite. Sie bathen uns auch zu sich zu Gaste und erwiesen uns grosse Ehre, daß ich also wohl sagen kann, daß Amsterdam der Tebel hohlmer eine vortreffliche Stadt ist. Es wurde zu derselben Zeit bald eine vornehme Hochzeit, worzu man mich und meinen Herrn Bruder Grafen auch invitirete. Denn es heyrathete ein Lord aus London in Engelland eines vornehmen Staadens Tochter zu Amsterdam, und wie es nun da gebräuchlich ist, daß die vornehmen Standes-Personen, welche zur Hochzeit gebethen werden, allemahl zu Ehren Braut u. Bräutigam ein Hochzeits-Carmen drücken lassen und sie damit beehren, als wollte ich hierinnen mich auch sehen lassen, daß ich ein brav Kerl wäre. Es war gleich um selbe Zeit bald Gertraute, daß der Klapperstorch bald wieder kommen sollte, und weil die Braut Traute hieß, so wollte ich meine Invention von dem Klapperstorche nehmen, u. der Titul sollte heissen:

Der fröhliche Klapperstorch etc.

DAPHNE MEIJER

(* 1961)

Ankunft in Amsterdam 1772

Eine halbe Stunde später schüttele ich zu meinem eigenen Erstaunen erleichtert die große, sommersprossige Hand von Vette Naatje, der freundlich grinsenden, zahnlosen und rothaarigen Bedienung eines Gasthauses am Nieuwezijds Achterburgwal.

Ihr Sohn, ein Junge mit Sommersprossen auf den Backen, erweist sich an diesem Tag zum zweitenmal als mein barmherziger Samariter. Die Schatten breiten sich vor mir aus, als ich das Theater verlasse. Aber wer flitzt da gerade aus dem Gebäude und ruft: »Du, Oma! Suchst du eine Unterkunft?« Habe ich das richtig gehört? »Meine Mutter arbeitet in der Witte Molen, an dem Singel. Soll ich dich dorthin führen?« Ich dachte mir: Was habe ich denn zu verlieren? Habe ich überhaupt etwas zu verlieren? Außer meinem Paket. Ich könnte mich schon allein auf die Suche machen, aber die Gassen sind finster und die Ufer sind hoch. Wenn ich ihm folge und er raubt mich aus, ist es jämmerlich, aber wenn ich hier ohne Begleitung herumirre, ist die Chance beraubt zu werden doppelt so groß.

»Ist es weit?« frage ich ihn.

»Nein, überhaupt nicht«, ruft er mit der schrillen Stimme, die jungen Männern eigen ist. »Na, kommst du jetzt? Oder?«

»Junge, bringe mich zu deiner Mutter«, höre ich mich selber sagen.

Als er mir zum zweitenmal unter die Achsel greifen will, um mich auf meinem Weg zu stützen, wimmle ich ihn ab. Er kann mich nach Herzenslust Oma nennen, aber wie eine alte Frau lasse ich mich nicht behandeln. So endet einer der bemerkenswertesten Tage meines Lebens, wahrscheinlich sogar der bemerkenswerteste, den ich je erleben werde, mit einem Spaziergang durch Amsterdam.

Wo ich mich in dieser Stadt jetzt befinde, weiß ich in diesem Augenblick nicht und wie ich zurück ins Theater gehen müßte, könnte ich nicht sagen. Aber als Naatje mir in der Dämmerung dieses verwirrenden Tages, eine Schüssel warmer Suppe auftischt, sind die Tränen, die von meinen Backen in die Suppe tropfen, keine Trauertränen. Ich weiß und spüre in meinem Herzen, daß ich die richtige Entscheidung getroffen habe.

GEORG FORSTER

(1754–1794)

Stapellauf

Wir standen auf der Werft der Admiralität; uns zur Seite stand das prächtige Arsenal, ein Quadrat von mehr als zweihundert Fuß, auf achtzehntausend Pfählen ruhend und ganz mit Wasser umflossen. Schon waren wir durch seine drei Stockwerke gestiegen und hatten die aufgespeicherten Vorräthe für ganze Flotten gesehen. In bewundernswürdiger Ordnung lagen hier, mit den Zeichen jedes besondern Kriegesschiffs, in vielen Kammern die Ankertaue und kleineren Seile, die Schiffblöcke und Segel, das grobe Geschütz mit seinen Munitionen, die Flinten, Pistolen und kurzen Waffen, die Laternen, Kompasse, Flaggen, mit Einem Worte, alles bis auf die geringsten Bedürfnisse der Ausrüstung. Vor uns breitete sich die unermeßliche Wasserfläche des Hafens aus, und in dämmernder Ferne blinkte der Sand des flachen jenseitigen Ufers. Weit hin abwärts zur Linken hob sich der Wald von vielen tausend Mastbäumen der Kauffahrer; die Sonnenstrahlen spielten auf ihrem glänzenden Firnis. Am Ufer und nah und fern auf der Rhede lagen, theils abgetakelt und ohne Masten, theils im stolzesten Aufputz mit der Flagge, die im Winde flatterte, und dem langen, schmalen Wimpel am obersten Gipfel der Stengen, die größeren und kleineren Schiffe der holländischen Seemacht. Wir ehrten das Bewußtseyn, womit uns der Hafenmeister die schwimmenden Schlösser zeigte und mit Namen nannte, deren Donner noch zuletzt so rühmlich für Holland auf Doggersbank erscholl. Mit ihm bestiegen wir den Moritz von vier und siebenzig Kanonen, ein neues Schiff, das schon im Wasser lag, und staunend durchsuchten wir alle Räume, wandelten umher auf den Verdecken und betrachteten den Wunderbau dieser ungeheuren Maschine. Zur Rechten lagen die Schiffe der Ostindischen Kompanie bis nach der Insel Osterburg, wo ihre Werften sind. Die ankommenden und auslaufenden Fahrzeuge samt den kleinen rudernden Booten belebten die Scene. Um uns her auf dem geräumigen Werfte feierten die

Tausende von Kattenburgern von ihrer Arbeit; in mehreren großen und kleinen Gruppen ging und stand die zehntausendköpfige Menge von Zuschauern: ein buntes Gewühl von See- und Landofficieren in ihren Uniformen, von Zimmerleuten in ihrem schmutzigen Schifferkostume, von müßigen, umhertobenden Knaben, von ehrsamen Amsterdamer Bürgern und Frauen, von Fremden endlich, die aus allen Ländern hier zusammentreffen und einander oft so sehr überraschen, wie uns hier eben jetzt die Erscheinung unseres R. aus Göttingen.

Endlich naht der entscheidende Augenblick heran. Man stellt uns vorn an den Kiel der neuen Fregatte, so nah daran, daß der getheerte Bauch über unseren Köpfen schwebt. Völlig sicher stehen wir da und bewundern diese Kunst der Menschen, die jeden Gedanken von Gefahr entfernt. Könnte das Schiff umwerfen, statt abzulaufen, so lägen hier Hunderte von uns zerschellt. Jetzt werden die Blöcke weggeschlagen, worauf es noch ruht; jetzt treibt man hinten einen Keil unter, um es dort höher zu heben; man kappt das Tau, woran es noch befestigt war und nun, als fühlte der ungeheure Körper ein eigenes Leben, nun fängt er an, erst langsam und unmerklich, bald aber schneller sich zu bewegen; schon krachen unter ihm die kleinen untergelegten Bretter, und sieh, jetzt gleitet er mit immer zunehmender Geschwindigkeit ins Meer! Tief taucht sich der Schnabel ein, bis das Wasser die ganze Masse trägt; eben so tief versinkt jetzt wieder das Hintertheil; die Fluthen laufen hoch am Ufer hinauf, und die umliegenden Schiffe schwanken hin und her. Es jauchzt und frohlockt die Menge der Waghälse, die auf dem neuen »Triton« über unseren Köpfen wegfahren; sie schwenken ihre Hüte, und ein lauteres Jubelgeschrei vom Lande übertönt ihre Stimmen. So hebt sich himmelan das Herz von stolzer Freude über das Wollen und Vollbringen des menschlichen Geistes!

Ich weile noch einen Augenblick auf diesem Schauplatz der umfassendsten Geschäftigkeit; denn sie ist es, der die Stadt und selbst die Republik ihr Daseyn und ihre Größe verdanken, und in der Betrachtung dieses Phänomens werden zugleich die Hauptzüge des Nationalcharakters offenbar. Welches andere Volk in Europa hätte den ausdauernden Mut gehabt, mit *Philipp* dem Tyrannen, dem mächtigen Beherrscher beider Indien, und seinen Nachfolgern den achtzigjährigen Krieg zu führen? Welches Volk hätte nicht in dem unglücklichen Jahr 1672, als *Ludwig der Vierzehnte* schon bis Muiden vorgedrungen war, ich will nicht sagen sich ergeben, sondern zu zahlen aufgehört? Nur mit ihren durch den Handel erworbenen und concentrirten Kräften, mit ihren vorsichtig aufgehäuften Materialien zum Schiffbau und zur Ausrüstung ihrer ungeheuren Flotten konnten die Niederländer so lange der vereinigten Seemacht von Frankreich und England die Spitze bieten; allein ohne die freiwillige Einschränkung auf die ersten Bedürfnisse des Lebens, diese hohe Republikanertugend, die hier wenigstens in eben dem Maaße raisonirt als klimatisch und körperlich war, hätten sie zu einem solchen langwierigen Wettstreit weder physische Kräfte noch Stärke der Seele gehabt. Wahrlich, die Besonnenheit, die mit unermüdeterm Fleiße, mit dem redlichen Bestreben nach einem Vermögen, welches der Erwerb ihrer eigenen Hände sei, mit Geschicklichkeit in den mechanischen Künsten und Talent zu ihrer Vervollkommnung, mit Kühnheit auf dem Meere, mit Tapferkeit im Kampfe, mit Standhaftigkeit in Gefahr, mit Beharren in Widerwärtigkeit, mit Enthaltsamkeit im Überfluß und, was über dieses alles geht, mit unauslöschlicher Freiheits- und Vaterlandsliebe verbunden ist – die darf man wohl etwas mehr als bloßes Phlegma nennen!

Also nicht dem Auge allein, sondern auch dem Verstand erscheint Amsterdam von der Wasserseite in seinem höchsten Glanze. Ich stelle mich in Gedanken in die Mitte des Hafens und betrachte links und rechts die Gruppen von vielen hundert Schiffen aus allen Gegenden von Europa; ich folge mit einem flüchtigen Blick den Küsten, die sich nach Alkmaar und Enkhuisen erstrecken und auf der andern Seite hin den Busen des Texels bilden. Die Stadt mit ihren Werften, Docken, Lagerhäusern und Fabrikgebäuden; das Gewühl des fleißigen Bienenschwarmes längs dem unabsehlichen Ufer, auf den Straßen und den Kanälen; die zauberähnliche Bewegung so vieler segelnder Schiffe und Boote auf dem Südersee und der rastlose Umschwung der Tausende von Windmühlen um mich her – welch ein unbeschreibliches Leben, welche Grenzenlosigkeit in diesem Anblick! Handel und Schiffahrt umfassen und benutzen zu ihren Zwecken so manche Wissenschaft; aber dankbar bieten sie ihr auch wieder Hilfe zu ihrer Vervollkommnung. Der Eifer der Gewinnsucht schuf die Anfangsgründe der Mathematik, Mechanik, Physik, Astronomie und Geographie; die Vernunft bezahlte mit Wucher die Mühe, die man sich um ihre Ausbildung gab; sie knüpfte ferne Weltteile aneinander, führte Nationen zusammen, häufte die Produkte aller verschiedenen Zonen – und immerfort vermehrte sich dabei ihr Reichtum von Begriffen; immer schneller ward ihr Umlauf, immer schärfer ihre Läuterung. Was von neuen Ideen allenfalls nicht hier zur Stelle verarbeitet ward, kam doch als roher Stoff in die benachbarten Länder; dort verwebte man es in die Masse der bereits vorhandenen und angewandten Kenntnisse, und früher oder später kommt das neue Fabrikat der Vernunft an die Ufer der Amstel zurück. – Dies ist mir der Totaleindruck aller dieser unendlich mannigfaltigen, zu Einem Ganzen vereinigten Gegenstände, die vereinzelt und zergliedert so klein und unbedeutend erscheinen. Das Ganze freilich bildet und wirkt sich ins Dasein aus, ohne daß die Weisesten und Geschäftigsten es sich träumen ließen; sie sind nur kleine Triebfedern in der Maschine, und nur Stückwerk ist ihre Arbeit. Das Ganze ist nur da für die Phantasie, die es aus einer gewissen Entfernung unbefangen beobachtet und die größeren Resultate mit künstlerischer Einheit begabt; die allzu große Nähe des besonderen Gegenstandes, worauf die Seele jedes Einzelnen als auf ihren Zweck sich concentrirt, verbirgt ihr auch des Ganzen Zusammenhang und Gestalt. –

HEINRICH HEINE

(1797–1856)

Der fliegende Holländer im Amsterdamer Theater

Die Fabel von dem fliegenden Holländer ist Euch gewiß bekannt. Es ist die Geschichte von dem verwünschten Schiffe, das nie in den Hafen gelangen kann, und jetzt schon seit undenklicher Zeit auf dem Meere herumfährt. Begegnet es einem anderen Fahrzeuge, so kommen einige von der unheimlichen Mannschaft, in einem Boote, herangefahren, und bitten ein Paket Briefe gefälligst mitzunehmen. Diese Briefe muß man an den Mastbaum festnageln, sonst widerfährt dem Schiffe ein Unglück, besonders wenn keine Bibel an Bord oder kein Hufeisen am Fockmaste befindlich ist. Die Briefe sind immer an Menschen adressiert, die man gar nicht kennt, oder die längst verstorben, so daß zuweilen der späte Enkel einen Liebesbrief in Empfang nimmt, der an seine Urgroßmutter gerichtet ist, die schon seit hundert Jahr im Grabe liegt. Jenes hölzerne Gespenst, jenes grauenhafte Schiff, führt seinen Namen von seinem Kapitän, einem Holländer, der einst bei allen Teufeln geschworen, daß er irgend ein Vorgebirge, dessen Namen mir entfallen, trotz des heftigsten Sturms, der eben wehte, umschiffen wolle, und sollte er auch bis zum jüngsten Tage segeln müssen. Der Teufel hat ihn beim Wort gefaßt, er muß bis zum jüngsten Tage auf dem Meere herumirren, es sei denn, daß er durch die

Treue eines Weibes erlöst werde. Der Teufel, dumm wie er ist, glaubt nicht an Weibertreue, und erlaubte daher dem verwünschten Kapitän alle sieben Jahr einmal ans Land zu steigen, und zu heuraten, und bei dieser Gelegenheit seine Erlösung zu betreiben. Armer Holländer! Er ist oft froh genug von der Ehe selbst wieder erlöst und seine Erlöserin los zu werden, und er begibt sich dann wieder an Bord.

Auf diese Fabel gründete sich das Stück, das ich im Theater zu Amsterdam gesehen. Es sind wieder sieben Jahr verflossen, der arme Holländer ist des endlosen Umherirrens müder als jemals, steigt ans Land, schließt Freundschaft mit einem schottischen Kaufmann, dem er begegnet, verkauft ihm Diamanten zu spottwohlfeilem Preise, und wie er hört, daß sein Kunde eine schöne Tochter besitzt, verlangt er sie zur Gemahlin. Auch dieser Handel wird abgeschlossen. Nun sehen wir das Haus des Schotten, das Mädchen erwartet den Bräutigam, zagen Herzens. Sie schaut oft mit Wehmut nach einem großen verwitterten Gemälde, welches in der Stube hängt und einen schönen Mann in spanisch niederländischer Tracht darstellt; es ist ein altes Erbstück und nach der Aussage der Großmutter ist es ein getreues Konterfei des fliegenden Holländers, wie man ihn vor hundert Jahr in Schottland gesehen, zur Zeit König Wilhelms von Oranien. Auch ist mit diesem Gemälde eine überlieferte Warnung verknüpft, daß die Frauen der Familie sich vor dem Originale hüten sollten. Eben deshalb hat das Mädchen, von Kind auf, sich die Züge des gefährlichen Mannes ins Herz geprägt. Wenn nun der wirkliche fliegende Holländer leibhaftig hereintritt, erschrickt das Mädchen; aber nicht aus Furcht. Auch jener ist betroffen bei dem Anblick des Porträts. Als man ihm bedeutet, wen es vorstelle, weiß er jedoch jeden Argwohn von sich fern zu halten; er lacht über den Aberglauben, er spöttelt selber über den fliegenden Holländer, den ewigen Juden des Ozeans; jedoch unwillkürlich in einen wehmütigen Ton übergehend, schildert er, wie Myn Heer auf der unermeßlichen Wasserwüste die unerhörtesten Leiden erdulden müsse, wie sein Leib nichts anders sei als ein Sarg von Fleisch, worin seine Seele sich langweilt, wie das Leben ihn von sich stößt und auch der Tod ihn abweist: gleich einer leeren Tonne, die sich die Wellen einander zuwerfen und sich spottend einander zurückwerfen, so werde der arme Holländer zwischen Tod und Leben hin und hergeschleudert, keins von beiden wolle ihn behalten; sein Schmerz sei tief wie das Meer, worauf er herumschwimmt, sein Schiff sei ohne Anker und sein Herz ohne Hoffnung.

Ich glaube, dieses waren ungefähr die Worte, womit der Bräutigam schließt. Die Braut betrachtet ihn ernsthaft und wirft manchmal Seitenblicke nach seinem Konterfei. Es ist, als ob sie sein Geheimnis erraten habe, und wenn er nachher fragt: Katharina, willst du mir treu sein? antwortet sie entschlossen: Treu bis in den Tod.

Bei dieser Stelle, erinnere ich mich, hörte ich lachen, und dieses Lachen kam nicht von unten, aus der Hölle, sondern von oben, vom Paradiese. Als ich hinaufschaute, erblickte ich eine wunderschöne Eva, die mich mit ihren großen blauen Augen verführerisch ansah. Ihr Arm hing über der Galerie herab, und in der Hand hielt sie einen Apfel, oder vielmehr eine Apfelsine. Statt mir aber symbolisch die Hälfte anzubieten, warf sie mir bloß metaphorisch die Schalen auf den Kopf. War es Absicht oder Zufall? Das wollte ich wissen. Ich war aber, als ich ins Paradies hinaufstieg, um die Bekanntschaft fortzusetzen, nicht wenig befremdet, ein weißes sanftes Mädchen zu finden, eine überaus weiblich weiche Gestalt, nicht schmächtig, aber doch kristallig zart, ein Bild häuslicher Zucht und beglückender Holdseligkeit. Nur um die linke Oberlippe zog sich etwas, oder vielmehr ringelte sich etwas, wie das Schwänzchen einer fortschlüpfenden Eidechse. Es war ein geheimnisvoller Zug, wie man ihn just nicht bei den reinen Engeln, aber auch nicht bei häßlichen Teufeln zu finden pflegt. Dieser Zug bedeutete weder das Gute noch das Böse, sondern bloß ein schlimmes Wissen; es ist ein Lächeln, welches vergiftet worden von jenem Apfel der Erkenntnis, den der Mund genossen. Wenn ich diesen Zug auf weichen vollrosigen Mädchenlippen sehe, dann fühl ich in den eigenen Lippen ein krampfhaftes Zucken, ein zuckendes Verlangen, jene Lippen zu küssen; es ist Wahlverwandtschaft.

Ich flüsterte daher dem schönen Mädchen ins Ohr: Juffrow! ich will deinen Mund küssen.

Bei Gott, Myn Heer, das ist ein guter Gedanke! war die Antwort, die hastig und mit entzückendem Wohllaut aus dem Herzen hervorklang.

GEORG WEERTH

(1822–1856)

Brief aus Amsterdam

Amsterdam, 7. Septbr. 1846

Liebe Mutter!
Gestern fuhr ich über das Y nach Zaardam und besah mir einmal die Hütte Peters des Großen von Rußland.

Man kann sich allerlei bei dieser Hütte denken, und das will ich auch nächstens tun; augenblicklich habe ich keine Zeit dazu, da mich die Amsterdamer Juden zu sehr in Anspruch nehmen. – Ich habe die Juden sehr lieb, das sind entschiedene Leute – was sie sind, sind sie vollkommen. Es gibt keine halben Juden – ach, die christlichen Germanen können viel von ihnen lernen.

Ein Mann aus Bonn erzählte mir gestern, daß Julius Weerth ein Fräulein Tendering heirate – erst 16–17 Jahre alt, die eben aus der Pension aus der Schweiz komme. Dies scheint die jüngste zu sein; die zweite heiratete Gustav Peill, soviel ich weiß, die älteste ist Lina in Berlin, ich denke. Will unser teurer Wilhelm denn noch lange warten? Ist die Lina denn wirklich so kränklich? Wenn Wilhelm nicht bald macht, so gehe ich nach Berlin. Sage ihm dies auf jeden Fall!!! – Er ist ein Tor, wenn er die Lina nicht freit.

Jetzt ist Kirmes hier in Amsterdam, was schrecklich schön sein soll – ich habe es noch nicht erfahren.

Die Hitze ist noch immer sehr groß hier. Die Abende sind herrlich. Gestern flammten zwei Gewitter gerade über der See, und die Wellen schienen in Feuer aufzugehn.

Ich bin so sehr geplagt, daß ich keine Zeit mehr zum Schreiben habe – aber nächstens mehr!

Den herzlichsten Gruß
Deines Georg.

MULTATULI

(1820–1887)

Monarchie

Im Laufe der Woche, die Wouters zweiter Anstellung »im Handel« voraufging, wurde er durch drei, vier Erlebnisse dermaßen hin und her geschleudert, daß er sich fast benommen fühlte und große Mühe hatte, einen klaren Kopf zu behalten.

Und ein Herz dazu!

Es war Donnerstag. Stoffel kam mit 'ner wichtigen Neuigkeit nach Hause. Der König – welcher König weiß ich wieder nicht – war überraschend in der Stadt eingetroffen und würde am nächsten Abend oder 'n Tag später das Theater besuchen. Alles war in großer Aufregung, denn in republikanischen Ländern mißt man Titeln, Prunk und Herkunft großen Wert bei.

Die Neugier des Volkes war diesmal noch mehr als üblich gespannt, weil viele Fürsten aus dem Ausland, darunter sogar ein Kaiser – gekommen waren, um Seine Majestät zu besuchen. Und diese vornehmen Gäste würden dem Hof aus seiner Residenz nach Amsterdam folgen.

Das republikanische Volk würde nicht nur das Angesicht – oder 'nen Rockzipfel – des Tyrannen zu sehen kriegen, sondern auch gleichzeitig Angesichter und Rockschöße vieler anderer Tyrannen, von Tyranninnen ganz zu schweigen.

Die Frauen, die auf dem Dam – einem Platze, den der Magistrat als Markt zu vermieten sich erlaubte – Pfannkuchen zu verkaufen pflegten, drohten der Stadt mit einem Prozeß.

Es war auch eine harte Sache, tagein, tagaus Standgeld und Luftmiete für die Aussicht zu bezahlen, 'n paar Pfannkuchen an die Gassenjugend zu verkaufen und nun auf einmal verjagt zu werden, weil sich Seine Majestät auf dem Balkon des ehemaligen Rathauses ›dem Volke‹ zeigen würde.

Durfte er die Frauen nicht sehn? Mußte die Pfannkuchenindustrie ein Geheimnis bleiben?

Oder durften die Pfannkuchenfrauen und ihre Kuchen den König nicht sehen?

Wie dem auch sei, die Buden wurden abgebrochen, und die verjagten Industriellen behielten lediglich das Recht, sich privatim unter die Menge zu mischen, die baldigst »Es lebe ... dies oder das!« rufen würde, je nach den Erfordernissen des Augenblicks. Sie durften auch mitschreien.

Es ist eigentlich höchst sonderbar, daß Fürsten sterben. Alle die Vivats' scheinen nichts auszurichten.

Der Trubel in der Stadt war diesmal ungewöhnlich groß wegen all der fremden Hoch- und Durchlauchtigkeiten, die den Tyrannen bei dieser Gelegenheit begleiteten.

Da war – wie man den Zeitungen entnehmen konnte – der Prinz von Caramanien, der auf die besondere Sympathie des Volkes Anspruch erheben durfte, weil man ausgerechnet hatte, daß einer seiner Ahnen Hauptmann im Staatsdienst gewesen war und also … sein Blut für die niederländische Freiheit vergossen hatte.

Dieses Blut – und vielleicht auch die Freiheit – war 'ne Erfindung der Zeitungen. Aber daß unser Prinz einen grünen Rock mit dicken goldnen Achselschnüren trug, war wahr. Und auf'm Kopf hatte er 'nen besonders großen Dreispitz. Man konnte also bei der ersten Gelegenheit durchaus mit gutem Fug rufen:

»Es lebe der Prinz von Caramanien!«

Unter den hochgeborenen Persönlichkeiten befand sich auch ein gewisser Herzog, der wegen seiner Qualitäten aus seinem Lande gejagt worden war. Der Mann war sparsam und häuslich. Niemals hatte er sich selbst geschädigt. Und doch war er von dem dummen Pöbel entthront und mit 'nem Scheffel Diamanten über die Grenze gesetzt worden. Von diesen Diamanten würde er nun in Amsterdam 'n paar Dutzend zeigen, und zwar in Form von Rockknöpfen und Stockknöpfen. Also ermahnten die Zeitungen das Volk zu dem allerwohlgemeintesten Rufe:

»Es lebe der Herzog mit seinen Diamanten!«

Prinzessin Erika war 'ne Nichte des Königs und für den Thronfolger eines großen Reiches bestimmt, der in Zaandam zimmern gelernt und also seine Karriere den Niederlanden zu verdanken hatte. Dieses Reich würde die niederländische Staatsschuld bezahlen – so versicherten einstimmig die Zeitungen –, wenn man jetzt nur brav schrie:

»Es lebe Prinzessin Erika!«

Der Großherzog von Island war der erfolgreiche Enkel eines Schankwirts. Seine Verdienste waren drei Zeitungsspalten lang … Perlschrift und eng gesetzt. Das Volk mußte also ebenso gewissenhaft in der Wertschätzung sein. Der Mann war ein Meister der Klinge und des Stockfechtens und konnte sogar – mit ein wenig Anstrengung, zugegeben –, er konnte sogar seinen Namen schreiben. Auch hatte er die Angewohnheit, sich wie ein Seiltänzer zu kleiden. Wem also das Wohl des Vaterlandes am unbefleckten Herzen liege – so sagte die Zeitung –, könne es nicht lassen, aus sehr vollem Halse mitzuschreien:

»Es lebe der Großherzog von Island!«

Es waren noch mehr Potentaten und Potentatsgenossen da, die Amsterdam mit ihrem Besuch beehrten. Sie hatten gehört, daß diese Stadt eigentlich »das Venedig des Nordens« hieß und … interessant sei, sehr interessant!

Und der holländische Hering! Delikat! Aber … die Holländer wissen nicht damit umzugehn: Er muß gebraten werden.

In den Mußestunden, die der holländischen Nation nach dem Heringsfangen und Käsefabrizieren übrigbleiben, beschäftigt sie sich vorzugsweise mit dem Zähmen von Elementen. Das war neben Schlittschuhlaufen und Wettrennen die beliebteste – die geliebkoste, sagten die Zeitungen – Volksbelustigung.

Bereits jetzt kann ich dem Leser versichern, daß die vornehme Gesellschaft unser Land mit leutseliger Zufriedenheit wieder verlassen hat.

Die einzige Person, die 'nen ganz andern – doch darum keineswegs entgegengesetzten – Eindruck gewann ... nein, so weit darf ich meinem Wouter nicht vorauseilen. Auch 'n Schriftsteller hat seine Pflichten.

Am ersten Abend sollte illuminiert werden. Zweihundertfünfzigtausend Ölflammen sollten die Begeisterung des Volkes verkünden. Begeisterung, wofür eigentlich? Zweihundertfünfzigtausend feurige Zungen würden »Hosianna« rufen? Gesegnet sei, wer im Namen kommt von ... im Namen, wovon eigentlich? »Hosianna« für wen, für was?

Nun, das ist einem Volke gleichgültig. Es gab Pomp, Pracht und Prunk. Es gab Trubel. Das Volk hat etwas von Kindern an sich, die sich am Anblick eines Umzugs, eines Sterbefalls, eines Brandes, an allem, was Leben und Treiben verursacht, erfreuen.

Wouter hatte die Erlaubnis bekommen, sich die Illuminierung anzusehen. Er ließ sich nicht die Mühe verdrießen, ein so dummes Gesicht aufzusetzen, wie es bei solchen Gelegenheiten gebräuchlich ist, und hörte die Bemerkungen der Leute, die ihn umdrängten, ohne auf die Leere dieser Bemerkungen achtzugeben.

»Du, dräng doch nicht so!«

»Ich kann's nicht ändern. Ich werd' auch gedrängt.«

»Die Menschen scheinen verrückt zu sein. Immer drängen sie so.«

»Ja, nicht wahr. Immer drängen sie. Weißte was? Die Kalverstraat müßte noch mal so breit sein.«

»Ja, noch mal so breit. Denn … weißte, woran 's liegt? Sie is zu schmal. Das is es.«

»Ja, sie is zu schmal.«

»Und darum drängen die Menschen so, weißte!« und so weiter.

Tatsächlich, die Kalverstraat war ein bißchen schmal, und – »die Menschen drängten so!«

Wouter wurde mitgedrängt und empfand etwas wie Scham. Daß er Püffe und Stöße kriegte, störte ihn weniger. Empfindlich war er nicht.

Aber »die Menschen drängten so!«

JUSTUS VAN MAURIK

(1846–1904)

Bettelngehen

»Was soll denn das, du liegst noch im Bett?« sagt sie bösartig und nimmt den bedauernswerten Jungen an dem Arm. »Aufstehn, sag' ich dir, und Beeilung!«

Halb schlaftrunken verläßt Jan sein Versteck und wird zugleich durch eine schallende Ohrfeige ganz wach.

»Los, zieh' dir deinen Wams an,« schreit sie ihn an, »und jetzt, fort aus dem Haus! Willst du jetzt schon wieder einschlafen, los jetzt! Hinaus geht's, auf die Straße, hörst du! Und komm nicht eher zurück, bevor du 25 Cent erbettelt hast.« Brutal zieht sie den Jungen an einem Arm und setzt ihn vor die Haustür.

Der kleine Bertus ist auch aufgewacht, aber er traut sich nicht, sich zu rühren. Zitternd hat er sich in die Ecke der Bettnische verkrochen und verhält sich mucksmäuschenstill, bis der Gott des Schlafs sich seiner wieder erbarmt. Er kennt diese Szenen inzwischen, ist aber noch zu jung und zu schläfrig, um zu verstehen, was da eigentlich passiert.

Leen nimmt noch ein paar kräftige Schlucke aus der Flasche und wankt zu ihrem Bett. Sie ist fast völlig betrunken und hat das Bedürfnis zu schlafen.

Hastig ist der kleine Jan auf die Straße geeilt und erst dort wird ihm seine Situation richtig klar.

»Fünfundzwanzig Cent,« heißt das Schreckgespenst, das seine Seele erfüllt, »ganze fünfundzwanzig Cent,« denkt er, »und das jetzt noch, wo bekomme ich die her?« Im Viertel, in dem er sich befindet, bringt er meistens am wenigsten zusammen. »Die Kalverstraat oder der Dam sind die Orte, an denen es eher Leute gibt, die etwas geben« überlegt er sich, und geht deswegen zögernd in die dortige Richtung.

Auf der Brücke vor der Prinsengracht bleibt er stehen, er horcht und zählt: »Eins, zwei, drei« bis elf.

Die Uhr des Westertoren hat elf geschlagen.

Er beschleunigt seine Schritte, denn es ist schon spät und wenn er nicht zu Hause ist, was soll denn aus Bertus werden. Sein kleiner Bruder ist der einzige, der ihn liebt, der einzige auch, für den er Liebe empfindet. Trotz seiner Jugend ist ihm bewußt, daß auf ihm die Pflicht lastet, Bertus, so oft es geht, etwas zukommen zu lassen und manches Stück Brot, das der kleine Junge heimlich gegessen hat, legt Zeugnis davon ab.

Zwischen het Paleis und de Huizen angelangt, wird er vom Licht aus dem Schaufenster eines Spielzeuggeschäftes, das noch geöffnet hat, angezogen. Er geht auf das Fenster zu und nickt den dort ausgestellten Puppen, den Holzpferden und Reitern freundlich zu, für ihn sind es alles alte Bekannte.

»Dort seht eine Festung mit Kanonen und echten Soldaten, keine flachen, sondern richtig runden,« hat er gestern noch Bertus erzählt, »und es hängen dort Säbel, Gewehre, Trommeln und Fahnen.«

Er drückt sich die Nase an der Fensterscheibe fast platt und verschlingt mit den Augen alle Schätze, die dahinter liegen, unerreichbar für ihn und für so viele andere.

Zwar denkt er, »könnte ich für Bertus nur einmal eine solche Trommel kaufen, wie der sich dann freuen würde,« aber dennoch keimt in seinem Herzen kein Gefühl von Neid oder Eifersucht den Privilegierteren gegenüber, die sich all diese Kostbarkeiten kaufen können, er genießt nur den Augenblick und beim Anblick der »Kanonen« und der »echten Soldaten« vergißt er Leens Prügel und die Schrecken zu Hause. Für einen kurzen Augenblick ist er wunschlos glücklich.

Ein heftiger Regenschauer bringt ihn wieder in die kalte Wirklichkeit zurück und so schnell wie sein verschlissenes Schuhwerk es ihm erlaubt, flieht er in den geöffneten Vorraum des nahegelegenen Herrenklubs.

»Was suchst du hier?« tönt ihm auf einmal eine harsche Stimme in die Ohren, »mach, daß du davon kommst, du Drecksjunge, los jetzt, weg!«

Mit gesenktem Kopf schleicht er sich davon.

Es stimmt, er ist dreckig, er ist schmutzig, so schmutzig sogar, daß der Kellner Bedenken hat, ihn ein paar Minuten auf den Marmorfliesen des Vorraums zu dulden. Jan versteht schon, daß er zum Inbegriff der Verdrecktheit geworden ist, aber auch, daß er nichts dafür kann. Deshalb weiß er auch keine Antwort und sucht ein anderes Schlupfloch. Vielleicht läßt man ihn dort in Ruhe, unter der Colonade des Börsengebäudes.

Dort ist es wenigstens trocken und hinter einer der dicken Säulen hockend, entkommt er vielleicht sogar dem Falkenblick der Polizisten.

Zitternd hockt er da, mutterseelenallein, und Tränen kommen ihm in die Augen, wenn er an die fünfundzwanzig Cent denkt, die er auftreiben soll.

WILLEM ANTONIE PAAP

(1856–1923)

Akademikerleben

Godevaerts Freund Luzac, der Gräzist, wohnte zwischen der Reguliersgracht und der Vijzelstraat auf der Nordseite der Keizersgracht. Er war ein winziger Mann mit umfangreichen Gesäßbacken und in seinem Kopf blickten die grünlichen Augen, als wären sie aus Glas.

In seiner Jugend hatte der Professor Griechisch gelernt, im Mannesalter lernte er Griechisch und im fortgeschrittenen Alter war Griechisch lernen seine Hauptbeschäftigung. In seinen griechischen Büchern las er die Wörter, der Inhalt berührte ihn nicht. Denn poetisch empfinden konnte er nicht, Geschichte interessierte ihn nicht, Philosophie verstand er nicht. Über die Wörter las er Bücher, über die Wörter grübelte er mit seinem Krämerverstand, ob sie richtig seien. Darüber gab er sich Rätsel auf, die er Konjekturen nannte und die zu lösen er sich erlaubte, obwohl er in seiner eigenen Sprache keinen anständigen Satz zustande bringen konnte.

Luzac spazierte durch die Straßen von Amsterdam, Kopf und Kollegmappe gefüllt mit jenen großen Wörtern: Sophokles, Äschylos, Euripides, Homer. Von ihnen las er in Büchern, daß es sich um berühmte Wörter handelte, über die man Geburts- und Sterbeberichte und Berichte über das, was sie alles in ihrem Leben getan haben, geben kann. Er empfand sich diesen berühmten Wörtern, die er in seiner Kollegmappe immer mit sich trug, die er immer auf dem Schreibtisch im Zimmer, in dem er Griechisch lernte, vor sich hatte, durch den alltäglichen Umgang mit ihnen als ebenbürtig. So etwa, wie der Hausknecht des Mediziners zum Patienten sagt: »Wir hatten eine Operation«. Dies hatte zur Folge, daß der Mann während seiner Gänge durch die Amsterdamer Straßen die Nase mehr als hoch trug, als sei es der Ausdruck größten Wohlwollens, daß er, der Freund von Wörtern wie Sophokles und Äschylos, dort im ordinären neunzehnten Jahrhundert in Hosen und Mantel von Kloppenburg herumspazierte.

An der Universität stiftete er unglaublich viel Unheil. Seine Studenten, die, ähnlich wie ihre großen Vorgänger, mit zaghafter Ehrfurcht vor dem Wissen, das sie, wie sie glaubten, erwartete, die Universität zum erstenmal betreten hatten, zog das Anhören des fabulösen Unsinns des Männleins wie ein eisiger Wind durch das Feuer ihrer Illusionen. Er war einer der zahlreichen geistigen Stümper unserer verkümmerten Gesellschaft, deren Kleinstgehirne zu verarbeiten haben, was ihre Kräfte übersteigt. Luzac war einer dieser Leute, der, wenn der ehrliche Beobachter sie wahrheitsgemäß beschriebe, als Karikatur bezeichnet werden würde.

NEEL DOFF

(1858–1942)

Ich höre die Flöhe springen

Wir bewohnten in Amsterdam, in einer feuchten, schmierigen Gasse, alle zusammen einen einzigen Raum. Es war ein Zimmer, in das die Sonne niemals hineindrang. Im Winter war es ein Loch, naß und kalt, und im Sommer wurden wir wegen der feuchten Hitze krank. Es gab dort nichts außer einem Wandbett, das sich ziemlich hoch über dem Boden befand, wie in einem Fischkutter, und das in einen oberen und einen unteren Teil abgetrennt war, ähnlich wie in einem Schrank mit Brettern. Vater und Mutter schliefen unten, ein paar Kinder oben, die anderen auf dem Boden, auf den abends ein Strohsack gelegt wurde.

In einer Ecke stand eine Tonne, die der Familie als Klo diente, in einer anderen lagen schmutzige Windeln und weiterhin alles mögliche Gerümpel, was man in so einem heruntergekommenen Haushalt erwarten konnte. Der Rauch von Vaters Pfeife und die Ausdünstungen von zehn armen Menschen waren die Ursache dafür, daß man im Zimmer ununterbrochen nach Luft schnappte. Einmal, in einer heißen, schwülen Nacht, lag ich zwischen drei anderen Kindern im obersten Teil des Bettes. Sie schliefen. Ich konnte nicht, warf mich von der einen Seite auf die andere, auf der grobleinenen Matratze gefüllt mit Haferhülsen, die, zu Staub zerfallen und mit Kinderpipi durchtränkt, zu einer kratzenden Masse geworden war. Das Leinen scheuerte und brannte auf meiner Haut – die Flöhe ärgerten mich zum Verrücktwerden; ich erstickte fast und hatte Ohrensausen, wodurch ich anfing, mir verschiedene Sachen einzubilden. Leise rief ich meine Mutter und sagte ihr, daß ich nicht schlafen könnte, weil ich die Flöhe springen hören würde.

»Du hörst die Flöhe springen? Was für ein albernes Kind; mußt du mich deshalb aufwecken? Du hälst den Mund, verstanden? Ich bin fix und fertig und will schlafen.«

Ich hielt meinen Mund, wurde aber immer unruhiger. Zum Schluß konnte ich es nicht mehr aushalten; ich ließ mich am Seil herunter, zog mich an und ging auf die Straße. Es wird ungefähr vier Uhr morgens gewesen sein. Keiner war auf der Straße, die Weckleute ausgenommen. Das waren Leute, die für fünf Cent in der Woche die Arbeiter weckten und dabei so ein Spektakel machten, daß die ganze Nachbarschaft aus dem Schlaf hochschreckte. Aber sonst – kein lebendes Wesen zu sehen. Die Geschäfte auf dem Nieuwendijk waren geschlossen, alles war ruhig, mein Gott, tat mir das gut!

Ich ging zum Hoge Dijk, der ein Stück in den Fluß IJ hineinragte. Der Hoge Dijk war mein Lieblingsspazierweg, oft schwänzte ich deshalb die Schule mit meiner kleinen Schwester Naatje. An beiden Seiten schlug der IJ gegen die Deichbefestigung, man fand dort Muscheln, und am Ende des Deiches lag eine Oase mit Bäumen und etwas Gras, wo Blumen blühten. Als ich auf den Deich kam, gaben mir der frische Wind – vom Wasser her – und die Morgenkühle ein Gefühl der Erleichterung, so daß ich die Luft jauchzend durch meine Lungen strömen ließ; ich hob meine Arme hoch und spreizte die Finger, um besser zu spüren, wie der Wind meine brennende Haut abkühlte. So blieb ich eine Weile stehen, genoß es in vollen Zügen, und danach ging ich weiter, um Blumen zu pflücken.

Als ich unter die Bäume kam, erstaunte es mich, daß der Löwenzahn und die Gänseblumen, die im Gras standen, geschlossen waren. Ich hatte nachts nie Blumen gesehen und kannte diese Erscheinung nicht; ich war sogar so erstaunt, daß so was wie Mißtrauen in mir aufkam und ich keine einzige pflückte, sondern mich ruhig auf eine Bank setzte. Nun waren dort in der Nähe Männer am Arbeiten. Einer von ihnen setzte sich neben mich und sagte: »Na, kleines Fräulein, schon unterwegs? Und wo gehst du denn hin?«

Ich antwortete ihm, daß ich nach draußen gegangen war, weil ich nicht mehr schlafen konnte, aber ich achtete schon darauf, daß ich nicht über die Flöhe sprach. Danach fragte ich ihn, wie es kommt, daß der Löwenzahn und die Gänseblumen geschlossen sind.

»Oh Gott, welch ein Engelchen! Die schlafen, Schätzchen, die schlafen.«

Während er das sagte, hob er mich hoch und setzte mich rittlings auf seine Knie, wie um Pferdchen zu reiten. Aber kaum war das geschehen, fühlte ich einen Stoß, fiel ins Gras und sah einen Mann, der dem Kerl auf der Bank an die Kehle sprang und ihn anschrie: »Dreckiges Schwein! Du hast schon im Gefängnis gesessen, weil du an kleinen Mädchen rumgefummelt hast, und kaum bist du draußen, da fängst du schon wieder an! Und du, was machst du um diese Zeit draußen? Hau ab!«

Das ließ ich mir kein zweites Mal sagen. Ich rannte los und kam atemlos nach Hause, wo ich wie ein Wirbelwind hereinstürzte. Meine Mutter wurde mit einem Schlag wach, und aufrecht im Bett sitzend schrie sie: »Was ist los, was ist los?«

Ich war in Gefahr, ohne mir dessen bewußt gewesen zu sein, und statt zu erzählen, was vorgefallen war, rief ich zurück: »Mutter, weißt du, warum der Löwenzahn und die Gänseblumen nachts zu sind? Na, sie schlafen, genau wie wir.«

»Was, worüber redest du jetzt schon wieder? Bist du draußen gewesen?«

»Ja, auf dem Hoge Dijk, um ein bißchen frische Luft zu schnappen und Blumen zu pflücken, aber sie schlafen noch.«

»Mein Gott, was für ein albernes Gör, erst hört sie die Flöhe springen, und jetzt schläft der Löwenzahn.«

GUSTAV MEYRINK

(1868–1932)

Apokalypse und Zeitenwende

Ein glanzloses Zwielicht irrte durch den Raum; die Pappel vor dem Fenster, die Sträucher in der Ferne und die Türme Amsterdams waren wie von trüben Scheinwerfern matt erhellt. Darunter lag die Ebene mit ihren Wiesen gleich einem großen erblindeten Spiegel.

Hauberrisser blickte mit seinem Feldstecher hinüber auf die Stadt, die sich – ein in Angst erstarrtes Bild – fahlbeleuchtet von dem schattenhaften Hintergrund abhob und jeden Augenblick den Todesstreich zu erwarten schien. Banges, atemloses Glockenläuten zitterte in Wellen bis weit ins Land hinein, – plötzlich verstummte es jäh: ein dumpfes Brausen ging durch die Luft und die Pappel beugte sich ächzend zur Erde nieder. Windstöße fegten mit Peitschenhieben über den Boden hin, das welke Gras kämmend, und rissen die spärlichen, niedrigen Sträucher aus den Wurzeln.

Nach wenigen Minuten war die Landschaft in einer ungeheuren Staubwolke verschwunden, – dann tauchte sie wieder auf, kaum mehr zu erkennen: die Deiche weißer Gischt; Windmühlenflügel – abgerissen von ihren Leibern, die, in stumpfe Rümpfe verwandelt, in der braunen Erde hockten – quirlten hoch in den Lüften. In immer kürzern und kürzern Pausen heulte der Sturm über die Steppe, bis bald nur mehr ein ununterbrochenes Gebrüll zu hören war.

Von Sekunde zu Sekunde verdoppelte sich seine Wut; die zähe Pappel war wenige Fuß hoch über dem Boden fast rechtwinklig abgebogen, – ohne Äste, kaum mehr als ein glatter Stamm, und blieb, niedergehalten von der Wucht der über sie hinwegrasenden Luftmassen, unbeweglich in dieser Stellung. Nur der Apfelbaum stand regungslos wie in einer von unsichtbarer Hand vor dem Winde beschirmten Insel, und nicht eine einzige seiner Blüten rührte sich ...

Balken und Steine, Häusertrümmer und ganze Mauern, Sparrenwerk und Erdklumpen flogen unablässig – ein nicht endenwollender Schauer von Wurfgeschossen – am Fenster vorüber.

Dann wurde der Himmel plötzlich hellgrau und die Finsternis löste sich in kaltes, silbriges Glitzern auf.

Hauberrisser glaubte schon, die Wut des Orkans wolle nachlassen, da sah er mit Grauen, daß die Rinde der Pappel sich abschälte und, zu faserigen Fetzen geworden, spurlos verschwand. – Gleich darauf, noch ehe er recht erfassen konnte, was geschah, brachen die hohen, ragenden Fabrikschornsteine im Südwesten des Hafens glatt an der Wurzel ab und verwandelten sich in dünne, fliehende Lanzen aus weißem Staub, die der Sturm mit Blitzesschnelle davontrug.

Kirchturm auf Kirchturm folgte, – sekundenlang noch schwärzliche Klumpen, von Taifunwirbeln hoch emporgerissen, dann zu jagenden Streifen am Horizont geworden – dann Punkte – und nichts mehr.

Bald war die ganze Gegend nur noch ein mit wagerechten Linien schraffiertes Bild vor dem Fenster, so rasend geschwind und für den Blick nicht mehr zu unterscheiden folgten die vom Sturm losgerissenen Grasbüschel einander.

Sogar der Friedhof mußte bereits unterwühlt und bloßgelegt worden sein, denn Leichensteine, Bretter von Särgen, Kreuze und eiserne Grablaternen flogen am Hause vorüber, – ohne die Richtung zu ändern, ohne sich zu heben oder zu senken, immer gleich wagerecht, als hätten sie kein Gewicht.

Hauberrisser hörte das Gebälk im Dachstuhl stöhnen – jeden Moment erwartete er, es werde in Trümmer gehen; er wollte hinunterlaufen, um das Haustor zu verriegeln, damit es nicht aus den Angeln gehoben würde, – an der Stubentür kehrte er um: von einer innern Stimme gewarnt, begriff er, daß, wenn er jetzt die Klinke niederdrückte, die entstehende Zugluft die Fensterscheiben zertrümmern, die an den Mauern entlang fegenden Sturmgewalten einlassen und in einem Augenblick das ganze Haus in einen Schuttwirbel verwandeln mußte.

Nur solange es der Hügel vor dem Anprall des Orkans schützte und die Stuben durch die verschlossenen Türen wie in Bienenzellen abgeteilt blieben, konnte er der Vernichtung trotzen.

Die Luft im Zimmer war eiskalt und dünn geworden wie unter einem Vakuum; ein Blatt Papier flatterte vom Schreibtisch, preßte sich ans Schlüsselloch und blieb angesaugt daran haften.

Hauberrisser trat wieder zum Fenster und blickte hinaus: Der Sturm war zu einem reißenden Strom angeschwollen und blies das Wasser aus den Deichen, daß es wie ein Sprühregen in der Luft zerstäubte; die Wiesen glichen glattgewalztem, grauglänzendem Samt und da, wo die Pappel gestanden hatte, stak nur mehr ein Stumpf mit wehendem, faserigem Schopf.

Das Brausen war so gleichförmig und betäubend, daß Hauberrisser allmählich zu glauben anfing, alles ringsum sei in Totenstille gehüllt.

Erst als er einen Hammer nahm, um mit Nägeln den zitternden Fensterladen zu befestigen, damit er nicht eingedrückt würde, merkte er an der Lautlosigkeit seiner Schläge, wie furchtbar draußen das Getöse sein mußte.

Lange wagte er nicht, den Blick nach der Stadt zu wenden, aus Furcht, die Nikolaskirche mitsamt dem dicht daneben befindlichen Haus am Zee Dyk, in dem sich Swammerdam und Pfeill befanden, könnte weggeweht sein, – dann, als er zögernd und voll Angst hinschaute, sah er, daß sie wohl noch unversehrt zum Himmel ragte, aber aus einer Insel von Schutt; – fast das ganze übrige Giebelmeer war ein einziger flacher Trümmerhaufen.

»Wieviel Städte mögen heute wohl noch in Europa stehen?« fragte er sich schaudernd. »Ganz Amsterdam ist abgeschliffen wie ein mürber Stein. Eine morschgewordene Kultur ist in stiebenden Kehricht aufgegangen.«

Mit einemmal packte ihn die Furchtbarkeit des Geschehnisses in ihrer ganzen Größe.

NESCIO

(1882–1961)

Ordentliche und gewichtige Herren

Als ich am nächsten Morgen gegen neun in Amsterdam ankam und auf dem Platz vor dem Hauptbahnhof stand, sah ich mehrere elektrische Straßenbahnen, die ich dort noch nie gesehen hatte, und Mietautos und Polizisten mit Mützen anstatt der Helme. Aber das Damrak hatten sie noch nicht zugeschüttet, ich sah wieder die Rückseiten der Häuser der Warmoesstraat direkt am Wasser und den Turm der Oude Kerk am Ende darüber hinausragen. Das war also noch in Ordnung.

Und da liefen auch wieder dieselben ordentlichen Herren, deren Haar immer gleich ordentlich sitzt, die nie eine Falte im Anzug oder einen Dreckspritzer am Schuh haben. Und sie sahen wieder aus, als ob sie noch immer enorm Bescheid wüßten und fänden, daß sie es leidlich weit gebracht hätten in ihrem Leben. Und freundlich und aufmerksam waren sie wieder zueinander. Ihre Kleidung war eine Kleinigkeit anders als vor Jahren, aber noch genauso gediegen. Und man konnte sehen, daß sie noch immer mit allem im reinen waren. Ein Anzug war noch immer ein Anzug, eine Weste eine Weste, eine anständige Frau eine anständige Frau und eine Dirne eine Dirne. Es stimmte noch alles. Auch wußten sie noch genau, wer oder was unter ihrem Stand war; daran zweifelte ich nicht. Und auch das Damrak würde schon noch an die Reihe kommen, wenn sie soweit waren.

Mit der Linie Zwei fuhr ich über den Nieuwezijds Voorburgwal. Es war nur gut, daß sie den vor langer Zeit zugeschüttet hatten, sonst hätte die Straßenbahn da vermutlich nicht langfahren können, und man konnte jetzt auch überall bequem von der einen Seite zur anderen laufen.

Mit Linie Zwei, der Linie der ordentlichen und gewichtigen Herren schlechthin. Ein paar fürchterlich gewichtige Herren waren in der Straßenbahn, *nichts* war ich dagegen. Fröhlich schien die liebe Sonne auf den Voorburgwal, das Grün der jungen Bäume war noch recht hell, und ich sah, daß der Schatten der Nieuwe Kerk die gegenüberliegende Straßenseite nicht berührte, längst nicht. Und ich erinnerte mich, daß ich Jahre zuvor, auch gegen Ende Mai, den gleichen Schatten genau so gesehen hatte. Und daß ich, an einem sonnigen Wintertag, als über den Voorburgwal noch keine Straßenbahn fuhr, durch den Schatten der Kirche gelaufen war, der damals die ganze Breite der Straße bedeckte. Nun berührte er die Schienen nicht, die Straßenbahn fuhr in der Sonne an der Kirche vorbei. Und in einigen Monaten würde derselbe Wagen (er war noch ganz neu) am selben Ort durch diesen Schatten fahren. Und als ich wieder zu den beiden fürchterlich gewichtigen Herren sah, fand ich, daß sich in all der Zeit, in der Rhenen die Hauptstadt der Welt gewesen war, eigentlich nur sehr wenig in dieser Welt verändert hatte.

Und ich stellte mir vor, die zwei Herren würden sterben und nackt erscheinen vor dem Jüngsten Gericht und wären hier vergessen. Und daß fürchterlich gewichtige Herren nach ihnen kommen würden. Und ob sie ihre stumpfe Selbstherrlichkeit wahren würden, wenn sie da oben ohne ihre geputzten Schuhe ankämen? Und wie es stünde mit den ordentlichen Scheiteln in ihrem Haar? Und ob sie dann auskämen mit ihrer stupiden Arroganz, ob nicht ein klein wenig auf den Gesichtern zu lesen sein würde, wenn sie dort die anderen, noch gewichtigeren Herren träfen, die sie so viele Jahre hoch geachtet hatten, auch sie nackt?

Und wie viele idealistische Jünglinge in der Zeit Aufsätze geschrieben haben würden und Gedichte und Gemälde gemacht und sich aufgeregt und geschwärmt haben würden. Und geküßt. Und danach vielleicht auch gewichtig geworden wären und auch vergessen.

Dann kam ein Mädchen mit einer Geige in die Straßenbahn und blickte mit ihren schwarzen Augen auf ihre zierlichen Schuhspitzen, und ich blickte auf die Rundungen ihres Sommermäntelchens und vergaß die anständigen Herren.

LIZZY SARA MAY

(1918–1988)

Bekannte und Verwandte

Weil das Erzählen meines Vaters nur an hohen Feiertagen stattfand, traute ich mich nicht, ihn an diesem trüben Novembertag darum zu bitten. Ich setzte mich ans Fenster und blickte hinaus.

Zunächst zog ein Apfelsinenkaufmann vorbei und dann ein kleiner, untersetzter Mann, der beim Vorbeigehen einen Blick auf mich warf. Gleich darauf wurde geklingelt. Kurz danach meldete Frieda, daß ein Herr den Herrn des Hauses sprechen möchte.

Mein Vater stand auf und ging an die Haustür. Mit dem kleinen, untersetzten Herrn, den ich gerade gesehen hatte, kam er wieder ins Zimmer herein.

»Sie kommen also geschäftlich,« sagte mein Vater, während er sich setzte. »Bitte, setzen Sie sich.«

Aber der kleine, dicke Mann kam auf mich zu und zwickte mir in die Wange.

»Na, du süße Kleine.«

Es tat weh.

»Meine Tochter,« sagte mein Vater mit unverhülltem Stolz.

»Unbeschrieen,« sagte der kleine Dicke. »Wie alt ist sie?«

»Sechs Jahre,« sagte mein Vater. »Sie geht schon in die Schule und kann lesen und schreiben.« Das war leicht übertrieben, denn wir hatten gerade das Wort Kind gehabt. Ich widersprach meinem Vater aber nicht, denn ich war auch der Meinung, daß ich lesen und schreiben konnte. Der kleine Dicke sagte, »Gottegott, ist das aber ein gesegnetes Kind!«

Er setzte sich.

»Und, was ist der Grund Ihres Besuches, Herr Cohen?« fragte mein Vater.

»Das sage ich Ihnen,« sagte Herr Cohen munter. »Kennen Sie Bram Katan?«

»Bram Katan?« sagte mein Vater. »Meinen Sie den aus der Weesperstraat?«

»Nein, das ist Sal, der von den Töpfen und Pfannen, der mit einer gewissen Mietje Meier verheiratet ist. Nein, ich meine Katan aus der Lepelstraat.«

»Katan aus der Lepelstraat,« überlegte mein Vater. »Ist das nicht der Sohn des alten Katan vom Waterlooplein?«

»Genau, der ist es!« rief Herr Cohen aus. »Der alte Katan ist noch ein Großneffe meiner Frau.«

»Woher kommt denn Ihre Frau?« fragte mein Vater.

»Meine Frau ist eine Augurkiesman,« sagte Herr Cohen.

»Doch nicht etwa aus der Jodenbreestraat?« fragte mein Vater.

»Aus der Jodenbreestraat ... der Jodenbreestraat? Warten Sie mal, sind das nicht die Augurkiesmans vom Textilgeschäft? Natürlich. Nein, meine Frau ist von der Nieuwe Keizersgracht.«

»Jetzt weiß ich 's!« sagte mein Vater. »Es sind die Augurkiesmans, die früher ein kleines Geschäft am Jonas Daniël Meierplein hatten. Ist Ihre Frau eine von denen? Aber dann habe ich noch mit ihr in der Schleiferei von van Dam gearbeitet!«

»Nein, das ist nicht meine Frau. Sie war Näherin. Ihre Schwester Chellie war Diamantarbeiterin. Meine Frau heißt Roosje. Aber was ich sagen wollte, Herr Maai ...«

»May«, korrigierte mein Vater.

»Mir egal, May,« sagte Herr Cohen, »sind Sie etwa mit den Mays aus der Damstraat verwandt?«

»Na ja, verwandt und verwandt sind zwei,« sagte mein Vater, »er ist ein Großneffe meines Vaters ...«

KLAUS MANN

(1906–1949)

Amsterdam

Amsterdam war ich gewohnt im engeren Zusammenhang mit einigen anderen, ehrwürdigen Familienangehörigen zu denken: mit London und Hamburg einerseits; andererseits mit Venedig. Dieses müßig-unterhaltende Spiel des Ähnlichkeiten-Feststellens hat freilich nur den rechten Reiz solange man die Stadt, der man die Ähnlichkeiten zuspricht, gar nicht oder erst ungenau kennt. Wenn man dann aber gelebt hat in so einer Stadt, ist sie schon etwas Einzigartiges, Unverwechselbares geworden und man liebt es nicht mehr, sie verglichen zu sehen. – Amsterdam: was für eine schöne, unverwechselbare Stadt! Wenn wir früher ihren Namen nannten oder hörten, kam eine Vision von Patrizierhaus und Hafen, in dem indisches Gewürz verladen wird; Rembrandt-Licht, Ghetto – und der Name Spinozas spielte irgendwie in diese ungenauen, übrigens ziemlich großartigen Vorstellungen. Damals wußten wir nicht, was diese Stadt einmal für uns werden und bedeuten sollte, welchen großen Dank wir ihr schuldig sein würden. Sie wurde zur Zuflucht, sie läßt uns arbeiten; und da sahen wir sie nicht mehr kritisch, vergleichend, geschmäcklerisch an: da wurde sie uns zur großen, schönen, mächtigen Realität. Da lernten wir ihre tausend kleinen Eigenheiten kennen, und gewannen sie lieb; sie gehörten zu ihrer Realität. Wir gingen ihre Grachten entlang und wir fanden sie am schönsten im Sommer, in den warmen Nächten, und den sonderbarsten Reiz hatten sie in dem engen Viertel hinter dem Hafen, wo die Freudenmädchen, stattlich, meist recht betagt, an den Fenstern ihrer sauberen Stuben bei einem Blumenstrauß und einer Lampe sitzen, und ein fauliger Geruch liegt über dem trägen Wasser, Musik von den Orchestrions kommt aus den offenen Kneipen; der Singsang der Leierkästen vermischt sich mit ihr. Wir sahen die Grachten im Herbst, wenn die gefallenen Blätter auf dem Wasser schwimmen: und im Winter, wenn phantastischer Weise die halbe Bevölkerung auf diesen zugefrorenen Wasserstraßen – der Prinsengracht, Keizersgracht., Heerengracht – Schlittschuh läuft; die Stadt wimmelt dann von Schlittschuhläufern, wie sie stets von den Radfahrern wimmelt, vor deren Rudeln wir über den Leidsche Plein und den Rembrandts Plein flohen. Wir bewunderten die vornehme, etwas fröstelnde, sehr reservierte Schmalheit der alten Häuser und die gute Architektur der modernen; (Amsterdam ist die Stadt, in der neue, architektonische Tendenzen sich am sichtbarsten ausgewirkt haben – die einzige Großstadt ohne abscheuliche Peripherie, die ich kenne;) wir gewöhnten uns an die merkwürdig steilen Stiegen der älteren Häuser; freuten uns an den Blumen, von denen diese ernste Stadt überschüttet scheint – in den schönsten Läden und an allen Straßenecken werden sie feilgeboten –; fanden Geschmack an der ausgiebigen, soliden Küche, und erst recht an dem Schnaps Bols. Wir hörten in den holländischen Theatern, wie man mit diesem niederdeutschen, etwas kehligen Idiom, in das sich so viele gewichtige altdeutsche Vokabeln drollig mischen, eine elegante Konversation machen kann – und im Concert-Gebouw – wo Mengelberg als eine Art von selten sichtbarem Nationalheiligen regiert – waren wir dankbare Zuhörer: (Amsterdam ist eine Hauptstadt ohne feste Oper; aber seine Konzerte können es mit denen jeder Kapitale aufnehmen). Welchen Stolz und ungeheuren Schatz hat es aber erst an seinen Museen! Das Reichsmuseum mit den Herrlichkeiten seiner Rembrandts und Frans Hals': (es war Rembrandts »Erweckung des Lazarus« vor der ich am längsten stehen bleiben mußte: ein anderes Bild von so bestürzender Tiefe kenne ich kaum, und keines, das so grauenvoll ist:) und das Städtische Museum mit der schönsten Van Gogh-Kollektion der Welt. Da ist ein Raum, der buchstäblich gesprengt zu werden scheint von der aufrührerisch maßlosen Glut und Inbrunst dieser Farben. – Und welche Vorräte an Kostbarstem und Bestem sind dann noch bei den großen Kunsthändlern zu sehen und in vielen privaten Häusern. – Wer aus dem Berlin kommt, das sich seine wilhelminische Prunksucht auch in der Republik nicht abgewöhnen wollte, ist doppelt empfänglich für die bescheidenere Gediegenheit, mit der hier Gutes geboten wird. Man konstatiert, zum Beispiel, was für ein bemerkenswert hohes Niveau hier einige Zeitungen halten, die sich nicht ununterbrochen selbst als »Weltblätter« anpreisen, während doch die eine oder andre von ihnen tatsächlich zu den besten der Welt gehört. Die großen literarischen Verlage beweisen eine Unternehmungslust, die sich eben jetzt gegenüber den vertriebenen deutschen Autoren bewährt, von denen viele nicht weiterarbeiten könnten ohne die bedeutende Hilfe aus Amsterdam. Hier ist großer Auftrieb und es gibt – was die holländische Produktion betrifft – eine oft wichtige Leistung, wir sollten besser kennen, was hier hervorgebracht wird; bei den Meisten von uns langt es nur bis zu Frederik van Eedens »Kleinem Johannes« (Lieblingsbuch meiner Kindheit, voll von unvergeßlichen Bildern;) und zu Multatulis »Max Havelaar«.

GRETE WEIL

(* 1906)

Deportation

Als er den Besuch hinter sich hatte, sah er sich die Stadt an, das gehörte zu seinen Pflichten, er sollte außer aktuellen Berichten in der Woche zwei bis drei Aufsätze liefern, deren Themen ihm überlassen waren, es mußte nur aus ihnen hervorgehen, daß es sich bei den Holländern um ein Brudervolk handelte, das die Deutschen liebte und germanische Lebensgewohnheiten hatte. (Für Politik war er nicht zuständig, das besorgte ein Kollege im Haag.)

Amsterdam gefiel ihm, er hatte es nicht erwartet, man war im Süden schnell bei der Hand, dem Norden alle Schönheit abzusprechen. Der Grundriß war klar und intelligent; vom Hafen aus zogen sich die Grachten in immer größer werdenden konzentrischen

Kreisen um die Innenstadt. Allerdings war dieser sinnvolle Plan um die Jahrhundertwende zerstört worden, als man die Stadt durch Bahnhof und Gleise vom Hafen trennte. Er hatte Mühe, ihn zu finden; als er ihn schließlich durch einen unter den Bahnlinien hindurchführenden Tunnel erreichte, war er enttäuscht, Krane ragten leer in die Luft, und außer den Fährbooten zum anderen Ufer gab es nur ein paar kleine Flußkähne im schmutzigen Wasser.

Er fuhr mit der Trambahn nach Hause, ertrug die feindlichen Blicke, als er sein Billett auf deutsch verlangte (nahm sich aber vor, so schnell wie möglich Holländisch zu lernen), und hatte den ganzen Nachmittag zur Arbeit. Ging früh schlafen, noch immer nicht akklimatisiert, wieder todmüde, mit leichten Kopfschmerzen.

In tiefem Schlaf der Schlag aufs Herz – die Geräusche. Diesmal schrie er nicht, knipste das Licht an, sah auf die Uhr, es war Punkt zwei; er machte das Licht aus, lief zum Fenster und riß es auf. Unten standen vier Trambahnen mit je einem Anhänger, dahinter bewegte sich eine dunkle Masse, einige hundert Menschen mußten es sein; fahle Gesichter im Schein der blauen Taschenlampen, die von Jungen mit weißen Armbinden gehalten wurden. An den Flanken standen ein paar Uniformierte (Soldaten, Polizisten?) mit großen Schäferhunden an kurzen Leinen.

Halblaute scharfe Kommandos: »Schnell, schnell, schneller. Wagen eins, eins a, zwei, zwei a, drei.« Die Jungen mit den Armbinden schleppten Koffer, Rucksäcke, führten alte Leute. Ein Kind plärrte, eine Frau gab ihm einen Klaps und rief: »Sei nicht so ungezogen.«

Sie drängelten in die Wagen, in fürchterlicher Eile, Hühner, die gackernd zum Futternapf rennen, stießen sich gegenseitig mit Ellbogen fort, voll Angst, nicht mitzukommen, stolperten die Trittbretter hinauf, ein Mann fiel zu Boden, die anderen stiegen über ihn hinweg, konnten es nicht erwarten, drinnen zu sein, einen Sitzplatz zu ergattern, es sich bequem zu machen. Immer wieder schlugen die Hunde an, von ihren Führern durch einen leichten Schlag mit der Leine dazu angehalten.

Dann waren alle eingestiegen, in verblüffend kurzer Zeit, eine Taschenlampe wurde geschwenkt, die Trambahnen rollten fort; nur die Uniformierten und die Jungen mit den Armbinden waren zurückgeblieben, standen streng in zwei Gruppen geteilt und gingen schließlich grußlos in verschiedene Richtungen davon.

Die Straße war leer, der Wind wehte, nach langer Zeit fuhr ein Auto vorbei.

Er stand, die Hände am Fensterkreuz verkrampft, bis die feuchte Kühle einen Schüttelfrost auslöste, da ging er ins Zimmer zurück, setzte sich an das runde Tischchen, auf dem die Schreibmaschine noch offen stand, schob sie beiseite, legte den Kopf auf die Platte und sagte: »Es ist soweit. Ich bin verrückt geworden.«

Alte Gespensterfurcht; von beiden Seiten belastet, ein Bruder des Vaters verdämmerte im Irrenhaus, eine Schwester der Mutter hatte sich in klimakterischer Depression das Leben genommen. Die empfindsamen Künstlernerven, übersensibel schon als Kind, des Vaters Richtspruch: Untauglich fürs Leben.

Er lachte, weinte, wünschte sich einen Arzt und mußte sich zwingen, nicht auf der Stelle, mitten in der Nacht, loszulaufen.

Trambahnen fuhren durch seinen Kopf, er schwebte in einem Ballon hoch über der Erde, einer riesigen bläulich fluoreszierenden Kugel, er saß am Tisch, vor ihm lag weißes Papier, er fing an, es mit Zeichen zu bedecken, die Mutter fragte, was er da mache, und er gab zur Antwort: Ich schreibe die Odyssee.

ETTY HILLESUM

(1914–1943)

Ausgrenzung – 1942

Samstag morgen, 9 Uhr. Es ist, als würden große Veränderungen in mir vorgehen, und ich glaube, daß es sich um mehr handelt als nur um Stimmungen.

Gestern abend gelangte eine neue Einsicht in mir zum Durchbruch, zumindest, wenn man etwas Derartiges als Einsicht bezeichnen kann, und heute morgen war in mir wieder Ruhe und auch eine Heiterkeit und Sicherheit, wie schon seit langem nicht. Und das alles hat die kleine Blase an meinem linken Fuß bewirkt. Mein Körper ist ein Speicher für vielerlei Schmerzen, die in allen Ecken versteckt liegen, wobei einmal der eine Schmerz zum Vorschein kommt und dann wieder ein anderer. Auch damit habe ich mich abgefunden. Und ich bin selbst darüber erstaunt, wie gut ich bei alledem arbeiten und mich konzentrieren kann. Aber ich muß mir auch vor Augen halten, daß man mit Geisteskräften allein nicht sehr weit kommt, wenn es hier ernst wird. Der kleine Spaziergang zur

Steuerbehörde und zurück hat es mich gelehrt. Zuerst liefen wir wie fröhliche Touristen durch eine schöne sonnige Stadt. Während wir gingen, fing seine Hand die meine ein, und unsere Hände schmiegten sich so gut und vertraut ineinander. Als ich jedoch nach einiger Zeit sehr müde wurde, war es schon ein recht sonderbares Gefühl, daß man in dieser Stadt mit ihren endlosen Straßen nicht mit der Straßenbahn fahren und sich nirgends auf eine Café-Terrasse setzen darf (von vielen Terrassen wußte ich ihm etwas zu erzählen: »Schau, da habe ich vor zwei Jahren nach meinem Doktorexamen mit meinen Freunden gesessen«). Und ich dachte, oder eigentlich dachte ich es gar nicht, es war eher eine Empfindung: In allen Jahrhunderten hat es müde Menschen gegeben, die sich in Kälte und Hitze auf Gottes Erde die Füße wundgelaufen haben, auch das gehört zum Leben. In letzter Zeit kommt es immer häufiger bei mir vor, daß ich bis in meine kleinsten täglichen Verrichtungen und Empfindungen einen Anflug von Ewigkeit verspüre. Ich bin nicht die einzige, die müde oder krank oder traurig oder ängstlich ist, sondern ich teile das Los von Millionen anderer Menschen aus vielen Jahrhunderten. All das ist ein Teil des Lebens, und trotzdem ist das Leben schön und sinnvoll noch in seiner Sinnlosigkeit, wenn man nur allen Dingen einen Platz im Leben einräumt und das ganze Leben als Einheit in sich aufnimmt, so daß es dennoch zu einem geschlossenen Ganzen wird. Und sobald man Teile davon ausschließt und ablehnt, sobald man eigenmächtig und willkürlich dies eine vom Leben annimmt, jenes andere aber nicht, ja, dann wird es in der Tat sinnlos, weil es nun kein Ganzes mehr ist und alles willkürlich wird.

Und am Ende unseres langen Ausfluges erwartete uns ein sicheres Zimmer mit einem Diwan, auf dem man sich ausstrecken konnte, nachdem man die Schuhe ausgezogen hatte. Der Empfang war sehr herzlich, Freunde hatten einen Korb Kirschen aus der Betuwe geschickt. Früher war ein gutes Essen eine Selbstverständlichkeit für uns, jetzt wird es zum unerwarteten Geschenk, und obwohl das Leben einerseits härter und gefährdeter geworden ist, ist es andrerseits auch reicher, da man keine Forderungen mehr stellt und alles Gute zum unerwarteten Geschenk wird, das man dankbar annimmt. Jedenfalls empfinde ich es so, und er auch, wir sprechen manchmal darüber, wie sonderbar es ist, daß wir überhaupt keinen Haß, keine Entrüstung und Verbitterung empfinden. Man kann das nicht mehr offen in Gesellschaft aussprechen, wir würden mit unserer Gesinnung allein dastehen und Bestürzung hervorrufen. Während wir noch gingen, wußte ich, daß uns am Ende des Weges ein sicheres Haus erwartete, aber mir war gleichzeitig bewußt, daß eine Zeit kommen wird, in der kein Haus auf uns wartet, sondern wo am Ende des Weges eine Baracke steht, in der wir mit vielen zusammen hausen müssen. Das alles war mir bewußt, während wir gingen, und zwar nicht nur für mich selbst, sondern auch für die anderen, und ich habe es hingenommen. Und noch etwas hat mich der Spaziergang gelehrt, das ich mir vor Augen halten muß: Von den zwei kurzen Stunden Laufen habe ich Kopfschmerzen bekommen, so schlimm, daß ich glaubte, mein Schädel kracht in allen Fugen und platzt an allen Nähten. Und meine Füße taten so weh, daß ich dachte: Wie werde ich bloß jemals wieder laufen können? Und von den vielen Aspirintabletten, die ich genommen habe (ich hielt es für nötig, da ich mich sonst hätte hinlegen müssen, aber sollte man nicht allmählich lernen, seine Schmerzen ohne künstliche Mittel zu ertragen?), hatte ich noch den ganzen folgenden Tag ein dumpfes Gefühl der Vergiftung im Körper. An sich fand ich das nicht schlimm, mein Leben war deshalb keinen Augenblick lang weniger intensiv und schön, aber ich mußte doch sachlich von mir feststellen: Du taugst nicht viel, Mädchen. Dein Körper ist völlig untrainiert und widerstandslos, in einem Arbeitslager würdest du nach drei Tagen umfallen, und alle Geisteskräfte der Welt können dich nicht retten, wenn du schon nach einem gemütlichen Spaziergang von kaum zwei Stunden mit solchen Kopfschmerzen und solcher Müdigkeit reagierst, wo du jetzt noch allen Komfort im Hintergrund hast. Für mich ist das alles nicht schlimm. Ich strecke mich auf dem Boden aus, übergebe mich, und dann ist es vorbei, und ich kann Gott und das Leben weiterhin preisen, so etwa stelle ich mir das jetzt vor. Aber da ist wiederum der Ärger und die Furcht, anderen zur Last zu fallen und wie ein Gewicht an den anderen zu hängen, so daß der Weg für sie noch schwerer wird. Früher habe ich es immer vor den anderen verheimlicht, wenn etwas weit über meine körperlichen Kräfte ging, ich wollte keine Last sein, ich lief mit, ich feierte mit, ich ging sehr spät zu Bett, ich war überall dabei. War das nicht auch eine Art Ehrgeiz? Zu befürchten, daß die anderen einen nicht mehr so nett finden, daß sie sich ärgern und einen fallen lassen, wenn man ihr Vergnügen durch die eigene Müdigkeit stört? Das war auch ein Grund für meine Minderwertigkeitskomplexe. Und zu unserem Spaziergang kam noch hinzu: Wir hatten uns verabredet, morgen früh im Judenviertel einige Adressen zu besuchen, wo wir möglicherweise helfen können, und der Weg dorthin ist noch viel weiter als der Weg zur Steuerbehörde am Donnerstagmorgen.

ANNE FRANK

(1929–1945)

Angst

Donnerstag, 25. März 1943

Liebe Kitty!
Mutter, Vater, Margot und ich saßen gestern abend sehr gemütlich zusammen. Auf einmal kam Peter herein und flüsterte Vater etwas ins Ohr. Ich hörte was von »eine Tonne umgefallen im Lager« und »jemand an der Tür rütteln«.

Margot hatte es auch verstanden, versuchte aber, mich ein bißchen zu beruhigen, denn ich war natürlich gleich kreideweiß und nervös. Wir drei warteten, Vater war inzwischen mit Peter hinuntergegangen. Keine zwei Minuten später kam Frau van Daan vom Radiohören herauf und sagte, Pim hätte sie gebeten, das Radio auszumachen und leise hinaufzugehen. Aber wie es so ist, wenn man besonders leise sein will, dann krachen die Stufen einer alten Treppe doppelt so laut. Wieder fünf Minuten danach kamen Peter und Pim, weiß bis an die Nasenspitzen, und erzählten uns ihre Widrigkeiten.

Sie hatten sich unten an die Treppe gesetzt und gewartet, ohne Resultat. Aber plötzlich hörten sie auf einmal zwei harte Schläge, als würden hier im Haus zwei Türen zugeschlagen. Pim war mit einem Satz oben, Peter warnte erst noch Dussel, der umständlich und geräuschvoll endlich auch oben landete. Nun ging es auf Strümpfen eine Etage höher, zur Familie van Daan. Herr van Daan war sehr erkältet und lag schon im Bett, deshalb scharten wir uns um sein Lager und tauschten flüsternd unsere Vermutungen aus. Immer wieder, wenn Herr van Daan laut hustete, bekamen seine Frau und ich fast Krämpfe vor Angst. Das ging so lange, bis einer von uns die glänzende Idee hatte, ihm Codein zu geben. Der Husten ließ dann sofort nach.

Wieder warteten und warteten wir, aber nichts war zu hören. Nun nahmen wir eigentlich alle an, daß die Diebe weggelaufen waren, als sie Schritte in dem sonst so stillen Haus gehört hatten. Das Unglück wollte, daß unten am Radio noch der englische Sender eingestellt war und unsere Stühle auch noch ordentlich drumherum standen. Falls die Tür aufgebrochen wäre und der Luftschutzwart das sehen und der Polizei Bescheid sagen würde, könnte das sehr unangenehme Folgen für uns haben. Also stand Herr van Daan auf, zog Hose und Jacke an, setzte einen Hut auf und ging sehr vorsichtig hinter Vater die Treppe hinunter, gefolgt von Peter, der zur Sicherheit mit einem schweren Hammer bewaffnet war. Die Damen oben (mich und Margot eingeschlossen) warteten mit

Spannung, bis fünf Minuten später die Herren wieder oben erschienen und sagten, daß im Haus alles ruhig sei. Wir machten aus, daß wir kein Wasser laufen lassen und im Klo nicht die Spülung ziehen würden. Aber da die Aufregung fast allen Hausgenossen auf den Magen geschlagen war, kannst Du Dir vorstellen, was für ein Gestank dort herrschte, nachdem wir einer nach dem anderen unser Geschäft erledigt hatten.

Wenn so etwas passiert, kommt immer alles mögliche zusammen. So auch jetzt. Erstens spielte die Westerturmglocke nicht mehr, die mir immer so ein beruhigendes Gefühl gab, und dann war Herr Voskuijl am Abend vorher früher weggegangen, und wir wußten nicht genau, ob Bep den Schlüssel noch bekommen und vielleicht vergessen hatte, die Tür abzuschließen.

Aber jetzt kam es darauf nicht an, es war noch immer Abend, und wir waren noch sehr unsicher, obwohl wir uns inzwischen doch etwas beruhigt hatten, weil wir von Viertel nach acht, als der Dieb unser Haus unsicher gemacht hatte, bis halb elf nichts mehr gehört hatten. Bei genauerer Überlegung kam es uns dann auch sehr unwahrscheinlich vor, daß ein Dieb so früh am Abend, wenn noch Leute auf der Straße sein können, eine Tür aufgebrochen hätte. Außerdem kam einer von uns auf den Gedanken, daß der Lagermeister von den Nachbran, der Firma Keg, vielleicht noch an der Arbeit gewesen war, denn in der Aufregung und bei unseren dünnen Wänden konnte man sich leicht bei den Geräuschen irren, und in solchen heiklen Augenblicken spielt auch die Aufregung eine große Rolle.

Wir gingen also ins Bett, aber der Schlaf wollte nicht bei allen kommen. Vater, Mutter und Herr Dussel wachten oft auf, und auch ich kann (mit ein bißchen Übertreibung) ruhig sagen, daß ich kein Auge zugemacht habe. Heute morgen sind die Herren hinuntergegangen und haben an der Haustür gezogen, ob sie noch abgeschlossen wäre. Alles war in Ordnung!

Die Ereignisse, die alles andere als angenehm waren, wurden natürlich lang und breit dem gesamten Büro erzählt, denn hinterher kann man leicht lachen, und nur Bep hat uns ernst genommen.

Deine Anne

MAX BECKMANN

(1884–1950)

Januar 1944

Samstag, 1. Januar 1944. Ein grauer kühler erster Tag im Jahr. Nach spätem Zubettgehen – noch etwas sorgenvoll morgens herumgelungert, dann um drei zu Lütjens. Hörte dort manches von den Bildern und »Rue de la paix«. Unbestimmt in weiter Ferne schwammen Möglichkeiten – und Frieden wünscht sich die ganze Welt.

Bekam zum ersten Mal zwei Zehn-Gulden-Zigarren und *echten* Kaffee, das will manches sagen.

Q. und ich aßen dann im Restaurant K. Hasenkeule.

... Trotz Sorgen – vielen – ach ja – meinte Q., es wäre ein schöner Jahresanfang gewesen.

Sonntag, 2. Januar 1944. Letzter Feiertag – Sonntag mit etwas »Faust« und solchen Sachen. Gott sei Dank, daß dieses »Fest« mal wieder vorbei ist. – Nervöse Stimmung ...

Montag, 3. Januar 1944. Ganzen Tag gezeichnet (Habenichts, Haltefest und Raufebold) »Faust«. – Sonst Sturm und Regen und schlechte Stimmung ...

Mittwoch, 5. Januar 1944. Mittag zu Dr. de Lange ... Alles in Ordnung – auch der Klappfuß soll wieder werden. Vorher hatte ich noch Selbstportrait mit Arm über Stuhllehne fertig gemacht und aßen am Concertgebauw, dann Hedda besucht und zu Fuß zurück, nicht unerhebliche Leistung ...

Freitag, 7. Januar 1944. Recht unangenehmer Tag in einer peinlichen Gewitterstimmung ... Etwas »Faust« und außerordentlich ermüdet, später im Café, wo sich großer Freitags-Stumpfsinn breit machte ...

Samstag, 8. Januar 1944. T'ja. Selbstportrait mit Stück »Englischrotem Vorhang« fertig ...

Montag, 10. Januar 1944. Spazierengelaufen – Frederiksplein ...

Abends in Erwartung von Pierre und etwas Augenweh ... Soeben rief Pierre an, 12 Uhr nachts.

Dienstag, 11. Januar 1944. Ankunft und Begrüßung von Pierre im Suisse. Dann Bilder ansehen, zehn Stück mitgenommen, auch letztes Selbstportrait. Lunchte bei uns. Dann um 6 in Bar mit Pierre – Gespräche. Abendessen bei uns, Fasan, zwei Fl. Sekt. – Gespräche – bis ziemlich spät ...

Mittwoch, 12. Januar 1944. Pierre um 11 Uhr, packte Bilder ein – geluncht zusammen. Ich kaufte vorher Billets zum Zirkus … Um 6 Uhr ich und Pierre im Cabaret, wo ich wissenschaftliche Vorträge bekam. Abendessen, nachher noch im Kaperschiff eine Fl. und brachten Pierre ins Suisse.

Donnerstag, 13. Januar 1944. Pierre wieder abgefahren … G. sagte ab für morgen Zirkus … Abends indische Philosophie …

Freitag, 14. Januar 1944. Spaziergang im alten Amsterdam, nicht gearbeitet … Wieder besserer Stimmung … Abends noch einmal Zirkus, dann zu Fuß nach Haus.

Samstag, 15. Januar 1944. Akt »Faust« beendet, werde ihn aber wohl wieder mal durchsehen – oder noch einmal …

Starker schwarzer Nebel und zu Hause geblieben.

Sonntag, 16. Januar 1944. Fest an der »Reise« wird jetzt interessant. – Schlechter Nebelsonntag … Ach, ich möchte so gern mal wieder »echte« indische Tänze sehen …

Montag, 17. Januar 1944. Fest an den »Südseefischen« –, wird vielleicht was. – Hartmann schrieb nett über »Faust«.

Dienstag, 18. Januar 1944. Viel am 5. Akt von »Faust«, drei Zeichnungen mit Mater Gloriosa – nicht zufrieden … Abends dann noch einmal in dem von Q. eingerichteten Zeichenzimmer, Mater Gloriosa bis 12 Uhr nachts, sehr gut.

Freitag, 21. Januar 1944. Spaziergang mit Q. im Vondelpark und Butshy. Plötzlicher Schmerz im rechten Bein … Nachmittag trotz Beinschmerzen noch im Amstel etwas melancholisch. – Hörte von Berlin Bombardement. Miese Stimmung – nervös.

Samstag, 22. Januar 1944. Morgens Faust 5. Akt, etwas müde und melancholisch bei furchtbaren Schmerzen ... Allerlei Bombensorgen, na ja –

Sonntag, 23. Januar 1944. Als ich mich heute früh begierig in die »Südseeleute« stürzen wollte, rief G. an und da war 's Essig. – Kam zum Lunch mit viel Gerede, auch zeigte ich ihm etwas Faust 5. Akt. Dann zeichnete ich ihn noch unter Klängen von Ravel, recht gut übrigens. Später zu Fuß an naßkalter Amstel »Auf den Spuren Rembrandt's«. Ha ha – o – ich Elender – Nachher durch wüste Nachtstraßen im Regen zu Q. und Butshy nach Haus.

Montag, 24. Januar 1944. Besuch von Lütjens, Bilderabholungen mit ihm besprochen. – Munch ist gestorben – wann komme ich?! – Er hat tüchtig lange ausgehalten!!

Mittwoch, 26. Januar 1944. Vergebliche Versuche zu arbeiten. Nachmittag kam G. Dann Fr., wo ich die unerfreuliche Nachricht bekam. Zu Hause abends endloses Gerede mit Q. über den Fall – na ja –

Freitag, 28. Januar 1944. Noch immer sehr schlechter Laune und déprimé, – sterben schon, aber endlos gequält zu werden, ist nicht meine Sache ... Dazu werde ich in vierzehn Tagen 60 Jahre – welcher Hohn des Schicksals ... Beinschmerzen wieder weg.

Samstag, 29. Januar 1944. Schlecht an den »Matrosen« heftig herumgemurkst – sonst gewisse Selbstberuhigungen – »Nichts soll mich mehr aus der Fassung bringen« – – etc. ...

Sonntag, 30. Januar 1944. Furchtbar viel Gefliege – (Berlin?). Etwas am »Südseefischen« – sehr nervös und in ewiger Erwartung von irgend was –

Montag, 31. Januar 1944. L. holte Bilder ab, Adieu »Monte Carlo« und »Carneval« – was nun? Sah die blonde Dame im Lastwagen verschwinden. Dann zu Fuß zum Neurologen Dr. M. Eingehend und ganz sympathisch. Pyrenäus-Nerv gelähmt. – Na ja ... Abends Lord Byron.

SIPKO MELISSEN

(* 1941)

Spurensuche 1996

In Beckmanns Tagebüchern wimmelt es vor Cafés, Wirtschaften und Kabaretts. ... Einen Großteil der Namen kannte ich nicht, und ich ging davon aus, daß die meisten der genannten Etablissements nicht mehr existierten. Wie etwa Caramella und Quartier Latin, zwei Bars, die laut Tagebuch am 16. März 1943 geschlossen waren. Nach der Rückkehr aus dem Skiurlaub würde ich einmal ins Stadtarchiv gehen, um herauszufinden, wo sich diese Bars befunden hatten. Auf das Naheliegendste kam ich allerdings zuletzt. Ich beschloß den Monat Januar 1944 auf Kneipen, Restaurants und Hotels hin zu überprüfen. Am 11. Januar »Ankunft und Begrüßung von Pierre im Suisse«, am 12. »ich und Pierre im Cabaret ... nachher noch im Kaperschiff eine Fl. Und brachten Pierre ins Suisse« »Im Amstel«-Hotel am 21. Januar. Suisse kam kaum in Betracht, weil es ein Hotel ist und weiter in den

Tagebüchern kaum genannt wird. Das Amstel Hotel käme nur hin, wenn man den Begriff »in der Nähe von« sehr weit fassen würde. Blieb also nur das Kaperschiff übrig. Beim Zurückblättern fiel mir auf, wie oft das Kaperschiff genannt wird. »Kommen soeben aus dem Kaperschiff – vielleicht müssen wir noch einmal zurück? (2 Stunden später: stimmte!)« (Eintrag vom 8. November 1940). Vielleicht konnte ich meine Nachforschungen im Archiv auf das Kaperschiff beschränken. Es war noch früh am Abend und ich hatte meinen Koffer schon gepackt. In diesem ruhigen Augenblick hatte ich eine Eingebung und ehe ich realisierte, was ich tat, hatte ich das Telefonbuch von Amsterdam vor mir auf dem Tisch liegen. Ich schlug zunächst nach beim C von Cafés, dann beim R von Restaurants und fand dort unter K das Kaperschiff. Völlig erstaunt starrte ich auf Namen und Adresse: Rokin 84, eine Nummer Unterschied zur Adresse von Beckmann. Es mußte entweder unmittelbar oder eventuell schräg gegenüberliegen. Ich war blind davon ausgegangen, daß es das Kaperschiff wie Caliente oder Caramella nicht mehr geben würde, und hatte jetzt das Gefühl, ein Telefonbuch aus den vierziger Jahren in den Händen zu haben. Ich schloß nicht aus, daß durch irgendeine verrückte Unaufmerksamkeit der Post sich der Name Kaperschiff verselbständigt haben könnte, obwohl die Gaststätte selber schon längst eingegangen war. Ich holte eine Flasche Wein aus der Küche und schenkte mir ein großes Glas ein. Wenn es das Kaperschiff noch gab, wäre alles möglich. Dann könnte es gut sein, daß die Frau, die Andreas suchte, am 12. Januar oder am Tag danach dort gewesen war.

Januar 1944. In vier Tagen feiert das Mädchen seinen dreiundzwanzigsten Geburtstag. Sie kennt den Mann, der mein Vater werden soll, dann noch nicht. Hat Göpel sie auch gesehen oder hat er nur die Geschichte gehört? Ich knipse das Licht aus und lasse die Tagebücher neben mir auf dem Kissen liegen. Kapuze, das wäre ein Hinweis! Natürlich. Es müßte jemand in der Verwandtschaft aufzutreiben sein, der noch weiß, ob sie einen Kapuzenmantel getragen hat.

Ich blättere erneut wie verrückt in den Tagebüchern. Wer weiß, wie viele Hinweise ich noch übersehen hatte. Am 23. und 26. Januar wird Beckmann von einem gewissen G. besucht. Natürlich, das kann nur Göpel sein, der Mann, der ihr gemeinsam mit Beckmann den Namen Madame Roquin gibt. Beckmann sah sie in einer Wirtschaft am Rokin. Jetzt gehen mir die Augen auf. Ich sehe alles, ich sehe sogar das Naheliegende. Im nächsten Augenblick wähle ich die Nummer des Kaperschiff. Das Telefon läutet. Ich halte den Atem an. Das Zimmer dreht sich, der Abend dreht sich und die Zeit auch. Wir haben Januar 1944. Die Stimme eines jüngeren Mannes. Ich brauche die Geschichte über Nachforschungen, die ich ad hoc erfinde, nicht einmal fertig zu erzählen. »Ich gebe Ihnen meinen Vater.« »Beckmann? Ja, selbstverständlich, der kam oft hierher.« Es klingt Stolz in der Stimme. Nein, er habe ihn nicht gekannt, aber sein Vater, der vor einem Jahr gestorben ist, wohl. Vor einigen Jahren sei der Sohn Beckmanns noch hier gewesen, um ein Buch zu bringen. Es seien dort auch Fotos darin enthalten. »Die Tagebücher?« »Könnte sein, Kommen Sie einmal vorbei, wir haben auch mittags geöffnet.« Ich erkundige mich, ob das Kaperschiff immer ein Restaurant gewesen ist. Nein, es sei eine Wirtschaft gewesen. Der Sohn, mit dem ich telefoniere, habe mit dem Restaurant angefangen, aber am Interieur habe sich nichts geändert. »Die Wandmalereien sind weg, aber die Segel hängen noch.« Ich verschütte Wein beim Einschenken. Wenn es das Kaperschiff noch gibt, ist alles möglich. Dort war sie. Wir haben sie erwischt.

WILLEM FREDERIK HERMANS

(1921–1995)

Besatzungsalltag

Er ging viel in der Gegend der Universitätslaboratorien spazieren. Die Fenster wurden immer stumpfer vom Staub. Trotzdem war das Tor nicht jeden Tag geschlossen, und manchmal saß ein Pförtner da, doch Arthur ging nie hinein. Er schlenderte durch das entvölkerte Judenviertel, wo jeden Tag mehr Häuser ausgehöhlt wurden, bis sie von selbst einstürzten. Oft waren die Eingänge mit Stacheldraht verschlossen, das hatte man getan, nachdem die Deutschen die Türen eingeschlagen hatten. Alles schien hier Schmutz auszuscheiden. Wenn die Sonne schien, trocknete er, wehte er einem ins Gesicht, mit dem Geruch von altem, vermülmten Papier. Manchmal dauerte es lange, bis man hier einen Menschen traf, obwohl auf dem Waterlooplein noch immer Händler standen. Dort hatte er schon viel verkauft. Zehn Gulden hatte ihm ein Neger für Carolas Wecker gegeben, der nur, wenn man ihn gerade geschüttelt hatte, lief.

So weit schritt der Abbruch fort, daß die Zuiderkerk allmählich frei stand. Die Hintertür des Gebäudes stand immer offen, und man konnte die Toten, die bei Transportschwierigkeiten vorläufig nicht begraben wurden, in ihren braunen Pappkartons liegen sehen.

Die Dijkdwarsstraat führte auf die Snoekjesgracht. Dort war kein festes Ufer. Wer verfolgt wurde, könnte nichts anderes tun, als sich ins Wasser fallen zu lassen.

Fast alle Häuser in der Dijkdwarsstraat waren Ruinen, und die schmale Gasse wurde von selbst mit Schutt angeschüttet. Immer, wenn Arthur dort in die Gegend kam, suchte er ein bestimmtes Haus, wo man, über Balken, zu einer anderen Straße hindurchgehen konnte. Unter den Balken stand schwarzes, regloses Wasser, in dem eine Matratze halb trieb, halb sank, der Kapok hing in großen durchnäßten Bäuschen heraus. Er stand lange, im Gleichgewicht, auf einem schmalen Balken und hätte stundenlang hinstarren können, wegen des schwarzen Glanzes des Wassers, der ihn an nichts denken ließ, nur an diesen schwarzen Glanz, als ob er ihn in Trance brachte. Doch eines Tages trieben auf dem Wasser Tausende von kleinen Vogelfedern, die von keinem Luftzug bewegt wurden. Arthur dachte damals: fast niemand auf der Welt hat so etwas gesehen, er war beinahe glücklich. Aber später dachte er: was soll ich damit anfangen? Ich habe nichts von dieser Erinnerung, ich kann sie nicht einmal einem anderen erzählen, denn für diesen enthält sie nichts, worüber er nachdenken könnte.

Einmal, als er auf dem Leidseplein eine Razzia beobachtete, traf er Proost.

Auf der Seite des Theaters und Américain-Hotels wurde Razzia veranstaltet. An der Ecke der Marnixstraat standen große grüne Autos. Auf der anderen Seite, wo Arthur mit Händen in den Hosentaschen zusah, geschah nichts. Alle Männer, die aus der Leidsestraat kamen, wurden vereinnahmt. Das sah jedenfalls so aus, und alle sagten es, vielleicht stimmte es doch nicht: warum sollte man nicht aus der Leidsestraat kommen, aber bei Hirsch stehen und zuschauen dürfen? Vielleicht wurde in einer halben Stunde die strafbare Tatsache auf die andere Seite verlegt.

»Sei doch nicht blöd«, rief Proost, »willst du warten, bis dich die Stinker auch fassen?« Er hatte noch dieselben Struma-Augen, große emaillierte Pickel und idealistische Haare.

»Ich komme doch nicht aus der Leidsestraat?« protestierte Arthur. »Mußt du selber wissen«, sagte Proost, aber er dachte nicht daran, Arthur seinem Schicksal zu überlassen. »Ich muß in die Vondelstraat«, sagte er, »komm ein Stück mit!« Arthur ging mit ihm.

»Du darfst dir eine Zigarette rollen, wenn du willst«, sagte Arthur. »Toll, dafür bleibe ich einen Moment stehen«, sagte Proost, doch als Arthur ihm die Schachtel gereicht hatte, rollte er sich nicht erst eine Zigarette, sondern ging sofort weiter. »Es dauert nicht mehr lange, dann werden die Schweine etwas anderes erleben«, sagte Proost und zeigte mit dem Kopf nach hinten, mit vor Rachsucht gedehnten Lippen.

»Glaubst du, daß es bald vorbei ist?« fragte Arthur, der vermutete, daß die Frage von ihm erwartet wurde.

»Ich weiß es genau. Ende April ist endgültig Schluß.«

»Schließt du das aus Radionachrichten?«

»Nicht direkt natürlich. Aber wir haben unsere Instruktionen für den Fall ... «

Aus Angst, daß Proost mit einer seiner üblichen Heldengeschichten kommen würde, fragte Arthur: »Tust du noch etwas für dein Studium?«

»Was glaubst du, dafür habe ich keine Zeit ... es stehen ganz andere Sachen auf dem Spiel ... Als ich im Konzentrationslager saß, habe ich gedacht, es ist doch entsetzlich, daß der erstbeste Analphabet, der mit einem Stück Gummi in der Gesäßtasche herumläuft, dir einen Schlag ins Gesicht geben kann. Das habe ich nie vergessen.«

»Nein, das weiß ich«, sagte Arthur, der diese Geschichte auch nicht vergessen hatte, denn Proost hatte sie ihm und anderen in seinem Beisein wohl zehnmal erzählt. Proost war drei Tage in Amersfoort gefangen gewesen, warum wußte nur er selbst; erst nach der Befreiung könnte er es erklären, sagte er geheimnisvoll.

»Weißt du, daß sie Ossegal freigelassen haben?«

»Freigelassen? Bist du verrückt. – Aber wie kommst du darauf?« »Ich habe ihn gesprochen«, sagte Arthur süßlich.

»So, und sagte er, daß man ihn freigelassen hätte? Ziemlich vernünftig von ihm, muß ich schon sagen. Nein, das hätte ich nicht von ihm gedacht. Machte er auf dich auch immer den Eindruck eines altgewordenen Schuljungen?«

»Was soll's?« sagte Arthur, »alle Gelehrten sind mehr oder weniger Kinder, die spielen!« Proost kniff die Augen halb zusammen und spitzte die Lippen.

»Ossegal ein Gelehrter ... ein gescheiter Gelehrter ... trotzdem ein Mann von Format.« Er stieß Arthur in die Seite.

»Ich werde dir mal was sagen. Sie haben Ossegal nicht freigelassen, Himmler würde vor Vergnügen bis zur Decke springen, wenn sie ihn wieder einfangen würden ... « Er fuhr nicht fort, nur, um von Arthur eine Frage zur erobern.

Arthur fragte dann auch: »Warum denn?«

»Tscha, warum denn ... Das steht hier nicht zur Debatte. Ich wollte dir nur sagen, daß Ossegal von uns befreit wurde. Wir haben einen Überfall auf die Wagenkolonne gemacht, drei Deutsche niedergeknallt, und schon waren die Lastwagen leer: Sonst säße er jetzt vielleicht in Dachau. Oder wäre schon im Krematorium verbrannt.« »Woher weißt du von dem Überfall?« fragte Arthur.

»Oh, aus zuverlässiger Quelle«, sagte Proost enttäuscht, weil Arthur aus seinen Worten nicht schloß, daß er am Überfall teilgenomnen hatte.

»Aber darum geht es gar nicht«, fuhr er schnell fort. »Ich wollte dir nur sagen: dieser Oskar ist ein Mordskerl, einer von den Niederländern, wie es nur wenige gibt. Die Arbeit, die der getan hat ... Enfin ...« Proost wagte endlich stehenzubleiben. Er lehnte sich an das geschlossene Tor des Vondelparks, öffnete Arthurs Tabakdose und rollte eine Zigarette. Sein Mund zog, als wäre es ein Fischmaul, in einer Art Verachtung nach, die um Würde rang. Mit einer

Hand schloß er die Schachtel, in der anderen hielt er das zusammengefaltete, aber noch nicht zugeleckte Papier mit Tabak.

»Komm, wir wollen hier nicht zu lange bleiben«, sagte er, als er Arthur die Schachtel zurückgab.

Sie gingen weiter, und Proost begann ein langes Gespräch über seine Verlobte. Er wäre schon sechzehn Jahre lang verlobt, seit seinem fünfzehnten Lebensjahr. Els und er wären noch nie »intim« miteinander gewesen, bis vor drei Monaten. Da hätte sie es gewollt. Am nächsten Morgen hätte er für die illegale Arbeit irgendwo sein müssen. Und dort hätte er eine Frau getroffen, in die er sich nach fünf Minuten verliebte.

Proost und Arthur waren am Ende des Overtoom, und eigentlich mußte Arthur rechts ab, aber Proost sagte: »Geh noch ein Stück mit.« Arthur dachte: mir sind sie alle gleichgültig, aber man weiß nie, ob ich nicht mal jemand brauche. Darum ging er mit Proost in den Amstelveense Weg.

RUDI VAN DANTZIG

(* 1933)

Hungerwinter 1944/1945

Vorgestern hatte ich selbst noch nichts davon gewußt. Ein Kollege meines Vaters, Herr Anderson, – »Frits«, sagte mein Vater – war zu uns gekommen. Sie hatten hinter verschlossener Tür in der Stube gesessen und geredet.

»Geh solange in dein Zimmer. Wir sind gleich soweit.«

Als Herr Anderson fort war, setzte sich mein Vater zu mir auf mein Bett und legte den Arm um mich. Komisch.

Am nächsten Morgen hatte ich zugeschaut, wie mein Vater meinen kleinen Bruder fütterte, Löffel für Löffel. Ohne aufzuschauen, war er wieder und wieder über den leeren Teller gefahren, als solle der Boden noch weg, und plötzlich hatte er gesagt, ganz langsam und mit Nachdruck: »Weißt du, Jeroen, du kannst eine Zeitlang aufs Land, zu den Bauern, Herr Anderson hat das bei Fokker gehört. Montag fährt ein Auto, dann kannst du mit. Ordentlich sattessen und draußen spielen.«

Er hatte mich angeschaut, als wenn er mit einem Fremden spräche, ohne Überzeugung.

»Ich denke, das sollten wir tun. Es ist besser für dich, eine Weile weg von hier. Und Bobbie hat dann mehr zu essen.«

Ich hatte nichts gesagt und teilnahmslos mit dem Finger kleine Figuren auf den Tisch gezeichnet.

»Es wird nicht lange dauern, der Krieg ist bald vorbei. Sie sind schon in Frankreich. Dann kommst du wieder nach Hause.«

Ich schaue nach oben, zu unserem Balkon, wo der Vorhang sich im Wind bauscht. Dahinter, im kleinen Nebenraum, schläft mein kleiner Bruder. Wenn er gleich wach wird und zu schreien beginnt, ist niemand da, der ihn aus der Wiege holen kann, er wird das ganze Haus zusammenbrüllen.

Mein Fortgehen, das ich zunächst teilnahmslos hingenommen hatte, ist mir plötzlich in aller Schärfe bewußt. Zwischen meinen Augenbrauen krampft sich etwas zusammen, in der schmerzenden Höhle meines Magens hallt die Angst. Mein Körper zieht sich zusammen, mir ist, als müsse ich mich übergeben.

Mein Vater kommt mit dem Fahrrad aus dem Haus, zieht die Tür leise hinter sich zu und stellt das Rad so geräuschlos wie möglich neben dem Bordstein ab. Sein Gesicht ist starr und müde.

Ich klettere auf den Gepäckträger, mein Vater stellt den Koffer zwischen uns. Ich rutsche ein Stück zurück, das Gitter des Gepäckträgers gräbt sich kalt in mein Gesäß, die Kofferkante schneidet in meine Oberschenkel. Schwerfällig, wacklig fahren wir los, die eisernen Felgen holpern scheppernd über die Steine. Bei jedem Huckel krampfe ich zusammen und klammere mich an Vaters Jacke fest.

Bevor wir rasselnd um die Ecke biegen, kann ich noch einen letzten Blick auf unser Fenster werfen, unseren Balkon. Das Sonnenlicht spiegelt sich auf den Scheiben, und die weißen Gardinen wehen hinaus wie eine bleiche Hand. Adieu.

Wir biegen in den Admiraal de Ruyterweg ein und dann in die Rozengracht. Noch nie habe ich die Straßen so verlassen gesehen, wie ausgestorben. Die Straßenbahnschienen ziehen sich, rostig, langgereckt, hin. An einem aufgerissenen Stück voller Sandkuhlen steigen wir ab und gehen auf dem Bürgersteig weiter. Ungeschickt versuche ich den Koffer auf dem Gepäckträger im Gleichgewicht zu halten. Warum müssen wir uns so beeilen?

Wir gehen an einem leeren Haus vorbei. Durch die zerbrochenen Scheiben sehe ich einen Mann und eine Frau auf den Knien liegen. Sie reißen Bretter aus dem Fußboden. Als wir vorbeigehen, halten sie erschreckt inne, die Frau drückt sich an den Boden, als wolle sie darin verschwinden. Beschämt ob unseres indiskreten Hinschauens wende ich den Kopf ab.

»Das Auto steht am Dam, neben dem Palast,«, sagt mein Vater. »Ich hoffe zumindest, daß es schon da ist, sonst mußt du warten. Ich gehe gleich zurück, wegen der Deutschen. Und Bobbie wird bald wach.«

An einem Geschäft, das aussieht, als sei es schon lange nicht mehr in Betrieb, ein schmuddeliges Schaufenster in einem verfallenen Gebäude, stehen Leute schweigend Schlange. Wir scheppern vorbei. Meine Blicke kreuzen sich mit denen eines Mannes, der an die Mauer gelehnt dasteht. Ein grauer, distanzierter Blick.

Ich will zurück, ich will nicht fort. Das Auto ist bestimmt noch nicht da, es ist zu früh.

Dann sehe ich im Schatten des Palastes die Rechteckform: Ein kleiner Lastwagen mit einer Plane über der Ladefläche. Vorn sitzt gebeugt ein Mann, er schaut durch die schmutzige Windschutzscheibe.

»Ist das der Wagen nach Friesland, für die Kinder von Fokker?« Der Mann hat verschlafene Augen. Er murmelt etwas, was ich nicht verstehe. Vielleicht sind wir hier verkehrt, ist es nur ein Irrtum. Wir gehen zur Rückseite des Wagens, mein Vater hievt den Koffer über die Ladeklappe.

»Was willst du, draußenbleiben oder soll ich dir schon mal reinhelfen?«

Ich schaue hinauf zum Laderaum: Wie soll ich ohne Hilfe dort hinaufkommen?«

»Hilf mir lieber rein.«

Der eiserne Boden ist kalt an meinen Knien. In einer Ecke liegt ein Stapel grauer Decken, aber ich traue mich nicht, eine zu nehmen.

»Pappi.«

Mein Vater ist wieder nach vorne gegangen und spricht mit dem Fahrer.

»Pappi, mir ist nicht gut. Ich fahr lieber mit dir zurück, ich werde bestimmt krank.«

Wenn es meine Mutter gewesen wäre, hätte ich lauthals und herzzerreißend geheult und mich an ihr festgeklammert. Sie hätte mich wieder mit zurückgenommen.

»Schön tapfer sein, mein Junge.« Mein Vater gibt mir einen Bezugsschein, an dem ein paar Lebensmittelkarten festgeklammert sind. »Paß gut darauf auf, man wird dich in Friesland bestimmt danach fragen. Nicht verlieren.«

Er stemmt sich ein Stück am Wagen hoch, und ich schlinge meine Arme um seinen Hals. »Paß gut auf dich auf, ja? Und schreib.«

Ich kann nicht antworten. Mein Körper zuckt vor verhaltener Angst. Durch einen Schleier sehe ich, wie sich das Blau seiner Jacke vom Wagen entfernt. Ein Winken, von der Sonne hell beleuchtet, dann ist er um die Ecke. Weg.

In der Fahrerkabine tickt der Mann an die Zwischenscheibe.

»Ich geh mal kurz weg«, ruft er, »es dauert noch eine Weile, bis alle da sind.«

Die Tür des Wagens schlägt zu. Ein paar Spatzen auf der anderen Straßenseite schilpen in der Sonne. Ich verkrieche mich in die hinterste Ecke des Laderaums und stelle den Koffer neben mich. Ich ziehe meine Knie hoch und spüre, wie ein Tropfen auf mein Bein fällt und daran hinunterkullert.

GERARD REVE

(* 1923)

Silvester 1946

Die Musik hörte auf. Die Sekunden tickten. »Rrrtock«, machte es plötzlich zwischenhinein. »Es kommt«, sagte Frits. Ihn schauderte. »Sieben, acht, neun«, zählte er für sich. Langsam fielen die Töne des Vorspiels. Danach war zwei Augenblicke lang Stille. Die Schläge begannen. Draußen fingen Sirenen zu heulen an. »Ein glückliches Neues Jahr, Mann«, sagte die Mutter, und sie faßte den Vater bei der Hand. »Ein glückliches Neues Jahr«, sagte dieser. Sie küßten sich. »Ein glückliches Neues Jahr, Mutter«, sagte Frits, als seine Eltern sich wieder losgelassen hatten. Die Mutter zog ihn am Arm zu sich und gab ihm einen Kuß auf die Wange und einen auf den Hals. »Ein glückliches Neues Jahr«, sagte sie. Er küßte sie auf den Mundwinkel. Während sie ihn noch festhielt, streckte er die Hand zum Vater hinaus. »Ein glückliches Neues Jahr, Vater«, sagte er. »Glückliches

Neues Jahr, mein Junge«, sagte der Mann und drückte ihm kräftig die Hand, wobei er den Arm forsch hoch und runter schüttelte.

Sobald Frits frei war, hob er das Glas. Die Eltern folgten seinem Beispiel. Sie brachten die Gläser zusammen, ließen sie vorsichtig zusammenstoßen und tranken. »Äpfeljohannisbeeren«, dachte Frits. »Es ist vorbei.« Die Eltern setzten sich. Das Radio setzte mit einem Marsch ein. »Ich gehe mal kurz auf die Straße«, sagte er. »Ich muß mal kurz raus.« Er zog schnell den Mantel über und stürmte die Treppen hinunter. Vor dem Haus blieb er stehen. »Erst mal pinkeln«, murmelte er, ging zur Mauer und ließ, gegen ein Regenrohr, sein Wasser. Immer mehr Sirenen und Pfeifen mischten sich in den Lärm. Während er den Hosenlatz zumachte, schaute er in die Höhe. Mitten am Himmel war in der Bewölkung eine offene Stelle, wo die Sterne klar glitzerten. Im Süden stieg eine grüne Rakete auf; sie kletterte hoch, verringerte ihre Geschwindigkeit, fiel und erlosch auf halbem Wege. »Das sind fliegende Sonnen« dachte er, »zu vier Cent.« Passanten, die stehengeblieben waren und zur Rakete hingeschaut hatten, gingen weiter.

Er rannte den Kai hinunter, bis zum Fluß, bog links ab und lief, ab und zu springend, schnell am Ufer entlang vorwärts. Es wehte fast kein Wind mehr: auf der Wasseroberfläche zeigte sich nur eine matte Kräuselung. Zwei Jungen auf einem Fahrrad, die hinter sich, an einem Strick, drei große Blechbüchsen über die Straße mitschleiften, fuhren in schneller Fahrt an ihm vorbei. Ab und zu sprang eine Büchse ein Stück in die Höhe. »Sehr gut«, sagte Frits sich. Auf der anderen

Seite des Wassers, dicht hinter der Häuserreihe, stiegen, kurz hintereinander, drei rote Raketen auf. »Es ist gar kein Rot«, dachte er, »sondern ein mildes Lila. Wie das Silberpapier um diese Schokoladehütchen, damals, als wir klein waren.« Auf dem Höhepunkt zerspritzten die Raketen zu kleinen weißen Sternen, die nach wenigen Augenblicken erloschen.

»Wir gehen weiter«, sagte er sich, »schnell jemandem ein glückliches Neues Jahr wünschen.«

Auf einem verdeckten Kahn am anderen Ufer konnte er Gestalten unterscheiden. »Es ist ziemlich hell«, dachte er, »sind es die Laternen, oder ist der Mond noch irgendwo? Sicherlich steckt er hinter einer Wolke. Ich sehe ihn nicht.« Die Gestalten auf dem Kahn bückten sich, um irgendetwas herum. Plötzlich sah er zwischen ihnen eine Flamme, in Höhe des Decks. Deren Licht war erst weiß, wurde greller und verfärbte sich tiefgrün. Die Flamme wuchs, änderte die Form und wurde zur Kugel. Die Gesichter der Umstehenden wurden deutlich sichtbar. »Bengalisches Feuer«, dachte er. »Es scheint so, als würde Moos auf ihrem Gesicht wachsen. Sogar die Steine auf der Mauer kann man sehen.«

Die Glut hielt eine halbe Minute an, erreichte ihre höchste Höhe und Stärke und erlosch langsam, unter Flackern. Eine nach der anderen hörten die Sirenen und Pfeifen auf. Er schaute um sich. Wenige Schritte neben ihm standen zwei kleine Jungen. Sie trugen schwarze Regenmäntel. Der eine war einen Kopf größer als der andere.

Er machte ein paar Schritte in ihre Richtung. Sofort sprangen sie ein Stück zur Seite. »Sie haben Angst«, dachte er. »Sie haben Angst vor mir; ungefähr acht Jahre.« Er räusperte sich und fragte: »So, Leutchen, dürft ihr noch so spät auf die Straße?« »Ja«, antwortete der Größere, »weil Silvester ist.« »Tatsächlich«, dachte er, »sie antworten, weil man auch auf die dümmste Frage etwas erwidern muß.« »Trotzdem ist es gefährlich, hört ihr, Jungs«, sagte er, »weil Kinderdiebe auf der Straße sind.« »Die gibt's gar nicht«, sagte der kleine Junge, »außerdem, wir sind zusammen. Dann schlage ich ihm eins auf den Kopf, mit dem Stock.« Er holte unter dem Mantel einen dicken Ast hervor.

»Er sagt, daß es kaltes Feuer ist«, sagte der große Junge, wobei er erst auf den anderen, dann auf die Seite gegenüber zeigte, »das kann es doch gar nicht geben, oder doch?« »Kaltes Feuer gibt es nicht«, sagte Frits, »das existiert nicht.« »Siehst du wohl«, sagte der große Junge zum kleinen. Plötzlich rannten sie weg. »Ein bekannter Irrtum unter der Jugend«, sagte sich Frits. »Der Glaube an das kalte Feuer. Sie glauben, daß Feuerwerk und Funken kaltes Feuer wären.« Er trat dicht ans Wasser und begann auf dem Uferrand aus Granit zu gehen.

FRANS POINTL

(* 1933)

1946 Amsterdam

Ich war rund dreizehn, mager und klein von Gestalt. Ich wiederholte die sechste Klasse. In der Schule hatte ich den Spitznamen »Sauerkraut« bekommen, den ich Martin van der Meer zu verdanken hatte. Er schikanierte mich, wo er konnte, und hetzte die anderen gegen mich auf. Zu Hause konnte ich nicht darüber sprechen. Mutter zog sich immer mehr in sich zurück. Manchmal erhielt ich kaum Antwort auf eine Frage oder Mitteilung. Die müden Menschen, die hin und wieder zu uns kamen, zählten Namen auf, und Mutter nickte. Tot, tot, sagte sie. Es hallte in mir weiter. Das Leben schien aus lauter Tod zu bestehen.

Auf dem Heimweg von unserer Schule schlenderte ich an einem Samstagnachmittag durch die Lutmastraat, in Gedanken versunken. Die Sonne schien. Plötzlich sprangen an der Ecke der Toldwarsstraat Martin und Theo van der Harst auf mich zu. Raufen war nichts für mich, aber zum Weglaufen war es zu spät. Die Tasche wurde mir aus der Hand geschlagen, ich knallte hart auf den Boden. Theo hielt lachend meine Handgelenke fest, Martin setzte sich mit triumphierender Siegermiene auf meine Brust und drosch mir ins Gesicht.

Mit blutender Nase, blauem Auge und aufgesprungener Lippe kam ich nach Hause. Auch Hose und Jackett waren zerrissen, was für Mutter offenbar das

Schlimmste war. Wir hatten kein Geld, uns anständig anzuziehen und bekamen Gutscheine von der Sozialhilfe. In einem großen Lagerraum, wo es nur abgelegte Kleidungsstücke gab, nahm eine Frau gleichgültig meine Maße. Altmodische, viel zu weite gestreifte Hosen, zu lange Jacketts, Oberhemden, die mir zu groß waren, lächerliche Schuhe. Dank dieser Wohltätigkeit lief ich herum wie ein Clown. Hatte ich deswegen den Spottnamen »Sauerkraut« bekommen?

Einmal traf ich dort Gerda, das schüchterne jüdische Mädchen aus der fünften Klasse. Als sie mich bemerkte, wurde sie feuerrot und schaute schnell in eine andere Richtung. Später erzählte sie mir, daß sie von den gehässigen Mädchen in ihrer Klasse »Essig« genannt wurde.

»Sieh dir deine Sachen an, alles kaputt, verflixt noch mal«, reagierte meine Mutter, während sie mir ziemlich grob Lippe und Nase mit einem feuchten Waschlappen abtupfte.

»Vielleicht hat die Sozialhilfe noch einen hübschen alten Hochzeitsanzug für mich«, höhnte ich.

Andere hatten einen Vater, der sie verteidigen konnte, wenn ihnen Unrecht geschah. Ich hatte niemanden. Es war unvorstellbar, daß Mutter zum Lehrer ging, um sich über Martin und Theo zu beschweren.

»Muß ich am Montag zur Schule?«

»Natürlich. Hast du Angst? Du mußt dich halt selber wehren. Wenn ein Mensch sein Recht will, muß er auch weniger angenehme Dinge in Kauf nehmen.«

JOHANNES JACOBUS KLANT

(1915–1994)

Happening 1947

Ich zog meinen Rock an und umarmte Katrijn, die mir schluchzend noch schnell einen Packen Butterbrote und drei Äpfel in die Tasche stopfte. Dann sagte der Sergeant mit lauter Stimme: »Achtung!« und ich nahm stramme Haltung an, aber es war ihm nicht recht. Er machte es mir vor und ließ es mich dann zwanzigmal nachmachen, bis es ganz vorschriftsmäßig geschah. Dann sagte er: »Marsch!« Aber auch nun machte ich es nicht richtig, und wir übten es eine Weile auf dem Flur und im Wohnzimmer. Dabei fiel der Schirmständer um, und Katrijn erhielt Befehl, ihn aus dem Weg zu räumen und die Stühle auf die Seite zu schieben. Auch den Flurläufer mußte sie zusammenrollen, denn er war uns lästig beim Üben.«

Nach einer halben Stunde klappte es schon so gut, daß wir unsere Märsche bis zur Küche und zum Schlafzimmer ausdehnen konnten, und der Sergeant hielt mich nun für imstande, mit abzurücken. »Denk daran«, sagte er auf der Treppe, »daß du immer im Takt marschierst. Auf einer Treppe geht es zwar etwas schwerer, aber es geht auch da.« Auf der Straße vor meiner Haustür standen am Rand des Bürgersteiges zwei Mann – hintereinander, mit den Händen auf dem Rücken und ebenfalls Wickelgamaschen an den Beinen und einer Mütze auf dem Kopf. »Stell dich hinter diesen Mannschaften auf«, sagte der Sergeant. Ich tat, was er verlangte, und dann rief er wieder: »Achtung!« und »Marsch!« So marschierten wir also zu dritt, den Sergeanten neben uns, der immer wieder rief: »Links, zwei, drei, vier, links, zwei, drei, vier!« in Richtung zur Binnenstadt. Kleine Jungen mit Holzgewehren über der Schulter, papierenen Mützen auf dem Kopf und weinenden Schwesterchen an der Hand folgten uns in einem losen Haufen.

Plötzlich sah ich vor mir den Westerkirchturm, und er wogte sacht auf und nieder. Wie oft hatte es mich schon überrascht, wenn ich um die Ecke kam und ihn plötzlich vor mir sah, hoheitsvoll und mild. Doch heute schossen mir Tränen in die Augen, und noch nie hatte ich mich der Erlösung so nahe gefühlt, denn der Westerkirchturm weiß viel von Freiheit und weiten Räumen, in denen Wind und Sonnenlicht wie eine Riesengardine aus lauter blauen Luftperlchen wogen und wallen. Als wir uns der Rosengracht näherten, sahen wir, daß sich dort auf beiden Seiten große Menschenmengen angesammelt hatten. Der Verkehr hatte ganz aufgehört; nur Polizisten fuhren langsam auf Motorrädern den Bürgersteig entlang, und Pfadfinder sausten auf Tretrollern herum. Weil ich das Wort so schön fand, dachte ich, wir sollten schneidig-erhaben um den Westerkirchturm herummarschieren. Aber die Menschen würden uns wohl zwingen, die Richtung zu ändern und ihn hinter uns zu lassen. Tief in mir bewahrte ich die letzte Hoffnung, daß der Westerkirchturm selbst eingreifen möchte.

Aber auf der Brücke über die Lijnbaansgracht ließ uns der Sergeant auf der Stelle treten, und ein Polizist trieb die Kinder auseinander. Von links sahen wir noch zwei Mann anmarschiert kommen, ebenfalls mit einem Sergeanten hinterher, das Gewehr über der Schulter. Gleichzeitig nahte von rechts das Postmusikkorps, voran die wirbelnden Trommeln. Dann war da ein Herr im Straßenanzug und mit einer weißen Binde am Arm. Der gab mit einem Fähnchen in der Hand dem Musikkorps Weisung, sich vor uns aufzustellen, wobei er die zwei Mann von links hinter uns auf der Stelle treten ließ. Die Sergeanten stellten sich einander gegenüber auf, nahmen stramme Haltung an, salutierten, präsentierten das Gewehr und liefen dann mit Riesenschritten neben uns hin und her. Danach riefen sie plötzlich gleichzeitig, »Marsch!« Die Musik begann zu schmettern, und wir marschierten die Rosengracht hinauf, unter einem Spruchband hindurch, auf dem Heil Euch! stand. Die Sergeanten marschierten hintereinander neben uns und kommandierten zugleich: »Links, zwei, drei, vier!«, aber infolge der Musik konnten wir sie kaum noch verstehen. Überall, wo wir vorbeikamen, begannen die Menschen in die Hände zu klatschen, und vor ihnen sah ich Mädchen in kurzen rot-weiß-blauen Kleidern stehen, die uns Blumen zuzuwerfen versuchten. »Bis zur Keizersgracht ist es erlaubt, zu zwinkern!« – riefen die Sergeanten, aber wir konnten nur vage lächeln, so verblüfft waren wir über diese Anteilnahme. Wir wagten es sogar kaum, zur Seite zu schauen und zu den Balkonen hinaufzublicken, wo fröhliche Familien saßen, die uns mit Teekannen und Tassen auf die possierlichste Art zuwinkten. Auf dem Kopf trugen sie orangefarbene Mützen. Nur zum Westerkirchturm wagte ich frei aufzublicken, und ich sah ihn wie ein leibhaftiges Versprechen auf uns zu tanzen. Als wir auf dem Westerkirchmarkt waren und er mit seiner stolzen Krone hoch über uns aufragte, begann nach einem leichten Zaudern das Glockenspiel zu ertönen, und ich dachte: Jetzt kommt es! Aber die kleine Melodie klang so verschlissen und mechanisch, daß ich begriff, auch der Westerkirchturm hatte nicht die Macht, uns zu befreien. Er nimmt sich der Menschen nicht an, dachte ich, denn sie sind ihm völlig fremd. Seine breiten Flanken entlang marschierten wir weiter und ließen ihn für immer hinter uns.

Auf dem Nieuwe Zijds Voorburgwal hinter dem Palast drohte eine jauchzende, Papierfähnchen schwenkende Menschenmenge die Absperrung zu durchbrechen, aber im letzten Augenblick vermochten Polizisten auf hochgehenden Pferden säbelschwingend sie zurückzutreiben. Dabei soll es, wie später erzählt wurde, einige Tote gegeben haben. Nur eine kleine Krankenschwester brachte es fertig, unter einem Pferd durchzuschlüpfen, und sie lief mit einem großen Blumenstrauß im Arm auf uns zu. Hastig gab sie jedem von uns ein paar Blumen und einem der Sergeanten obendrein noch einen Kuß. Dann wurde sie verhaftet.

»Blumen ins Knopfloch!« riefen die Sergeanten. Auf dem Dam herrschte große Stille

MAX DENDERMONDE

(* 1919)

Leidseplein

Es ist fünf, mit einem Schlag ist es für Millionen fünf Uhr und das bedeutet tausend-, nein, zehntausendmal etwas anderes. Für Hunderte heißt es: ein Glas, ist es die Stunde des Aperitifs. Jetzt darf man. Die Ampel ist grün, der Begriff Genever legal geworden, er befindet sich für eine kurze Weile im Bereich der Legalität, er ist vorübergehend der Öffentlichkeit freigegeben worden. Und überall in der Stadt ziehen sich die Barkeeper die Jacke gerade, putzen mit ihrem nassen Tuch noch einmal die Theke blitzblank und setzen sich in Positur, im Zentrum, in den südlichen, östlichen, westlichen Stadtteilen, ja sogar im nördlichen, jenem Teil der Stadt in einer anderen Welt. Die Erschöpften, die mal kurz auf andere Gedanken kommen möchten, werden erwartet. Sie sind willkommen.

Es ist also fünf Uhr. Bei den Straßenbahnen, den Fahrradstallungen und den Parkplätzen herrscht großes Gedränge und die Eingeweide der Stadt verschlucken und verdauen den Strom fieberhaft und manchmal mit Verstopfungen von Ampel zur Ampel. In der Leidsestraat sind die Stauungen am dichtesten und am größten. Fahradbremsen quietschen, Personenwagen brummen leise wie unzufriedene Tiere und die Straßenbahnen warten hoch emporragend bei den Brücken und sind von einer unerschütterlichen Arroganz. Und dann wird die Ampel grün und fahren Straßenbahnen, Autos und Radfahrer weiter durch die Röhre in den bizarren Magen, der sich Leidseplein nennt, und wo der Verkehr sich nach rechts und links verteilt in die windige Weststadt, die milderen südlichen Viertel und sogar in die dunklen Tiefen der Viertel im Osten der Stadt. Einige Reste bleiben im Magen zurück, Autos biegen behutsam auf den quadratischen Parkplatz beim Stadttheater, Fahrräder werden abgestellt und Fußgänger suchen sich den Weg in Bars und Restaurants, denn der Leidseplein ist nicht nur Verkehrsknotenpunkt, sondern vor allem Vergnügungszentrum. Auf dem Asphalt lassen die rasenden Autos, die wimmelnde Menge und ein ständiges Aufleuchten eine Weltstadt vermuten, wo Tausende und Abertausende unerkannt aneinander vorbeigehen, aber hinter den Fassaden zeigt die Stadt ein anderes Gesicht: das eines modernen Dorfes, in dem viele sich kennen. Es ist ein Mikrokosmos für sich.

Ja, um fünf ist der Leidseplein in Amsterdam zum Dorf geworden und der Platz selber zum Dorfplatz. Hunderte kommen alltäglich, einige Male in der Woche oder auf jeden Fall öfters im Monat hierher und diese Hunderte von Leuten haben eine recht unbestimmte Gemeinsamkeit: »Ihn sieht man auch am Leidseplein.« Es handelt sich um einen Club ohne feste Mitgliederzahl, ohne Satzung, ohne Vorsitzenden – denn Bacchus herrscht hier nicht einmal in allen Herzen – es ist das unbestimmte Bündnis einer Atmosphäre. Der Leidseplein greift, bindet und hält fest: bei Gambrinus in der einen Weise, bei Eylders in der anderen, im Vliegende Hollander oder in der

Leydse Poort wieder anders, aber immer eben wie es das nur am Leidseplein gibt und nirgendwo sonst, und kein Mensch kann genau sagen, was das nun eigentlich ist. Aber überall gibt es etwas gleich Undefinierbares, im Americain, in der Paradise Bar genau so wie in der Künstlersozietät De Kring, so seltsam dies auch klingen mag.

Es gibt sogar Leute, die behaupten, daß der Genever am Leidseplein anders schmeckt als sonstwo, ähnlich wie das Leitungswasser in der einen Stadt anders als in einer anderen. Aber das dürfte etwas übertrieben sein.

Het Leidseplein ist der seltsamste Platz in den Niederlanden. Denn er umfaßt mehr als nur den breiten Streifen von der Leidse Straat bis zum Leidse Bosje, der diesen Namen trägt. Eigentlich fängt er schon an der Prinsengracht an, bei Dikker & Thijs. Gehen Sie mal mit, lieber Leser, rechts in die Leidse Straat, an der Bar Il Cavallo vorbei mit der immer stark besuchten Bar Le Vinicole daneben. Wollen wir kurz hineingehen? Setzen Sie sich doch an die Theke, ja, neben den mageren, etwas gleichgültig wirkenden Man mit dem Faltengesicht. Er ist einer der Hunderte vom »Plein«.

SIMON VESTDIJK

(1898–1971)

Nachts an der Amstel

Als ihm einfiel, daß er seinen Geburtstag im Kreis der Familie zum letztenmal bei Onkel Moos und Tante Bertha gefeiert hatte, – seiner Mutter und Großmutter stattete er an einem solchen Tag nur eine Stippvisite ab –, beschloß er, früh an diesem milden Abend noch einmal zu jener Seitenstraße der Amstel zu spazieren, wo er sich mit Tante Bertha gestritten und wo er den Onkel geliebt und durchschaut hatte. Das Haus stellte sich für ihn jetzt als unglaublich düster, hoch und schmal heraus, es war, als hinge die Fassade vorn über und als ob sie sich mit ihren Nachbarn auf ihn stürzen wollte. Dieser Eindruck wurde auch wohl deswegen ausgelöst, weil die Giebel auf der gegenüberliegenden Seite vom Mond beleuchtet wurden. Onkel Moos und Tante Bertha lebten dort auf jeden Fall nicht mehr. Sie hatten ihre Bündel geschnürt und unterhielten sich anderswo, Onkel Moos im Himmel, wo Lukullus und Messina oder ähnliche Gestalten ihm auf die Schulter klopften ... Schau her, wer kam da aus der Tür? Niemand, aber es war Fietje Melchior, dieses Mistweib, selbstgefällig umherschreitend, und eine späte, längst überwunden geglaubte Angst ergriff ihn, keine Angst vor Fietje selber, sondern vor Tante Bertha, die er mit ihr hintergangen hatte. Noch einige Gespenster und Märchen lösten sich aus dem Haus; es war, als ob es schilferte, sich von Schichten befreite, aus denen sein eigenes Leben bestanden hatte, Schichten, die bis zum Grund reichten, bis zu seinem Vater, bis zu halb vergessenen Aktgemälden, alten Geselligkeiten, Amsterdamer Mysterien. Das Haus schien sich seiner entledigen zu wollen, ein irgendwie recht bösartiges Haus war es, etwas zu klug, allzu vollgestopft. Diese hohe schmale Fassade litt an einer Verdauungsstörung, die man Anton Wachter nennen könnte, und deshalb wurde es Zeit, dem Haus den Rücken zu kehren und zurück zur Amstel zu gehen.

Der Mond, der sich genau in der Längsachse des Wasserlaufs spiegelte, war gelb und voll. An der Ecke der Seitenstraße bog er links ab, ging so weit wie möglich in die Richtung der riesigen leuchtenden Scheibe, die zweimal größer schien, als wenn man sie am Himmel gesehen hätte. Im Gehen, den Kopf etwas zurück, starrte er in einen immer weniger scharf umrissenen Abgrund aus Licht, der ihn aufsaugen wollte, wie früher im kleinen Garten des Elternhauses die geheimnisvollen Regenfiguren an der abgeblätterten Kalkmauer es tun wollten. Diese Kraft war unwiderstehlich, blind ging oder schwebte er auf den Mond zu und war sich neuer Möglichkeiten bewußt, solche, die dahinter lägen, wenn er nur hinter den Mond kommen könnte. Und je mehr sich seine Ekstase steigerte, desto deutlicher wußte er, daß es Anna Heldring war, die dort residierte oder lebte, die ihm voranging in andere Leben, in eine andere Existenz, eine goldene Zukunft, die genau so in Menschen verborgen war wie ein künftiges Scheitern. In einer völligen Befreiung seines Wesens nahm er von diesem Mädchen Kenntnis, das gesandt worden war, ihm zu helfen, einen Lebensabschnitt abzuschließen und das jetzt schon wieder weiter schwebte, ihm voraus, durch undefinierte Säle und Himmel, in die er ihm nicht mehr folgen konnte. Denn auch dies wußte er: Dies war herrlich, dies war unwiederholbar und unvergeßlich, hatte aber in Wirklichkeit nichts mehr mit dem Mädchen, das hinter dem Mond verschwunden war und ihn die weite Welt ließ, selber zu tun. Ihre Weite dahinter, seine hier, an dieser Stelle, einfach an der Amstel, nach der durch Ersatz eines einzigen Buchstabens eine alte Hauptstadt benannt worden war. Es war wieder einmal die gleiche Kombination: Widder gegenüber Waage, unversöhnlich und versöhnt – so, jetzt reicht es, dachte er, während er stehenblieb und sah, wie der Mond seine gewöhnliche Größe wieder zurückerlangte, – jetzt kann er gehen, um später wiederzukehren in welcher Form auch immer, – aufgeschoben bis zum nächsten Mal.

ANDREAS BURNIER

(* 1931)

Hosenrolle

Im Club (dem weiblichen Pendant zum Vereinslokal der Burschenschaft, oh Leser) gab ich mich als wohlanständiges, etwas hausbackenes Mädchen, das selbstverständlich und mit Vergnügen an allen Ritualen teilnahm. Das hinderte mich nicht daran, anschließend – der Club schloß recht früh – zum Leidseplein zu traben, oft nachdem ich mich noch schnell in Jeans und Jacke geworfen hatte, die korrekte Abendkleidung jener Zeit, um mir dort für wenig Geld in Gesellschaft aufstrebender Jungdichter die Hucke vollzusaufen. Auch das war ein Versuch der Grenzüberschreitung, denn diese Form von Vergnügen, Destruktivität, Geselligkeit (kein Wohnzimmer ist so intim wie die Stammkneipe) kam unter organisierten weiblichen Studenten nicht vor, und schon gar nicht getrennt von einer bestimmten Form von Prostitution/Männerfang zum Schluß des Abends. Aber gegen Belästigungen wußte ich mich zu wehren, ich war stark und aufbrausend gegenüber Markthändlern, brillant und einschüchternd gegenüber Gleichaltrigen.

Hier bekam ich völlig umsonst, was ich gegen einen viel zu hohen Preis, wenig Nutzen und zu große Risiken im Pijp-Viertel und an ähnlichen Orten gesucht hatte. In Jeans und Jacke sah ich, ohne daß ich es überhaupt zu hoffen gewagt hatte, auf einmal doch wie ein junger Mann aus. Wenn ich mit jemandem ins Gespräch kam, erkundigte er sich immer zuerst, ob ich »nun ein Mädel oder ein Bursche« bzw. »ein Mann oder eine Frau« sei. Ich bekam auch verstohlene, aber sehr interessierte Blicke der schönsten (größten, blondesten) jungen Männer, die mir manchmal ein Stück des Weges folgten und dergleichen, doch das konnte ich nicht einordnen. Es war einfach die falsche Kleidung gewesen, die meine Abenteuerlust zu einem höchst gefährlichen Spiel gemacht hatte. Nun konnte ich mich ganz ohne Furcht vor Polizisten oder Psychiatern an Orte wie Zeedijk, Geldersekade, Nieuwendijk und Thorbeckeplein wagen.

Ein bezeichnendes Erlebnis hatte ich eines Abends, als ich mit zwei Prostituierten in einer Kneipe am Thorbeckeplein plaudernd und trinkend am Tresen saß. Ich hatte mich für einen englischen Matrosen ausgegeben. Obwohl ich gar nichts in dieser Richtung geäußert hatte, sagte die Ältere, sie könnten mich leider nicht mitnehmen, weil ich zu jung sei. Praktisch ohne Risiken oder Behinderungen konnte ich das Leben vom Standpunkt eines Mannes aus erkunden; ich fand alles faszinierend, erfreulich und auch erstaunlich und genoß es sogar, tagsüber in dieser Rolle einkaufen zu gehen. Hingebungsvoll erlebte ich alle elementaren Alltagsdinge von neuem, nun jedoch als »junger Mann«, und es erschien mir als Befreiung. »Sie wünschen, mein Herr?« jubelten die Verkäuferinnen, sogar wenn ich ausnahmsweise einen Rock trug, so selbstverständlich war mir meine neue Identität. Kurz darauf legte ich auch den letzten Rock unter einen Baum (in Amsterdam die übliche Art, überflüssige Kleidungsstücke abzuschaffen), weil ich ihn nicht mehr brauchte. Ich wohnte nun äußerst spartanisch auf einem hohen Dachboden an der Amstel, ertrug den Staub und die Geräusche der Ratten, studierte mit Ausdauer und lebte im übrigen sehr zurückgezogen. Meine Gedichte wurden besser, die finanzielle Unterstützung immer geringer, weil mein Vater keine emotionale Befriedigung aus meinem Studentenleben ziehen konnte. 1952 schickte er mir nur noch 90 Gulden monatlich, wovon 22,50 Gulden für die Miete abgingen.

Für den anderen, den Mitmenschen, war in dieser Sondierungsphase noch lange kein Platz. Men, women and dogs dienten für mich nur der Selbstbesinnung und Grenzüberschreitung, der Befreiung von der Beklemmung dieses Mädchens aus jenem Milieu mit seinen beschränkten Möglichkeiten. Ein kosmisch-embryonales Wesen, pure Möglichkeit wollte ich wieder werden, jede Realisierung, jede Fixierung auf eine bestimmte Rolle erschien mir als die Erbsünde. Nicht ganz zu Unrecht: Was wird denn aus all den hochbegabten Schülern und genialen Achtzehnjährigen? Wie sie sich auch entwickeln, und sollten es Goethes oder Churchills werden (meist jedoch höhere Beamte, Führungskräfte in der Wirtschaft, Lehrer), immer ist es enttäuschend im Vergleich zu den vielen tausend offenen Möglichkeiten, die am Anfang noch mitschwingen. Jedes Jahr unseres Lebens, jede Entscheidung führt zu einer weiteren Erstarrung, Begrenzung, Sperre.

GEERT MAK

(* 1946)

Vergnügliches Leben in der Scheldestraat

Wenn Gott die Scheldestraat nicht erschaffen hätte, wäre aus Amsterdam nichts geworden. Die Scheldestraat ist das Rückgrat der Stadt, die Basis einer gediegenen Mitte, die schon über Generationen hinweg das Stadtleben bestimmt und aufrechterhalten hat, die einzige Garantie dafür, daß die Stadt nicht wie ein Kartenhaus zusammenbricht. In der Scheldestraat leben: Lehrer, Ärzte, Anwälte, Hausfrauen, Referendare,

Oberschwestern, Geschäftsführer, pensionierte Lehrer, Ladenchefs, Studenten, Ingenieure, ausgemusterte Journalisten, Restaurantpächter, Bankzweigstellendirektoren, Polizeiinspektoren, wissenschaftliche Mitarbeiter, Denker, Toren, Prokuristen und Künstler.

Die Scheldestraat bildet den Flaschenhals zwischen Durchschnitt und reich, zwischen dem leicht chaotischen Stadtzentrum und den wohlhabenden Vororten Buitenveldert und Amstelveen. Beim vorhandenen Wohnraum handelt es sich noch fast ausschließlich um Mietwohnungen, aber die Mieten sind beachtlich. Auf der Straße und in den Geschäften ergibt das eine interessante Mischung aus der Dynamik des Durchschnittsbürgertums in Kombination mit dem Erfolg des südlichen Stadtteils, aus einer Prise Schlechtigkeit des Zentrums und aus einem nicht unerheblichen Quantum Borniertheit aus der nur wenige Schritte entfernten Maasstraat.

Es gibt dort zwei Zigarrenläden, drei Lebensmittelhändler, vier Friseure, zwei große Blumengeschäfte, einen Computerladen, einen Sparsupermarkt, eine Cateringfirma, ein Reisebüro und eine große Zahl von Kneipen und Gaststätten: die Churchill-Bar, Restaurant Faust, Bistro Lapin, die Wirtschaft von Babbels und mindestens zehn weitere.

Die Bevölkerung altert allmählich etwas, die Links- und die Rechtsliberalen, D'66 und VVD, erhalten bei den Wahlen jeweils etwa 20% der Stimmen und die Sozialdemokraten, die über Jahre hinweg von etwa 40% der Bewohner des Viertels unterstützt wurden, haben bei den letzten Wahlen fast die Hälfte ihrer Anhänger verloren. Kurz gesagt, die Scheldestraat bildet einen genauen Durchschnitt des Zentrums der Niederlande: arbeitsam, grundsolide, vom Ursprung gemäßigt links, aber wir dürfen dabei die Realität nicht aus den Augen verlieren.

Die Erker und die Haustürnischen ragen in der Oktobersonne gerade empor, noch genauso gerecht und funktional wie damals, als sie in den dreißiger Jahren von Berlage und Wibaut dort erbaut wurden. Im Viertel hinter der Scheldestraat ist es ruhig wie in einem Dorf. Auf den leeren, breiten Bürgersteigen der Volkerakstraat sieht man in einer Viertelstunde eine einzige Katze und eine einzige Dame im Lackmantel vorbeigehen und in der Grevelingenstraat, der Roompot- oder der Krammerstraat ist es nicht anders.

»Wir haben hier eine Art Peyton Place, eine Insel in der Stadt,« sagt der Friseur, und der weiß alles.

NICOLAAS MATSIER

(* 1945)

Die Benutzung der Fahrradklingel

Zu bestimmten Anlässen sieht man in Amsterdam manchmal noch die Männer mit den Rasseln der Amsterdamer Stadtreinigung. Sie stehen, etwa anläßlich des Eintreffens von Sankt Nikolaus oder um eines Blumenkorsos willen, zusammen auf der offenen Ladefläche eines langsam fahrenden Lastwagens – ansonsten würden sie umfallen – und schwingen rhythmisch ihre historischen alten Holzrasseln, während sie alle dabei einen ganz eigentümlichen Gesichtsausdruck haben. Etwas Glänzendes in den Augen, gerade kein Lächeln, etwas, das sie zu Schwung und Rhythmus befähigt.

Der Mann mit der Rassel ging früher dem sogenannten Boldotwagen voran, in den die aus den Häusern geströmten Stadtbewohner die Eimer mit Fäkalien und Urin loswerden konnten. Wer weiß, ob nicht bald die Zeit da ist, ein kleines Orchester von Fahrradklinglern auf ein solches Auto zu setzen. Allerdings mit der Einschränkung, daß ich auch nicht so genau weiß, welches Andenken damit gemeint sein soll. Vielleicht an das nicht mehr existierende radfahrende Bürgertum.

Wie es in anderen Gemeinden ist, weiß ich nicht, aber in Amsterdam ist die Benutzung der Fahrradklingel fast altmodisch geworden: ein relativ auffälliges, dazu Aggressionen und Belustigung auslösendes Signal. Jeden Frühling wieder, so bald der ausländische Touristenstrom in Schwung kommt, nehme ich mir vor, die unterschiedlichen Reiseführer mal kurz daraufhin zu überprüfen. Es müßte doch eigentlich etwas über die Fahrradklingel darin enthalten sein, über das von ihr ausgelöste Geräusch und über die Bedeutung, die man damit zu verbinden habe.

Besonders die Amerikaner haben keine blasse Ahnung. Sie reagieren einfach nicht. Sie assoziieren nichts mit dem Klingeln, eine Hupe wäre viel besser. Das Klingeln, wenn es erschallt, pflegt bei ihnen ein leichtes Befremden, das an Amüsiertheit grenzt, auszulösen. Deutsche dagegen reagieren ein wenig beleidigt, wie wenn man sie als Vieh behandeln würde – ich kenne ihre Assoziationen nicht. Ich möchte aus diesem Anlaß nachdrücklich die Notwendigkeit, in alle Reiseführer einen instruktiven und warnenden Abschnitt über die Fahrradklingel aufzunehmen, hervorheben.

Unerreicht freilich im angeblichen Mißverstehen sind die Einwohner der Hauptstadt selber. Es kursiert eine ganze Reihe von netten Bemerkungen, von denen, »Sie geht«, wohl die harmloseste ist. Die Klingel ist nur noch Relikt. Vielleicht bin ich sogar der einzige, der noch klingelt. Wahrscheinlich sind meine Töchter mit den von mir mit väterlicher Autorität durchgesetzten, funktionierenden Klingeln auf ihren Rädern Ausgestoßene in ihrer Schule. Auch wenn sie es um jeden Preis vermeiden werden, sie zu benutzen.

Meine Frau, die mit meinen Eigentümlichkeiten vertraut ist, kommt nicht aus dem Lachen heraus, wenn sie mit mir auf dem Fahrrad unterwegs sein muß. Denn ich zögere nicht, meine Fahrradklingel zu benutzen. Sie hat auch eine, aber ich glaube nicht, daß sie je auf den Gedanken gekommen ist, daß man sie auch benutzen könnte.

Um ein paar Beispiele zu nennen: Etwa das Anne-Frank-Haus, an dem ich oft vorbei muß. Oder der Fahrradweg der Spiegelgracht entlang, ein weiterer Ort, an dem sich träumerische Touristen, die Amsterdam vielleicht etwas zu rosig als das freundliche Dorf, was die Stadt eigentlich auch wieder ist, betrachten. Oder man schaue sich einmal samstags die Geschäftsstraßen an.

Als nach Jahren fortgeschrittener und immer geübterer Klingelbenutzer kenne ich die Licht- und Schattenseiten. Mit großer Präzision und einer gewissen Wollust, das will ich nicht leugnen, benutze ich meine Klingel. Wobei ich darauf aufmerksam machen möchte, daß meine Klingel läutet wie eine Glocke. Es handelt sich um eine Schlagklingel, um sie mal so zu nennen, mit einem Klang, der in Fülle und ausklingender Pracht ihresgleichen nicht kennt. Also nicht das übliche Geklingel oder das heisere Gekrächze – dieses Ungeduldige der hin- und hergehenden Bewegung der konventionellen Klingel. Nein: ein einziger fast erzener Klang.

Worauf es in meiner Situation also ankommt – und zwar noch viel mehr als bei landläufigen Klingeln – ist die Subtilität des gewählten Augenblicks und des wohl überlegten Klangvolumens. Ich beherrsche eine ganze Skala, von einem höflichen bronzenen Hüsteln, das ich unmittelbar hinter von mir als höflich eingeschätzten Leuten, deren Aufmerksamkeit von einer Marktbude okkupiert ist, produziere, bis zu einem gottgeklagten, harschen »Laß mich durch!« beziehungsweise »Jetzt komme ich!«, wobei der gewarnte Straßenmitbenutzer die verrückte Geschwindigkeit, mit der ich herangefahren komme, aus der sich rasch steigernden Lautstärke dieses einen, man kann ruhig sagen alarmierenden Klanges erhört. Der Schreck ist manchmal sogar größer, als ich beabsichtigt hatte.

GEERTEN MEIJSING

(* 1950)

Sperrmüll

Als ich sie kennen lernte, lebte sie inmitten von Trödlersachen. Für Nicht-Amsterdamer sei gesagt, daß man dort seine Möbel von der Straße holt. Und man sie auch wieder dort hinstellt, wenn man sie nicht mehr braucht. Sie schlief unter einer verschlissenen Patchworkdecke, auf Kissen, von denen eigentlich nur noch der Bezug übrig war. Nicht ohne Eigeninteresse hatte ich unter dem Vorwand eines Geburtstagsgeschenks eine Daunendecke in die Wohnung geschmuggelt, neue Bettlaken und Kissen gekauft, ihren Uraltfernseher mit anderthalb, teilweise mangelhaft zu empfangenden Programmen durch einen Japaner ersetzt. Dazu eine gute Bratpfanne. Einen CD-Spieler angeschlossen, so daß ich auch meine Musik hören konnte. Große Lautsprecherboxen aufgehängt. Die Anrichte, auf der einen Seite stabilisiert durch die von Loeb verlegte Poe-Ausgabe und auf der anderen Seite durch Krieg und Frieden, hatte ich festgeschraubt, damit sie endlich diese Klassiker lesen konnte.

Jedes allein wohnende Mädchen, dem ich bisher begegnet war, verfügte nur über ein einziges Wellenschliffmesser. Damit konnte man nicht einmal eine Scheibe Brot mit Erdnußbutter bestreichen. Geschweige denn Tomaten schneiden. Und wie bei jedem Handwerk: gekonntes Kochen fängt mit dem richtigen Werkzeug an …

Kurz, ich hatte schon einige Schritte in die geeignete Richtung unternommen. Wir waren zu alt, um in der eigenen Wohnung nur zu kampieren. So empfand ich es manchmal: daß sie in ihrer Wohnung kampierte. Sie gehörte nicht dorthin. Es hatte eher den Anschein des Augenblicklichen, wirkte etwa wie ein Wartezimmer. Sie hatte keine Beziehung zu ihren Sachen. Es handelte sich bei ihnen nur um Fundsachen. Modernistische Kunst. Sie hielt sich dort nur ungern auf, wußte nicht so richtig, was tun, wenn sie zu Hause war.

HANS PLOMP

(* 1944)

Szenenleben

Anfang der sechziger Jahre verlagerte ich meine Tätigkeiten vom Nieuwendijk hin zum Leidseplein, aus dem Dijker wurde ein Pleiner. Dabei handelte es sich nicht nur um eine äußere Verwandlung, obwohl die auch wichtig war. Die hochgewellte, schwer eingefettete Hahnenfrisur mit steilem Hochgang vorne wurde durch die Cäsarfrisur ersetzt, das knallrote Hemd mit dem offenen Kragen durch einen unauffälligen Pullover. Meine Welt weitete sich auf Anhieb. Der Dijker ist wie ein einsamer Wolf, der manchmal begleitet von anderen Wölfen im Dschungel um den Amsterdamer Nieuwendijk lebt. Die Pleiner dagegen sind gesellig, träumende Trinker, Melancholiker. Nach dem Rock & Roll, jetzt Jazz und klassische Musik. Eine völlig andere Seite meines Charakters fing sich zu entwickeln an. In dunklen Räumen, Kellern oft, kühl und relaxed ein bißchen Bebop mit Mulligan und Monk. Campert, Vinkenoog, Kerouac, Rabelais und Henry Miller waren meine Autoren und daneben hatte ich eine Vorliebe für die finsterste Romantik: The Monk, Melmoth the Wanderer, Der Idiot und Dorian Gray lebten in meiner Seele. Ich las und schrieb. Nescio, Elsschot und Slauerhoff, van Ostayen und Chandler. Und ich stellte zu meiner Überraschung fest, daß meine Kontakte mit Frauen als Pleiner im Vergleich zu meiner Dijkerzeit viel leichter liefen. Frauen waren offensichtlich nicht so scharf auf diese lüsterne, James-Dean-ähnliche Seite, oder vielleicht war diese Seite von mir nicht so scharf auf Frauen. Oder beides. Jedenfalls war es ein seltsamer Zufall, daß ich auf einmal so vielen hübschen Frauen begegnete, während ich gerade geheiratet hatte und fast Vater war. Es machte mir, mit meiner Begabung, in zwei Welten leben zu können, wenig Schwierigkeiten, beide Leben getrennt zu halten. Ich machte einfach, was ich wollte und erzählte Hanny nichts davon. Sie gewöhnte sich schon allmählich daran, daß ich so oft außer Haus war – sehr oft sogar, aber ich hatte nun mal viel Freunde und war seit jeher schon ein Straßenjunge.

ISCHA MEIJER

(1943–1995)

Hund

Der dicke Mann stieg in die Straßenbahn. Zum Glück fand er gleich einen Einzelplatz am Fenster und eine Weile ließ er sich mit äußerstem Wohlbehagen durch das herrliche Amsterdam führen. Es war doch wohl die vollkommenste Stadt in der Welt. Alle schönen Flecken, in welcher Metropole auch immer, erinnerten schließlich an Amsterdam.

Mokum und ich wachsen immer mehr zueinander zu, dachte der dicke Mann; diese Ehe zerbricht nie. Dann richtete sich seine Aufmerksamkeit auf ein äußerst seltsames Paar, das ihm schräg gegenüber saß. Trotz unübersehbar ärmlichen Aussehens an einigen Stellen, befanden sich beide im offenkundigen Zustand purer Souveränität. Sie war eine Frau unbestimmten Alters und er ein Hund.

Jede Armee
wo auch immer
hat Generäle
und
das
ist
sehr
schön
für all diese Generäle
dichtete der Hund.

Der dicke Mann blickte atemlos auf die beiden überlegenen Ausgestoßenen. Die waren bestimmt gerade beim Notar, um ihrer Verbindung einen offizielleren Anstrich zu verleihen, überlegte er sich. Denn bei näherer Betrachtung ähnelte sich ihre so tapfer getragene Würde eher einer Verdutztheit, der man manchmal auch bei Frischverheirateten begegnet.

»Könnte ich mich vielleicht auch mal hinsetzen?« fragte eine unsympathische Dame, die gerade eingestiegen war, mit überlauter Stimme die weibliche Hälfte des äußerst seltsamen Paares.

Der Hund warf einen kurzen lauernden Blick auf seine Frau.

»Na, wird noch was daraus?« kreischte die unsympathische Dame.

Es entstand eine drückende Stille im Straßenbahnwagen.

Der Hund blickte nachdrücklich auf den Boden.

Seine Frau stand langsam auf und zog, ganz vorsichtig, ihren Partner vom Sitz, ging mit ihm ein paar Schritte durch die Straßenbahn, setzte sich auf einen anderen Platz, und nahm ihren Freund auf den Schoß.

Das hätte man doch genau so anders herum machen können, dachten alle Fahrgäste.

Die unsympathische Dame setzte sich. Der Platz neben ihr blieb leer.

Plötzlich sah der dicke Mann den kleinen Tabakladen. Viele Jahre war er, total heruntergekommen, Teil eines deprimierend aussehenden, besetzten Häuserkomplexes gewesen. Und nun war er herrlich renoviert, die Holzornamente einbegriffen. Wie vom Tode auferstanden stand der Laden da. Die Fenster waren neu gestrichen. Dieses kleine Denkmal aus seiner Jugend balancierte majestätisch zwischen Nicht-Mehr-Verschwunden- und Kurz-Vor Dem-Geboren-Sein.

»Ist das aber herrlich«, flüsterte der dicke Mann. »Diese Stadt, dieses Amsterdam lebt wirklich. Nichts geht verloren. Manchmal kehrt auch mal etwas wieder.«

So ließ er sich von seinen Träumereien über mehrere Haltestellen mitreißen.

Als er schließlich aufblickte, sah er, daß der Platz des Hundes immer noch frei war.

PHILIP MARKUS

(* 1956)

Innenstadterkundung

Gegenüber dem Hintereingang des Palastes verbergen ein paar Bäume mit ihrer Blätterdecke ein sehr merkwürdiges Gebäude. Es ist groß, viereckig, mit Backsteinen hochgezogen und vom verfluchtesten Braun, das es gibt. Das Gebäude hat fünf Stockwerke, die durch einen breit überkragenden Rand zum Teil der Sicht entzogen werden. Man kann vom dritten Stock an aufwärts nicht mehr durch die Fenster ins Innere schauen. Je höher das Gebäude aufragt, desto mehr scheinen die Stockwerke zurückzuweichen. Die breiten

Ränder formen einen Stehkragen, der dicht unter dem Kinn schließt. Das Gebäude hat keinen auffallenden Eingang. Auf den ersten Blick hat es überhaupt keinen Eingang. Denn der Eingang liegt auf der Rückseite, wo eine kleine Steintreppe an einer blinden Mauer endet. Wer hier eintritt, verschwindet schnell.

Im ersten Stock ist nie ein Mensch. Manchmal sind die großen Metallrolläden nicht heruntergelassen. In einem halbdunklen Raum verstauben schwere reglose Konstruktionen. Gußeiserne Säulen stehen in Reih und Glied und tragen horizontale Balken, aus denen Tausende von Drähten ragen. Abends sind die Rolläden am ganzen Gebäude heruntergelassen. Hoch oben brennt hinter drei Fenstern Licht. Das Gebäude verwaltet sich selbst.

Eines Tages wird vielleicht jemand zurückkommen und seinen Besitz wieder einfordern, dann wird der Nieuwe Zijds Voorburgwal wieder zu einer breiten Gracht mit Brücken. Am 21. Juli 1897 sah man an dieser Stelle eines der ersten Automobile durch die Stadt fahren. Das Ding wurde umschrieben als eine Bettstatt auf Rädern, die sich »mit der Geschwindigkeit eines Pferdes in mäßigem Trab« fortbewegte. Auch heute ist hier kaum Verkehr. Seit Jahren wird hier gekehrt. Eiserne Straßenbahnschienen durchfurchen den breiten Asphaltstreifen zwischen Palast und Gebäude. Es ist nicht klar, ob dies eine Straße ist oder ein Platz. Niemand weiß, wie er sich hier benehmen soll. So viel Raum, und doch kann man nirgendwohin. Wer ihn diagonal überquert, fühlt sich vogelfrei. Hier war früher eine siebzig Meter breite

Überwölbung namens Donkeresluis. Auf der Rückseite des Palastes stehen manchmal Soldaten der Königlichen Garde in Schilderhäuschen aus Pappkarton. Die Häuschen werden nach Benutzung morgens gegen sechs Uhr auf einen Lastwagen geladen und weggefahren.

Richtung Spui drehen dir die Häuser den Rücken zu. Das Historische Museum sitzt in seinem Campingstuhl. Es lädt weder ein, noch stößt es ab. In dieser Straße ist immer Samstag. Hier stehen Bäume. Eine Kunststudentin läßt ihre Bilder raus. Die Keller der Antiquare sind überschwemmt. Das Gebäude der Scientologysekte ist ein großer Plastikwäschekorb. Die davorgestellten Müllsäcke sehen aus wie über den Rand gefallene Socken.

Ich gehe in die andere Richtung. Es riecht nach Seifenlauge. Kaum sind die Betten ausgeklopft, wird der Bürgersteig jeden Morgen von Frauen mit fischigen weißen Unterarmen geschrubbt. Früher hießen die Seitenstraßen und Gäßchen hinter diesem Abschnitt des Nieuwe Zijds Voorburgwal »het Hol«. Das Viertel war eine selbständige kleine Republik. Als sich gegen Ende des 19. Jahrhunderts einige Damen von zweifelhaftem Ruf in »het Hol« niederlassen wollten, wurden sie von den ansässigen Hausfrauen mit Eimern voller Asche und Kartoffelschalen aus ihren Wohnungen gejagt. Die Stühle, Blumentöpfe, Bratpfannen und Vogelkäfige wurden ihnen brav hinterhergetragen. Die Leute aus dem Viertel bildeten eine Kette, reichten die Sachen weiter und stapelten sie ordentlich am Ufer auf.

In jeder Zeit ohne klare Normen fällt Anstand auf dieses Niveau zurück. Man kann bei solchen Menschen untertauchen. Sie bleiben die ganze Zeit stur. Wenn man ihnen später noch einmal begegnet, grüßen sie, halten aber keinen Schwatz mit einem.

An der Martelaarsgracht sitzt der Hausmeister. Er hat einen home computer. Die Verwaltung der Straße interessiert ihn nicht. Er spekuliert an der Börse und sieht nicht, wie Berber und Junkies seine Hauseingänge vollpissen. Der Schmutz des Nieuwe Zijds wird vor seine Haustür gekehrt. Straßen und Gassen kriechen mühsam darunter zum Vorschein. Sie werden von schäbigen Menschen bevölkert, die nicht weiter gehen, als ihnen die Straße erlaubt. Auf dem Bürgersteig bleiben sie stehen. Ihre Schuhe haben sie aus der Gracht geangelt. Ein Stück Bindfaden hält ihre Hose zusammen. Hohläugig starren sie den Passanten nach. Manchmal halten sie jemanden an und bitten ihn um einen Gulden.

Ich biege rechts ab in die Fußgängerzone. Textil kriecht an mir hoch oder fällt von den Fassaden auf mich herunter. Dröhnende Musik verursacht eine peristaltische Bewegung. Man wird von dieser Straße vorwärtsgeknetet. Ladenschilder und über die Straße gespannte Reklametransparente ziehen die Häuser enger zusammen. Rechts und links stehen die Geschäfte in ihrem eigenen Erbrochenen. Hier flaniert die F-Side. Junge Pärchen aus der Provinz kaufen hier Mode. Ich weiß schon ein paar Minuten lang nicht mehr, wohin ich schauen soll und versuche, möglichst vielen Schlenderern auszuweichen. Auf einmal bin ich der Größte in einer Gesellschaft nervös lachender Fremder. Gerade ist ein Luxusreisebus mit Japanern angekommen. Ich stehe auf dem Dam.

Der Platz liegt vor mir in der Sonne. Die Königin ist nicht zu Hause. Die Tauben haben einen Fotoapparat um den Hals. Vor ein paar Jahren, als die englische Königin zu Besuch kam, wurde auf dem Dam ein Englischer Garten angelegt. Zu jedem Palast gehört schließlich ein Garten. Darin mußte die Königin der Niederlande mit der Königin von England spazierengehen. Der Garten bestand aus ein paar Blumenrabatten und einem halben Dutzend Bäumchen. Die Bäumchen vertrockneten schneller als vorgesehen. Zu beiden Seiten der Spazierwege hatte man niedrige Zäune angebracht, wie man sie aus englischen Parks kennt. So konnten sich die Hunde der englischen Königin nicht in den Blumenrabatten verirren. In der Mitte des Ganzen war eine Teelaube errichtet worden.

Nach diesem fürstlichen Spaziergang mußte der Palast abgestützt werden. Er drohte vor Lachen zusammenzubrechen. Am nächsten Morgen tauchten an den Mauern Tausende sich stützende und gegenseitig umklammernde Eisenrohre auf. Darauf lagen Bretter. Über diesen Aufbau wurde grüne Gaze gespannt. Manchmal gingen Männer in weißen Kitteln über die Bretter. Als die zeitliche Hülle entfernt wurde, kniete der Palast noch immer. Viel später zeigte mir jemand, daß der Balkon gestrichen worden war. Damals sah ich zum erstenmal, daß der Palast einen Balkon hat. Ein Goldton, wie man ihn auch auf Drehorgeln findet, deckte ihn zu.

In den Tagen der Gazeverhüllung brachen zwei junge Leute aus der autonomen Szene in den Palast ein. Sie waren an den Eisenrohren hochgeklettert und hatten ein paar Tage lang im Königlichen Schlafzimmer gewohnt. Verliebtheit kann schön sein.

Auf der anderen Seite des Palastes wartet schon das finstere Gebäude wieder auf mich. Auf dem Dach stehen gläserne Häuschen mit einer Reling drum herum. Dort oben ist es so leer wie an Deck eines Ozeandampfers. Ich gehe links am Gebäude vorbei. Die Straße, in die ich jetzt komme, hieß früher der Stilsteeg.

ANJA MEULENBELT

(* 1945)

Nachkriegsgeneration

Ungefähr dreimal die Woche steige ich aus der Linie 10, Haltestelle Weteringplantsoen, aus, um zur Arbeit zu gehen. Dabei sehe ich auf die Straße, in der ich meine ganze Jugend über gewohnt habe. Die Brauerei steht noch da, obgleich sie nicht mehr so stinkt wie früher, wenn der Wind falsch stand und meine Mutter die Wäsche noch feucht hereinholte, weil die Laken sonst nach – was war es – Hopfen und Hefe rochen. Der Spielplatz ist auch noch da. Die matschigen Pfade von damals, die durch den Park führen, mit den Regenwürmern, derentwegen ich mich, wenn es geregnet hatte, nicht auf den Spielplatz wagte, sind jetzt gepflastert. Der große Baum steht nicht mehr da. Er ist bereits, als ich dort noch wohnte, während eines Sturmes umgeknickt. Aber sonst ist beinahe alles unverändert. Auf der Weteringschans hat sich ein surinamisches Reisebüro niedergelassen. War dort früher nicht der Gemüsehändler? Das Geschäft mit den Gesundheitsschuhen ist noch da. Die Buchhandlung, in der ich nie einen Kunden sehe, auch. Ich kaufte dort meine ersten Taschenbücher, Jungmädchenromane. Der Friseur, der leidige Friseur, bei dem meine Mutter mein Haar viel zu kurz schneiden ließ, hat sein Geschäft aufgegeben. Noch jetzt fühle ich die Schauder, die meinen Rücken bis zum Steiß hinunterliefen, wenn die Haarschneidemaschine meinen Nacken berührte. Im Restaurant »De Boemerang« hängt immer noch ein Schild im Fenster: Heute frische Muscheln. Ich besitze noch ein Foto von damals, als ich eineinhalb, vielleicht zwei Jahre alt war: mit Schleifen im Haar gehe ich an diesem Restaurant vorbei. Das Schild: Wir empfehlen heute: Frische Muscheln. Damals waren wir gerade nach Amsterdam gezogen.

Dreimal die Woche steige ich hier aus, bereits seit ungefähr zehn, zwölf Jahren, und sehe auf die Straße, in der wir lebten. Aber niemals in all den Jahren habe ich einen Umweg gemacht, um zu schauen, wie die Straße heute aussieht, oder ob die Murmellöcher noch da sind, oder ob der Weg zum Briefkasten am Ende der Straße mir noch genauso lang erscheint. Ich verbinde keine glücklichen Erinnerungen damit, so wie mit Bergen, wo meine Großmutter wohnte. Das ist immer noch ein Zufluchtsort für mich, wenn ich zu hart gearbeitet oder mich in zu viele Konflikte verstrickt habe. Aber diese Straße aus meiner Jugend – fünfzehn Jahre lang der Ort, an dem ich lebte – habe ich lange gemieden.

Ich zwinge mich, sie mir anzuschauen. In dem Haus, in dem wir wohnten, hat sich nun ein Büro niedergelassen. Natürlich kommt mir die Straße kleiner vor als damals. Jetzt kann ich auch durch die Fenster im Hochparterre in die Wohnungen hineinschauen.

Das Haus ruft eine leichte Beklemmung in mir hervor, den Wunsch, schnell wieder wegzugehen, mir ein paar neue Bücher, neue Kleider, ein schönes Essen und ein Glas Wein zu spendieren.

Anfangs wohnten wir im ersten Stock. Eine Wohnung wie viele, Wohnzimmer, Elternschlafzimmer, ein kleiner Nebenraum, in dem mein Bruder und ich in Klappbetten schliefen und eifersüchtig unser Spielzeug, das wir im eigenen Bettkasten aufbewahrten, vor der Habgier des anderen bewachten.

Das ist die Zeit, über die meine Mutter, wenn wir uns über meinen unbesonnenen Sozialismus und ihre bürgerlichen Auffassungen stritten, sagte: Wir hatten damals so gut wie nichts.

Aber ich war glücklicher als heute. Kind, glaub es mir, Geld macht auch nicht glücklich.

Es war kurz nach dem Krieg. Mein Vater hatte vor Kriegsausbruch gerade noch das Gymnasium beendet, meine Mutter das Lehrerinnenseminar, aber sie war durch die Besatzung nie dazu gekommen, ihren Beruf auszuüben. Viel zu essen hatte es im Krieg nicht gegeben. Ich war gerade erst geboren, in dem letzten strengen Winter 1945, mein Bruder ein Jahr später. Veranlagung zur Rachitis, stellte der Arzt fest, die englische Krankheit. Auf Anweisung des Arztes jeden Sommer nach Petten ans Meer, wo meine Eltern ein Haus mieteten, dessen Eigentümer solange in die Scheune zogen. Ferien am Strand waren damals noch nicht so normal wie heute. Ein paar Familien. Wer fünf Minuten weiter den Strand hinunterlief, begegnete niemand mehr. Der konnte sich dann in dem schönen weißen Sandstreifen zwischen dem Schilf und den Dünen einnisten.

Richtig arm waren wir damals schon nicht mehr, auch wenn meine Mutter es so darstellte. Wer sonst konnte schon monatelang ein Haus mieten und die «Hilfe» in die Ferien mitnehmen? Und hatten wir nicht schon sehr bald ein Auto?

Während des Wiederaufbaus nach dem Krieg florierte der Handel mit Büromaschinen. Mein Großvater hatte meinen Vater als leitenden Direktor eingestellt, und schon bald war das Geschäft zu einem Familienbetrieb mit einem großen Stab von Angestellten herangewachsen. Sollte meine Mutter jemals noch daran gedacht haben, Lehrerin zu werden, dann wurde ihr das jetzt ganz sicher ausgeredet. Als Frau eines Direktors hatte man keinen eigenen Beruf. Sie gehörte der Generation von Nachkriegsfrauen an, die von allen Seiten zu hören bekamen, daß eine gute Mutter zu Hause zu sein hatte, wenn ihre Kinder aus der Schule kamen.

Wir wurden wohlhabend. Das stelle ich im nachhinein fest, denn wie viele Kinder aus wohlbehütetem Hause kannte ich es nicht anders und dachte, das müßte so sein. Alle, die ich kannte, waren gutgekleidet, aßen sonntags im Restaurant, wo die Kinder sich fürchterlich langweilten, fuhren in großen Wagen ins Ausland in die Ferien. Als die Nachbarn unter uns nach und nach auszogen, mieteten wir ihr Stockwerk dazu. Ich bekam ein eigenes Zimmer. Ich kannte keine Kinder außerhalb der teuren Privatschule, auf die ich ging. Ich kannte die Stadt nicht, von den Vierteln der Wohlhabenden abgesehen, nur die Kalverstraat oder, besser noch, die P. C. Hooftstraat und die van Baerle. Ich kann mich nicht daran erinnern, daß mir das jemals offen gesagt wurde, aber unterschwellig wurde mir zu erkennen gegeben, mit welchen Kindern in der Straße ich nicht zu spielen hatte. Die Straße bestand aus einem guten und einem schlechten Abschnitt. Und noch Jahre später fürchtete ich mich, wenn ich mich jenseits der unsichtbaren Trennungslinien bewegte und in Arbeitervierteln landete, wo die Leute anders sprachen, als ich es gelernt hatte.

HERMAN FRANKE

(* 1949)

Philosoph unterwegs

Die Terrassen im überhitzten Amsterdam kannten jeden Tag ihr eigenes Publikum, aber oft war es völlig verschieden von dem des vorangegangenen Tages. Die Zusammensetzung wurde jeden Morgen von den ersten Besuchern bestimmt. Art läßt nun einmal nicht von Art. Die frühen Besucher sahen sich schon bald von Leuten umgeben, die im Hinblick auf Einkommen, Ausbildung, Konsumgewohnheiten und vielleicht sogar auch in den politischen Vorlieben einander ähnelten.

Auf jeder Terrasse entstand spontan eine sich auserlesen gebende Stichprobe der Bevölkerung. Lucien ärgerte sich über diesen Gedanken. Während alle unbekümmert in der Sonne herumspazierten, stülpte er krampfhaft die Prinzipien der Statistik über die ahnungslosen Terrassenbesucher. Es würde ihm gut tun, wenn er sich öfter auf Terrassen setzen würde denn als kritischer Beobachter daran vorbeizugehen und sich in Gedankenexperimenten zu verlieren. Er blickte zu viel um sich. Man sah ja doch nur das, was man sehen möchte, auch wenn man vierundzwanzig Stunden wie ein Bodyguard nervös um sich spähen würde. Denn man konnte ja nie alles sehen. Sogar die gesellschaftlich Bevorzugten, diese Lieblinge unseres Schöpfers, ließen diese Plattitüde manchmal durch ihre Selbstzensur rutschen, wenn es auch nur deshalb war, um zu kaschieren, daß ihnen etwas Wichtiges entgangen war. Aber wenn man nicht alles sehen konnte, was sah man dann wohl und weshalb ausgerechnet nur das? Alte Damen sahen nicht nur die Überbleibsel einer vergangenen Welt, Orte, an denen früher Gebäude standen, die heruntergekommene Türnische des ersten Kusses. Was sah er selber? Welche Gedanken und Empfindungen lenkten apriori seine Wahrnehmung? Sind sich Menschen sehr verwandt, die nach einem Spaziergang über den Waterlooplein in etwa dasselbe beobachtet haben? Ist man, was man beobachtet? Ein unbefriedigender Gedanke. Die eigene Wahrnehmung läßt sich ja nur all zu oft von Zufallseinflüssen lenken. Wenn einen jemand auf die spezifische Form der Amsterdamer Dachrinnen an Häusern der Jahrhundertwende aufmerksam machte, sah man tagelang nichts anderes als die blöden Dachrinnen mit ihren Krümmungen und charakteristischen Ornamenten. Ein einziges Buch wäre dazu in der Lage, die eigene Wahrnehmung von Gegenwart, Vergangenheit und Zukunft irreparabel zu ändern. Was man gestern gesehen hatte, sah man heute nicht mehr, weil sich durch die Ereignisse, an denen man völlig unbeteiligt war, ein Filter, ein kleiner Scheinwerfer, ein Richtmikrophon in den quabbeligen Windungen schräg hinter den Augen festgesetzt hatte. Man sinnierte über die rätselhafte Wirkung einer Fahrradlichtmaschine oder man begegnete einem Experten nach dem anderen, die zwar alles noch rätselhafter machten, aber immerhin man begegnete ihnen. Deshalb vielleicht begegnete sich Lucien in diesem Sommer immer wieder selber, erkannte überall Probleme und Desillusionen und stieß ständig auf die Vergangenheit.

In der flimmernden Hitze des Vondelparks – man hörte, wie die holländischen Regenbäume vor Durst stöhnten – liefen alternde Männer verbissen ihre Runden, um dem Tod einen Schritt voraus zu bleiben, aber er stand – ein Glas Pils in der Hand – hinter den Bäumen und schüttelte sich vor Lachen. Ein kurzer Sprint und er war mehr als rechtzeitig da, um ihnen beim Finish ein Mikrophon vor den Mund zu halten und zu fragen: »War es sehr schwer? Was empfinden Sie jetzt?« Die sich abmühenden Männer verschwendeten vor Angst so viel Lebenskraft, daß sie keinen Blick hatten für die schönen, fast nackten Frauen, die sich lächelnd, offen für die Liebe, neben den Kieswegen hingespreizt hatten und Witze über die maskulinen Trottel austauschten, die mit Sonnenschutz vor den Augen, mit orangenfarbenen Schweißbändern um die Haare (soweit sie diese noch hatten) und das bedrohte Miniglied nach vorne, vorbeistampften in der Hoffnung, bis ins hohe Alter hinein attraktiv bleiben zu können für kräftige junge Frauen, die sie mit großer Anstrengung in Kneipen oder während Tagungen aufreißen müßten, während sie hier in der vollen Sonne sofort zu haben waren. Manchmal unterbrachen die Männer das Laufen für Übungen. Die Beine auseinander führten sie die linke Hand zum rechten Fuß oder umgekehrt. Man sah nur, wie die Hoden hin und her wackelten, wie bei großen kurzhaarigen Hunden, deren Schwänze kupiert waren.

ALBERT VIGOLEIS THELEN

(1903–1989)

Grachteninnenleben

Der Vormittag, an dem sich die hier geschilderten Vorgänge abgespielt haben, war ein Ausschnitt aus einem jener seltenen, ja man kann sagen einmaligen Tage, die über Amsterdam aufziehen, an denen es nicht regnet, nicht einmal am Abend und in die sich eindieselnde Nacht hinein, wo dann der Regen genaugenommen schon wieder zum folgenden Tage gehört, er also weder anfängt noch aufhört und doch da ist. Das sind kleine Verschiebungen, die an sich unwichtig wären, da es ja doch regnet; aber für die Regenversicherungen sind sie von ausschlaggebender Bedeutung. Diese Regenversicherungen für Touristen sind ja eine niederländische Erfindung, um aus jedem Millimeter Regenhöhe noch Kapital zu schlagen. Dabei freut sich der Fremde, dem ein Ausflug ins Wasser gefallen ist und er nun die Prämie in den Nationaltrank Genever umsetzen kann. Wetterwarten, Versicherungsgesellschaften und Reisebüros arbeiten da Hand in Hand.

In der Früh geht man ohne Regenmantel aus. Um die Mittagsstunde pflegt sich dann der Destillierapparat der Luftschichten in Tätigkeit zu setzen, mikroskopisch feine Tröpfchen fließen zu Tropfen zusammen in einem Vorgang, den verschiedene Gelehrte mit dem Buttern verglichen haben, und diese Tropfen wieder suchen den Anschluß an größere Tropfen. Also vereint lauern sie auf das noch gänzlich unerforschte Zutun von oben, das sie in den Stand setzt, als Regen auf die Erde niederzufallen, von wo sie heimlich gekommen sind.

Die früher weitverbreitete Ansicht, Regentropfen seien hohle Bläschen, hat der ernsten Wetterwissenschaft nicht standhalten können, was ich, ganz abgesehen von den niederländischen Klimaverhältnissen, bedauere, denn aus Bläschen hätten Blasen werden können, die wie Seifenblasen in die höheren Luftschichten davongeflogen wären. Und doch schien die Natur an unserem Tage eine Ausnahme gemacht zu haben, kein Druck von oben schlug die Bläschen nieder wie den Rauch aus den Schloten, der genauso lästig wie Regen ist und obendrein auch noch schmutzig.

Auch die Grachten machten sich das Ausbleiben des Niederschlages zu Nutz und Freude, wie Kolke lagen sie da, schwarz, durch nichts bewegt, wenn es keine schiffbaren waren, als von den Gegenständen, die aus den Fenstern der sie umsäumenden Häuser in sie hineingeschmissen wurden. So wie in jeder Sekunde ein Mensch stirbt auf der Welt, so fliegt in jeder Sekunde etwas in eine Amsterdamer Gracht, seit Jahrhunderten schon. Denn seit Jahrhunderten entzieht der aufrechte Amsterdamer viel der an sich gut organisierten Müllabfuhr. Das gehört zum Stil und guten Ton der Stadt. Was schwerer ist als das Grachtenwasser, sinkt zum schon Gesunkenen und führt im Schlamm sein entrechtetes Dasein weiter, bis es von dem gefürchteten Zahn der Zeit so weit zernagt ist, daß es selber zu Tümpelmus geworden, sei es ein Fahrrad, ein Nachtgeschirr aus Email mit ehemals leuchtenden Blumen oder gar die Leiche eines Menschen, die, man erschrecke nicht, zuweilen mitsamt dem Bett, worin der Mensch gestorben ist, in die Gracht geschleudert wird. Kenner des Grachtenwesens versicherten mir, daß so etwas nur in Kriegszeiten vorkäme oder denn bei Ehebruch. Jedenfalls hat sich mir einmal ein solcher Anblick gewährt, als ein Arm der Leidsche Gracht wegen Brückenerweiterung leergepumpt werden mußte.

Auf einer schmalen Bettstatt aus Eisen, die mit Töpfen, Eimern, Puppen, Regenschirmen, unkenntlichen Tierkadavern und sonstigem Gerümpel mit dem geheimnisvollen Ordnungssinn des Zufalls verziert war, lag die Leiche, schmal auch sie und nur dürftig mit Schlamm bekleidet. Ratten verließen diesen

Ort des Grauens, der wie eine Stube der Unzucht langsam den Blicken der Neugier freigegeben wurde, als zöge der grauende Tag einen Vorhang auf. Es waren die sputenden Pumpen, die die Flußmorgue freilegten. Die Ratten überstürzten sich nicht, nichts geschah ihnen zuleide, denn der Amsterdamer liebt seine Langschwänzigen ebenso wie die wilden Enten, die auf der übelriechenden Flut ihre Kreise ziehen, sich plötzlich platschend erheben, mit knatterndem Flügelschlag über eine Brücke fliegen, dann planschend wieder in die schwarze Tunke einfallen und nach Namenlosem gründeln – nach meiner Leiche etwa?

Mich durchfuhr ein Schrecken, als die Pritsche mit ihrem verewigten Schläfer bloßzuliegen kam. Das ist doch Hans, dachte ich, es kann niemand anders sein als Hans, der war auch so schmal, so eingefallen, wir nannten ihn die wandelnde Schwindsucht, doch war er stark wie Eisen, und Bier trank er für drei, immer nur Bier, und auf allen Tanzböden und in allen Kirmeszelten meiner niederrheinischen Heimat schwängerte er die unerfahrenen Mädchen, die alle auf den glatten, wohlriechenden Schneidling hereinfielen.

WOLFGANG KOEPPEN

(1906–1996)

Melancholischer Spaziergang

In Amsterdam führt der Dam, die älteste Morastaufschüttung vom Bahnhof in die Stadt, führt zur Börse, führt zum königlichen Schloß. Der Verkehr ist dicht, ist wimmelnd, nervös, die Radfahrer wagen rudelweise ihr Leben, der Fußgänger gilt nicht viel, der Ton ist rauh, er ist unliebenswürdig, das ist neu in Holland, jedermann scheint über etwas erbost und grundsätzlich verbittert zu sein, und der Regen, der hier oft fällt, ein dünner stetiger Regen aus tiefhängenden Wolken, paßt sich trefflich der Stimmung dieses Platzes an. Am Dam stehen die bürgerlichen Hotels für Handlungsreisende, die Betten verschämter Liebe, nun haben sie ihre Preise erhöht und sind von Reisegesellschaften belegt. Die Menschheit ist nomadisch geworden, aber sie trottet in Herden, folgt dem Ruf der Reiseführer und läßt sich schröpfen. Schnellimbißstuben bieten die Abfütterung in allen Weltsprachen an, und traurige Einheitsgerichte verschrumpfen auf unterkühlten Tellern in den werbenden Etalagen. Die Börse, Berlages einst revolutionärer und vieldiskutierter Bau, liegt verlassen wie eine aufgegebene Festung des Geldes da, erdrückt von den Schaufenstern, den fahnengeschmückten Werbetürmen des Warenhauses, des Bijenkorf nebenan, der volkstümlichen Burg des großen Umsatzes zu kleinen Preisen; die Börse ist nicht mehr neu, sie ist auch noch nicht richtig alt, es steht schlimmer mit ihr, sie ist die Welt von gestern.

Der königliche Palast ist ein unbewohntes Haus, vier Reihen leerer Fenster, in der Nacht eine tote, lichtlose Front. Nur acht Tage im Jahr residiert die Königin in der größten Stadt ihres Landes. Dann ziehen Wachen auf, und die Standarte des Hauses von Oranien weht auf dem Dach. Die Königin und ihr Gemahl treten auf den Balkon, und es ist noch ein echtes Volksfest, die Kontore haben geschlossen, Jubel herrscht, man winkt und ruft, marschiert in ineinandergehakten Reihen, spielt Königsvolk, acht Tage lang, und dann verschwindet die Majestät wieder im weiten, stillen Park von Soestdijk. Nun steht eine Drehorgel vor dem Schloß, übermannsgroß, weiß, bunt, ausschweifend, barock, italienisch, Schiffe segeln auf blauem Meer, ein Araberfürst blickt lüstern auf eine Schleiertänzerin, die Pfeifen dröhnen, und des Orgelmanns Familie singt den neuesten Stadtschlager »Tulpen uit Amsterdam« und Kinder umschwärmen die Volkssänger, flachshelles Haar, Kinder aus den engen Gassen des Arbeiterviertels, des Jordaan, wo einmal gemütliche Wirtschaften und noch bis zum Zweiten Weltkrieg echte Tingeltangel waren und nun die üblichen Einheitspreisgeschäfte sind, doch die Kinder mit den hellen Haaren und den kräftigen, immer Gott beschwörenden Flüchen sind noch das alte Amsterdam, das alte Holland lebt weiter in seiner Straßenjugend.

In der engen Kalverstraat schiebt sich die Menge. In den Läden lockt das westeuropäische Warenangebot, Qualität und Preis unterscheiden Amsterdam kaum von Köln oder Frankfurt, nicht von Mailand oder Marseille, überall wird die gleiche Mode, werden die gleichen Stoffe, die gleichen Geräte der Bequemlichkeit und der Unterhaltung angeboten. International ist auch der Geschmack der Reiseandenkengeschäfte; hier offerieren sie kleine Holländerschuhe und winzige Windmühlen aus Delfter Porzellan, in Venedig sind es Gondeln für die Kommode, in Paris ist es ein Eiffelturm für den Nachttisch. Eine alte holländische Sitte war es, im Kaffeehaus zu sitzen und durch die große Scheibe des unverhangenen Fensters stundenlang auf die Straße und die Vorübergehenden zu schauen. In der Kalverstraat harren noch alte Herren aus, Pensionäre des Reiches, Pensionäre der unzähligen Versicherungsgesellschaften, Pensionäre aus Indien. Sie sitzen in chinesisch-japanisch geschnitzten Stühlen auf persischen Polstern, die Gläser, die Tassen werden auf marokkanische Messingplatten gestellt, das Interieur ist großes neunzehntes Jahrhundert, aber der Kaffee dampft schon aus der Espressomaschine, und der Anblick der Straße freut die alten Herren nicht mehr. Was sich am Fenster des Cafés vorbeischiebt, ist Masse, ist nicht mehr der Kunde, der von des Kaufmanns Klugheit umworben, von seiner Ehrbarkeit beeindruckt werden mußte, es ist der anspruchsvoll anspruchslose Konsument, der versorgt wird. Eine neue Buchhandlung stellt sich fensterlos, türenlos, frei und offen zur Straße; unter infraroter Strahlwärme sind hier die Taschenbücher der Welt versammelt, »Krieg und Frieden« und Kafka und Sartre und Hemingway, holländisch, deutsch, französisch, englisch, junge Leute lesen und studieren die Schriften gleich im Laden,

Pferdeschwänze und Bürstenfrisuren, Jeans und schenkelenge Manchesterhosen stehen dichtgedrängt vor den Dichtern. Werden die neuen, die jungen Leser die Träume der Schriftsteller erfüllen und die Welt zum Guten ändern?

Noch immer gibt es den frischen Hering, den man im Vorübergehen, im Stehen von einem Holzbrett verzehrt, noch immer kann man in behaglich gekachelten Kellern Austern schlemmen, das Dutzend für drei Mark und mit aller Frische der See. Noch immer findet man die verräucherten Geneverstuben und den »Alten Klaren«, noch immer gibt es die Blumenstände, die Blumenkähne am verwitterten Münzturm mitten in der Stadt und die Erinnerung an die Blütenfelder bei Haarlem, rot, weiß, blau, gelb und die zur Osterzeit bekränzten Kinder, die sich den Automobilen in den Weg stellen, die Blumenfülle in Geld zu verwandeln. Noch immer steht Rembrandt in düsterem Sinnen auf seinem Plein, am Abend von den Leuchtfeuern der Tanzlokale umgeben und den Reeperbahnbildern der Schautänzerinnen. Jazz erklingt hinter sorgsam verhangenen Eingängen, kein Gast hockt am Bartisch, drei einsame Neger spielen den Blues, versinken allmählich in Träume von Sonne, Blut und Wald, oder es ist auch nur eine Musikbox, die leuchtend und schrill mit ihren Schallplatten der Straße ein Fest vortäuscht.

Das Hotel liegt an einer stillen Gracht, es ist ein altes schmales Giebelhaus, man meint, es erzähle Geschichten, und der Wirt, denkt man, sei altväterlich gastlich. Der Wirt wehrt ab, sein Haus, sagt er, sei laut, seine Söhne hätten elektrische Musikgeräte, sie spielten sie bis in die Nacht hinein und eine Beschwerde des Gastes lasse sie ungerührt, auch habe er kein Personal, man bekomme ja niemanden mehr, der Gast müsse sich schon seine Schuhe selber putzen, er müsse pünktlich zum Frühstück kommen, zwischen acht und neun, er habe seinen Koffer allein hinaufzutragen, vier steile Treppen hoch, und bei soviel Strenge ist das Hotel nicht billig, es hat gesalzene Preise, doch aus dem Fenster blickt man versöhnt auf die Wipfel der Ulmen, sieht unter ihnen schwarz und glitzernd das Wasser der Grachten, die sich hier kreuzen, schaut auf die alten, schmalen, spitzgieblig vornehmen Häuser und sieht, wie sie und die Bäume sich in dem dunklen, trägen Wasser spiegeln – es ist unendlich viel Schwermut in der Schönheit von Amsterdam.

Schwermut, Schönheit, Vergangenheit in der Heerengracht, in der Keizersgracht, alte Patrizierpaläste aus dem siebzehnten, dem goldenen Jahrhundert der Stadt, den Jahren der Welteroberung, der Pfeffersäcke und der bürgerlichen Größe, geschnitzte Türen, edle Proportionen, schwere Gesimse, oft noch violette Fensterscheiben, vor jedem Giebeldach die Lastenwinde wie auf Schiffen und in Speichern, hier wohnten königliche Kaufleute, Weltherren, deren Unterschrift in den Häfen aller Meere Gold wert war, und manchmal wird eine kostbare Hochzeitstruhe, ein Baldachin-Bett am Windenseil zum Fenster hinaus gehievt, zum Antiquar, zur Auktion, die Stadtbesichtigungsmotorboote farhen vorbei, der Fremdenführer brüllt durch den Lautsprecher seine Erklärungen, und das alte Haus erschrickt vor soviel Geschrei, bebt im Wasser, und sein sanftes Spiegelbild zerbricht.

SIMON CARMIGGELT

(1913–1987)

Gemüse

Als ich im Rotlichtviertel Amsterdams an jenem Haus vorüberging, saß ein Mädchen, das unverkennbar sündige Absichten hatte, im Fenster und warf einladende Blicke um sich.

Ich setzte keusch meinen Weg fort und dachte an einen Morgen vor über zwanzig Jahren, als ich in diesem selben Zimmer zu Besuch war.

Das kam so.

In einer Kneipe, die ich häufig besuchte, hatte ich eine Beziehung zu einem in seinem Fach ergrauten Bewährungshelfer angeknüpft. Es war ihm recht, daß ich ihn einmal einen Tag lang begleitete. Damals kannte mein Gesicht noch fast kein Mensch, so daß ich leicht in die Rolle eines auszubildenden Bewährungshelfers schlüpfen konnte. Als ich ihn morgens zu Hause abholte, sagte er: »Wir gehen ins Rote-Laternen-Viertel.«

So lernte ich Marie kennen.

Sie saß in voller Kriegsbemalung in dem Zimmer, wo nun das Mädchen sein Gewerbe ausübte, und hielt uns zunächst für zwei Kunden der Frühschicht. Aber als sie den Beamten aus der Nähe sah, wurde ihre Stimme um einige Nuancen leiser, und sie verwandelte sich in eine normale, mütterliche Frau, die Besuch bekommt.

»Ein Täßchen Kaffee, die Herren?«

Da sagten die Herren nicht nein. Als wir in ihrem Zimmer saßen, begann der Bewährungshelfer: »Es handelt sich um Ihren Mann. Er hat genug vom Knast. Er will raus.« Sie nickte mitfühlend, aber alert, während sie in ihrem Kaffee rührte. »Wissen Sie, Jan hat mir vom Gemüseladen seines Vaters erzählt«, fuhr der Beamte fort. »Sein Vater wird auch nicht jünger und schafft es nicht mehr ganz. Er sucht eigentlich einen zuverlässigen Nachfolger, den er zuvor noch einarbeiten kann. Jan ist Feuer und Flamme dafür. Er hat mir gesagt, daß er die Nase voll hat von der Unterwelt, von teuren Schlitten und dem Rumgammeln im Milieu. Sie werden ihn dort nie wiedersehen, wenn er in dem Laden seines Vaters seine Brötchen auf ehrliche Art verdienen kann. Gut, ich will mich gern dafür einsetzen, aber nicht ohne Sie. Wenn Sie mir sagen, daß Sie es mit ihm wagen wollen, dann werde ich alle Hebel in Bewegung setzen, damit sie ihm den Rest der Strafe auf Bewährung erlassen.«

Sie betrachtete ihn, und in ihr gutmütiges Gesicht trat ein etwas grüblerischer Ausdruck.

»Ach, schauen Sie mal«, sagte sie, »ich stecke jetzt seit fünfundzwanzig Jahren in diesem Leben, und ich habe durchaus nichts dagegen auszusteigen. Aber ich habe mir das so gedacht, wissen Sie ...«

Sie setzte ihre Tasse ab und begann behaglich zu erklären, als ob es sich um einen Ferienplan handelte.

»Meine Jungen sind alle beide aus dem Haus. Die haben was gelernt. Die verdienen gutes Geld in anständigen Berufen. Darüber mache ich mir keine Sorgen mehr ...«

»Na, also!« rief der Beamte.

»Ja, aber warten Sie einen Augenblick«, fuhr sie fort. »Jan sitzt jetzt fast ein Jahr. In dieser Zeit habe ich zu Hause alles wieder aufmöbeln lassen. Tapezieren, malen, moderne Vorhänge. Es ist ein kleines Palais geworden! Ich habe ein neues Radio gekauft, ein Salonmöbel. Und einen Plattenspieler. Und einen duften Kühlschrank – den müßten Sie mal sehen. Ich liebäugle auch mit einem neuen Fernseher. Gut, alle diese Sachen laufen natürlich auf Abzahlung. Ich habe noch an die acht Monatsraten. Kein Problem. Es klappt prima, denn ich habe hier ein gutes Revier. Aber wenn Jan jetzt plötzlich rauskommt. ...«

Sie zögerte. Leise sagte sie: »Ach, mein Herr, Sie sind doch selbst ein Mann ...«

Sie schaute ihn an, als ob sie das, bei näherer Betrachtung, doch ein bißchen zu hoch gegriffen fand.

»Wenn Jan rauskommt, was macht er dann?« sagte sie. »Dann fängt er an, Dinge zu drehen. Und Dinge drehen, kostet einen Haufen Geld, mein Herr. Die Abzahlungstermine, die kann ich mir dann an den Hut stecken, und das finde ich falsch. Man soll die Leute nicht auf ihr Geld warten lassen. Versprochen ist versprochen.«

Sie blickte uns treuherzig an. Der Beamte nickte verständnisvoll.

»Deshalb, meine Herren, würde ich sagen«, schloß sie, »lassen Sie Jan doch in aller Ruhe seine Zeit absitzen. Da kostet er nichts und hat sein Süppchen und Brot umsonst. Und wenn er in einem Jahr rauskommt, ist das Zeug wenigstens abbezahlt und ich kann wieder aufatmen.«

Wir erhoben uns. An der Tür sagte sie noch: »Und dann können wir ja immer noch sehen, was aus dem Gemüseladen wird, oder?«

RENATE RUBINSTEIN

(1929–1990)

Feuerwehr

Hier noch eine Erzählung, die aus den dunklen Tagen vor Weihnachten stammt, wenn es jedem, der weder Kind noch Kegel hat, düster zumute ist, weil er hinter den gardinenlosen Fenstern der übrigen Welt Christbäume, elektrische Kerzen und mit Flitter bestreute Pappsterne von Bethlehem sieht, die den Weder-Kind-noch-Kegel-Besitzer nicht an die Langeweile, den vollen Magen, das mehlige Käsegebäck, die Schwiegereltern und Onkel Wim erinnern, der haufenweise Geschichten auf Lager hat, vor denen einem schon vorher graut und an die man mit Schauder zurückdenkt, sondern ihn unvernünftigerweise der Vorstellung einer trauten Häuslichkeit ausliefern, bevölkert von lieben Kindern, Kegeln und ihren Besitzern. In dieser Welt lebt er nicht, die spielt sich hinter seinem Rücken ab. Und das ist erst die Generalprobe, denn jeden Augenblick kann Weihnachten ausbrechen.

So jemand war ich, als ich an einem Samstagabend vor Weihnachten beschloß, vor dem Zubettgehen noch eine kleine Runde um den Block zu machen.

Darauf verstehe ich mich, ich schreite mit Riesenschritten, gleichsam durch mich selbst motorisiert. Aus der kleinen wurde eine große Runde, und dann wieder nach Hause. Mein Gott, was jetzt. Linke Tasche, rechte Tasche, Handtasche. Tasten, wühlen, umkehren. Aber nichts, kein Portemonnaie, also auch kein Schlüssel. Nun ist der erfahrene Alleinstehende darauf vorbereitet, und seine Vorsorgemaßnahmen sind zahlreich. Er hat einen Untermieter im Haus und einen Bruder im Südend und einen Schreiner im Nordend, außerdem und besser noch eine befreundete Nachbarin und schließlich noch zwei Ex-Ehepartner, die beide einen Schlüssel bekamen und behielten.

Guter Rat schien also nicht teuer zu sein. Aber der Untermieter war nicht zu Hause, ist es meistens nicht am Wochenende. Nachbarin: an der Klingel gezogen und nochmal und noch einmal ganz lange, aber kein Fenster wurde in die Höhe geschoben, das Haus blieb taub. Bleibt noch das Telefon und zum Glück Marco in der Kneipe, der mir vier Fünfundzwanzig-Cent-Stücke leiht. Erst der Schreiner, wohnt zwar ganz oben im Norden, aber die Not bricht solche Erwägungen. Jedoch leider auch nicht zu Hause. Hatte tatsächlich eine Ferienreise angekündigt, und ich hatte ihm noch meine besten Wünsche mitgegeben. Und der Bruder natürlich auch weg, telefonisch unerreichbar im Ferienhaus voller Frau und Kinder. Zum Teufel. Der älteste Ex-Ehepartner war zwar telefonisch erreichbar, aber in dreistündiger Zugentfernung. Und dann muß er noch zurück, und inzwischen ist es nachts halb eins. Bleibt noch der andere Ex-Ehepartner, denn die Not bricht den Groll. Meldet sich nicht. Sicher in der Kneipe? Oder Stecker herausgezogen zum Schutz gegen die Ex-Frau, Ex-Freundin? Was hat man so vom Heiraten, einen Dreck natürlich, aber irgendwo muß ich doch schlafen? Hätte ich Geld für ein Hotel, befände es sich im Portemonnaie, und dann hätte ich es nicht nötig, denn der Schlüssel wäre auch darin. Mit eigenem Beinmotor auf zu Exens neuem Domizil, wo zwar Licht brennt, aber sich nach langem Klingeln keine Tür öffnet. Bleibt noch die Kneipe. Kneipe rein, Kneipe raus. »Suchst du mich, mein Schatz?« »Nein, Döskopf, dich bestimmt nicht.« »Nein, Dicker, dich such ich nicht« usw. – wenn man flott ist, klappert man blitzschnell viele Kneipen ab. Kenne diese Gegend übrigens nicht gut und gebe es nach vier Elendslöchern auf, marschiere heim, als wäre die Nachbarin plötzlich aufgewacht, der Untermieter auf einmal zurückgekehrt, was sich natürlich als Irrtum herausstellt. Auch bei mir brennt Licht für nichts und wieder nichts, angelassen wegen Kürze der geplanten Runde um den Block. Ach, wäre ich doch bei Muttern zu Hause geblieben.

Aber jetzt kommt es, jetzt haben wir diese Erzählung gleich hinter uns. Denn irgendwo bei einem meiner Nachbarn brannte noch ein Lichtchen, und er war wahrhaftig zu Hause. Und verdammt, er wußte Rat: die Feuerwehr. »Die ist dafür da«, fand er. Und ja, der diensthabende Brandmeister zeigte keinerlei Spur von Hohn oder Verblüffung. »Wir kommen schon, junge Frau, aber es kostet Sie zu unserem Bedauern dreißig Gulden, das ist die neue Vorschrift.« Nicht viel, fand ich, denn ich war inzwischen monoman geworden.

Zehn Minuten später traf ein prächtiges rotes Auto voller Leitern und Männer mit Mützen ein. Leiter aufs Trottoir und Feuerwehrmann unter Einsatz seines eigenen Lebens oder jedenfalls seiner Mütze drauf. Schob Fenster im ersten Stock in die Höhe und Topfpflanze beiseite. Kurz danach öffnete sich diese geschlossene Tür einfach so, Feuerwehrmann raus und ich rein.

Am nächsten Morgen erzählte mir die Nachbarin, die meine Freundin ist und einen Schlüssel hat, sie habe geträumt, daß an der Tür geklingelt würde. In ihrem Traum habe sie gedacht, daß es ihr spurlos verschwundener Ehemann wäre, zurückgekehrt ohne Hausschlüssel. Ein unwahrscheinlicher Traum, aber schließlich sei sie doch aufgestanden und habe aus dem Fenster geschaut. Niemand zu erblicken. Kein Wunder! Ich war schon wieder ein Stück weiter, denn für Geduld habe ich keine Geduld.

CEES NOOTEBOOM

(* 1933)

Gärung und Langeweile

Es war das Amsterdam vor der Provo-Bewegung, vor den Krawallmachern und vor den langen, heißen Sommern. Doch an vielen Stellen in diesem magischen Halbkreis verstärkte sich die Unruhe. Es schien schon sehr lange her zu sein, daß Niederländisch-Indien auf einer der letzten Seiten des vaterländischen Geschichtsbuches untertauchte, auf einer Seite, die später so ganz anders neu geschrieben werden sollte. Korea war mit einem Lineal zweigeteilt worden, und zwar durch etwas, was manche den unabdingbaren Lauf der Geschichte nennen. Und es gab schon Leute, die wußten, daß in Vietnam die Saat aufgehen würde. Fische begannen an Dingen zu sterben, an denen Fische früher nicht gestorben waren, und die Gesichter in den immer länger werdenden Autoschlangen auf den Straßen zeigten das Gemisch aus Frustration und Aggression, das die siebziger Jahre so einmalig machen sollte. Aber kaum jemand schien zu wissen, daß die Natur, die Mutter aller Dinge, schon bald nicht mehr mitmachen würde und das Ende der verfaulten Zeiten sehr nahe war, und diesmal endgültig.

Doch schwelte unter all dieser äußerlichen Unwissenheit der unmerkliche Brand von Unruhe, Verzweiflung und Bösartigkeit. Die Welt stank schon seit langem, Amsterdam fing langsam an, vor sich hin zu räuchern, doch jeder schob es auf die eigene schlechte Laune, auf das eigene Leid, auf die eigene unauflösbare Ehe und auf den Geldmangel. Die große Offenbarung, daß das Übel zuerst die Welt und dann einige ihrer Bewohner ergriff, hatte noch niemand verkündet. »Immer trübsinniger wach werden«, das war Innis Wahlspruch in dieser Zeit. Wann seine Nacht stattfand, wurde niemals völlig klar, aber ständig wurde er mitten in der Nacht wach und starb dann, – zumindest nannte er das so. Es ist bekannt, daß jemand, der stirbt und auch nur ein bißchen Zeit dabei hat, sein ganzes Leben blitzartig vor seinen Augen vorüberziehen sieht. Und das geschah bei Inni jede Nacht, nur er sah nichts, weil er sich an sein Leben bis zu dem Tag, an dem seine Tante Thérèse auftauchte, kaum erinnern konnte. Alles, was er sah, war ein grauer Film, der ab und zu eine Bildfolge enthielt, in der er – klein oder schon etwas größer – winzige, abrupte Szenen mitspielte, Ereignisse ohne viel Zusammenhang oder auch bewegungslose Bilder von Gegenständen, die unerklärlicherweise in der leeren Rumpelkammer seines Gedächtnisses stehen geblieben waren, wie etwa ein Ei auf einem Teller in Tilburg oder das gewaltige violette Glied eines zufälligen Nachbarn in einer Bedürfnisanstalt an der Schenkkade in Den Haag.

Wie es kam, daß er dennoch Gedichte auswendig konnte, war selbst ihm ein Rätsel, und oft hatte er den Eindruck, daß er vielleicht besser daran getan hätte, sein Leben auswendig zu lernen. Dann hätte er sich nämlich in dem allnächtlich wiederkehrenden letzten Stündchen zumindest einen anständigen Film ansehen können und nicht bloß diese losen Bruchstücke, die keinerlei Zusammenhang hatten, und das sollte man von einem gerade abgelaufenen Leben doch erwarten dürfen. Vielleicht war dieser tägliche Tod deshalb so maßlos unerquicklich, weil nämlich gar keiner starb, da waren höchstens ein paar kaum zusammenhängende Schnappschüsse, die sich niemand jemals ansehen würde. Dieser unabänderliche, unerbittliche, stets gleiche und nichtssagende Zyklus störte ihn tagsüber nicht, denn der Tod gehört ja schließlich nicht so recht zum Leben. Er hütete sich daher auch, mit Zita oder irgend jemand anderem darüber zu sprechen. Zita hatte einen prähistorischen, namibischen Schlaf, und wenn die Stunde des nächtlichen Leidens anbrach, löste er sich aus ihrer totalen Umarmung, ging in ein anderes Zimmer und weinte bitterlich, aber kurz. Wenn er danach wieder ins Bett stieg, öffneten sich ihre Arme, als sähen sie ihn. Aber es war, als öffne sich da noch viel mehr, eine ganze elysäische Welt voller warmer, weicher Wiesen mit frischem Heu, worin alle Innis der Welt schlafen gelegt werden.

JUDITH HERZBERG

(* 1934)

Vorrätiges Gefühl

Für R.

Wenn ich mir alles angeeignet hab',
»die ganze Welt und Schlittschuhe dazu«,
hab' ich das Mosaik noch nicht gelegt
und das Wort Ewigkeit noch nicht gefunden.

Wenn du jetzt sagst: du klaust von Andersen,
dann hast du recht, ich klaue ihm, dem Prediger,
die Zeitung, wenn ich kann, denn
dazu ist sie da, so hab ich was davon.

Nur die Verzweiflung brauch ich nicht zu borgen,
und kenne nur, was ich schon lange weiß,

und laß den Rest, der macht
mich nicht verzweifelter als ich schon bin.

(So kann's passieren, daß ein vierjähriger Bub
in Amsterdam Süd heiße Tränen um Lumumba weint
beim Hören von Paul Robesons
Poor Old Joe im Radio.)

CONNY BRAAM

(* 1948)

Studentenrevolte

Und dann ging es los. »Sechshundert Studenten haben das Maagdenhuis besetzt. Die Polizei hat das Gebäude umzingelt.« Neben dem Leitartikel in der Morgenzeitung war das Foto eines Studenten abgebildet, der durch ein Megaphon zu den Umstehenden redete. Freitag nachts waren sie zu Taten geschritten und ich hatte geschlafen. Aber am nächsten Tag stand ich auf dem Spui, hinter den Sperrzäunen, zwischen den herbeigeströmten Neugierigen und Sympathisanten. Hinter unseren Rücken lebte die Stadt einfach weiter. Es war Samstag nachmittag, die Leute machten ihren Einkaufsbummel, es wurde gehupt, geklingelt und die Straßenbahn quietschte. Aber für uns war Krieg. Um das Gebäude herum war von der Polizei oder von der Armee, man konnte es nicht genau sehen, ein Kordon gezogen. Unter den Helmen und über den schwarzen Uniformen, halb versteckt hinter geflochtenen Schilden, waren nur regungslose Gesichter erkennbar, wie Soldaten aus Spanien oder Südamerika sahen sie aus, unbekannte, feindliche Truppen. Sie waren zwischen uns und den verbarrikadierten Studenten aufgestellt und konnten von dieser Position aus falls notwendig auf jede Seite losschlagen.

Die Zuschauer bildeten eine stark wechselnde Gruppe. Es gab nur wenige, die so lange durchhielten wie ich. Die meisten kamen nur kurz vorbei, beladen mit Taschen und mit Kindern an der Hand, um kurz mißbilligend den Kopf zu schütteln und dann wieder weiterzugehen. Ein alter Mann blickte wie versteinert schon seit Stunden auf ein einziges Fenster; vielleicht befand sich seine Tochter dahinter, oder der Anblick des belagerten Gebäudes erinnerte ihn an etwas.

Jedes Mal wenn ein Student durch ein Fenster oder über die über den Handboogsteeg gebaute Hochbrücke herauskam, bildete sich ein Kreis um ihn, um die neuesten Nachrichten zu hören. Angeblich würden sich über Tausend Studenten im Gebäude befinden und sich alle an Diskussionen über Demokratie und Mitbestimmungsrecht beteiligen. Jeder schlief in einem Schlafsack irgendwo im Gebäude. Es waren ein Besetzungsrat und eine Geschirrspülkolonne gebildet worden. Ich wäre gerne hineingegangen, aber ein dicklicher Junge, der sich bereit machte, hinter den Rücken der Polizisten wieder hineinzuklettern, sagte, daß nur Studenten zugelassen würden. Sonst würde das Gebäude zu voll werden.

Am Dienstagabend tagten die Studenten und ihr Troß im Oudemanhuispoort-Gebäude. Es seien Hunderte da, wußte man draußen zu sagen, es könnten sogar noch mehr sein. Jeden Augenblick würden sie in Richtung Maagdenhuis losziehen, um die Besatzer zu unterstützen. Früher am Tag hatte es einen Kampf zwischen Studenten auf der einen Seite und der Polizei auf der anderen um die Hochbrücke gegeben. Die behelmten Männer hatten Tränengas hineingeworfen und gerade bevor ich ins Büro wollte, hatte ich die Nachricht über die Atemnot bei den Studenten im Rundfunk gehört und mich auf der Stelle krank gemeldet. Wenn Studenten, Altersgenossen, dazu fähig waren, bei den Autoritäten soviel Verwirrung und Angst zu säen, daß Panzerfahrzeuge und Männer in Kriegsmontur losgeschickt werden mußten, ging ich nicht zu meiner Arbeit. Allem Anschein nach deutete alles auf eine ernste Konfrontation und bei der wollte ich dabei sein.

Vom Grimburgwal sah ich den ungeordneten Zug herankommen und halb auf dem Gehweg, halb auf der Straße schloß ich mich ihm an. Um mich herum wurde aufgeregt gelacht und geschubst, manche waren zu alt, um noch Student sein zu können und hinter mir schrie eine Frau mit einem wütenden Gesicht. Ich kannte niemand.

Auf dem Rokin war der Zugang zum Spui von der berittenen Polizei gesperrt. Die Pferde stampften nervös. Die Menge zögerte einen Augenblick und dann beugte sich vorne einer und setzte sich hin. Wie eine heranrollende Welle, ohne irgendeinen Befehl, beugten sich alle Körper. Die Demonstranten setzten sich aufs Pflaster und die martialisch ausgestatteten Polizisten rührten sich nicht. »We shall overcome«, fing ein Junge mit sich überschlagender Stimme zu singen an und schon bald dröhnte das Lied herausfordernd laut durch die Straßen, über die Gracht und hallte gegen die hohen Geschäftshäuser wider.

HANS KEILSON

(* 1909)

Sanierung Amsterdam

endlich
nach ernsthaftem brüten
der plänemacher
laut beschluß von
bürgermeister und räten
wurde der stadtteil saniert
der alptraum der bürger
das bitterkraut der
befreiung

häuser
geheimnisse ohne
fenster türen und
gebetsröllchen
ausgeweidet
stiegen und böden
im brennholzarmen winter
mauern geborsten von
flüchen und erkälteten

küchen der nachbarschaft
auf den schwellen
die bazillen der
razzia

den bewohnern
brauchte
man
also
nicht mehr zu kündigen

Jahrhunderte
nach dem tode des meisters
hausten noch
seine modelle
malerisch gewiß
schaufäden schläfenlocke
und armut
in den quartieren
hinter den
mageren brücken
sofern
sie nicht
in museen
auch über see
rettung
gefunden hatten
(einige waren
in den dünen
verborgen)

es kam
die brigade

der straßenmeister
mit
bulldozern preßlufthämmern
asphaltöfen
die rammler und buddler
spitzhacke spaten
und
psalter

ruinen geschleift
gelände geebnet
ratten verjagt
und vergiftet
hygiene verordnet
der himmel geteert

so
wurde erinnerung
beigesetzt
das leben geht
weiter

zuvor machte das fernsehen
ein denkwürdiges programm
der kommentator
rechter fuß auf
dem kehricht der vergangenheit
sprach
im schatten des heiligen dockwerkers
seinen erhabenen text

der film
auf staatskosten
deportiert
in die archive
für den geschichtsunterricht
1967

HESTER ALBACH

(* 1954)

Wohnboot auf der Amstel

Harry wohnte mit seiner jungen Familie auf einem Wohnboot auf der Amstel.

Eines Samstagnachmittags fuhr Lotte mit dem Fahrrad zu ihm.

Sie hatte es sich lange überlegt und sich dann entschlossen, es einfach darauf ankommen zu lassen.

Seine Frau öffnete ihr.

»Ich wollte zu Harry«, sagte Lotte verlegen.

Die Frau öffnete schweigend die Tür und ließ sie herein.

»Harry, Besuch für dich.«

Sie verschwand durch eine Tür.

Lotte blieb im schmalen Korridor stehen und wartete. Sie hörte das Geräusch der Toilettenspülung. Dann wurde die Wohnzimmertür geöffnet, und vor ihr stand Harry.

»Das nenne ich eine angenehme Überraschung!« Er gab ihr die Hand. »Komm rein.«

Sie trat in ein Zimmer, in dem vor lauter Pflanzen kaum Platz zum Stehen war. Seine Frau saß in einem Schaukelstuhl und häkelte, und auf dem Fußboden spielte ein Kind mit Filzstiften. Beide nahmen kaum Notiz von ihr.

Harry räumte verschiedenes Spielzeug und Zeitungen von der Sitzbank.

»Setz dich. Wolltest du uns nur mal besuchen, oder hast du ein Problem?«

Lotte fühlte, daß der Wind das Boot schaukeln ließ.

»Nur so.«

Harry ging zum Bücherschrank und holte eine Flasche.

»Ich nehm' einen Kutscherkorn.« Er schenkte sein Glas voll.

»Du auch einen?«

»Ich weiß nicht, was das ist«, sagte Lotte schüchtern.

Harry lachte.

»Du weißt nicht, was ein Kutscherkorn ist?« Er gab ihr sein Glas. »Hier, probier mal.«

Lotte leerte das Glas in drei Schlucken. Harry schenkte nach.

»Ich seh' schon, du hast Geschmack dran gefunden.«

Er setzte sich neben sie und musterte sie.

Seine Augen blieben auf ihrer Brust hängen. Niemand sagte etwas. Lotte starrte in ihr Glas. Plötzlich stand die Frau auf und ging zum Kind. Sie legte ihre Handarbeit auf den Kinderkopf und nahm Maß. Das Kind hatte alle Papierbogen vollgekritzelt und bearbeitete nun die Arme und Beine seiner Mutter mit Filzstiften.

Harrys Frau schien mit dem Resultat ihrer Arbeit zufrieden zu sein. Sie ging zurück zum Schaukelstuhl und häkelte weiter.

»Was soll das werden?« fragte Lotte. Dabei deutete sie auf die Häkelarbeit.

»Ein Mützchen«, sagte die Frau sanft. »Für Katrientje.«

Harry rülpste. Plötzlich stellte er sein Glas auf den Tisch und zog beim Zurückführen seiner Hand Lottes Pullover hoch.

Lotte schlug erschrocken die Arme vor die Brust. »Oh, sind die schön klein und süß«, sagte Harry zärtlich.

Lotte zog ihren Pullover wieder herunter. Mit rotem Kopf blickte sie zur Frau hinüber, die ruhig weiterhäkelte. Harry lachte. Er zog seine Schuhe aus und streckte die Beine.

»Du mußt noch 'ne Menge lernen, denk' ich.« Er deutete auf die Streichhölzer auf dem Tisch. Lotte stand auf und reichte sie ihm.

Er zündete sich eine Zigarre an.

Als der Nachmittag zu Ende war, hatte Lotte einiges gelernt. Er hatte ihr viel über Anarchie, freie Liebe und die Dritte Welt erzählt.

Das Mützchen für Katrientje war fertig.

Als Lotte auf ihr Fahrrad stieg und wegfuhr, rief er ihr nach: »Du bist noch lange nicht da, wo du hinwillst.«

A C. BAANTJER

(* 1923)

Mord am Lastageweg

Der Amsterdamer Lastageweg: vor kurzer Zeit noch Schauplatz verbissener Kämpfe zwischen Horden von Demonstranten gegen den Abbruch der Häuser wegen des Metrobaus und den Mannschaften meist junger Polizisten, die sich von einem Bürgermeister im Stich gelassen fühlten, der mehr mit der linken Szene als mit den Ordnungshütern sympathisierte. Jetzt eine triste, verlassene Morastfläche, umsäumt von Baulöchern und besetzten Häusern. Aus einem hohen Laternenmast strich fahles, gelbliches Licht spukhaft über Berge von Schutt und Abfall. Verbogene Stangen rostigen Baustahls warfen gespenstische Schattenbilder, wie auf einem surrealistischen Gemälde. In einer stinkigen Schlammpfütze lag ein Mann auf dem Rücken. Die Finger seiner verkrampften Rechten streckten sich nach einem zerbrochenen Sinkkastendeckel.

De Cock hob die unteren Enden seines Mantels an und hockte sich neben den Mann. Er war tot; kein Zweifel. Sein Mund stand offen und die halbgeschlossenen Augen schienen ins Leere zu schauen. Auf dem weißen Oberhemd, links vom Brustbein, waren drei dunkelrote Blutflecken, ganz nahe beieinander, fast ineinander übergehend.

Vledder beugte sich über die Leiche. »Der hat nichts mehr gespürt.« In seiner Stimme lag ein Unterton von

Mitleid und Abscheu. »Die Schüsse waren alle drei tödlich, genau ins Herz. Wahrscheinlich wurden sie schnell nacheinander abgefeuert.«

De Cock nickte. »Sie haben recht. Der Mörder war offenbar ein hervorragender Schütze.« Aufmerksam betrachtete er das Gesicht des Mannes, die breiten, hochgezogenen Backenknochen, das schwarze Haar, an den Schläfen grau und zurückweichend. »Wie alt schätzen Sie ihn?«

Vledder wiegte den Kopf. »Ende vierzig, vielleicht ein bißchen jünger. Er macht auf mich den Eindruck eines Geschäftsmannes.«

De Cock antwortete nicht. Er erhob sich mühsam aus der Hocke und schaute sich um. Rechts, auf einer gelblich grundierten Mauer stand in geraden, blauen Buchstaben »De Smederij«. Dort hatten die Demonstranten damals eine Protestveranstaltung abgehalten, bei der sie die Stadtverwaltung aufgefordert hatten, den Bau der Metro unverzüglich zu beenden. Ein Stück weiter oben floß das Wasser des Oude und Kromme Waal mit den zahlreichen Wohnbooten, auf denen die unterschiedlichsten Menschen wohnten. Und ferner lag da noch, keinen Steinwurf entfernt, die bekannte Binnen Bantammerstraat mit den renommierten Gaststätten, in denen ewiglächelnde Chinesen den verwöhnten europäischen Gästen fernöstliche Delikatessen auftischten.

Nachdenklich kratzte der Kommissar sich den Nacken. Er fragte sich, ob jemand aus der Umgebung etwas gesehen oder die Schüsse gehört hatte. Es erschien ihm unwahrscheinlich.

Ein junger Polizist mit einem Notizbuch in der Hand kam auf ihn zu. Er deutete hinter sich. »Da steht der Mann, der ihn gefunden hat. Ich habe Namen und Anschrift notiert, aber vielleicht wollen Sie sich noch mal mit ihm unterhalten.«

De Cock schob den Ärmel seines Mantels zurück und schaute auf die Armbanduhr. Es war beinahe Mitternacht. »Wer stromert denn mitten in der Nacht noch hier herum?« brummte er. »Etwa ein Fixer?«
Der Polizist schüttelte den Kopf. »Ein ganz normaler Mann. Wohnt hier in der Gegend, am Oude Waal. Er wollte nur noch mal den Hund herauslassen, ehe er zu Bett ging. Der Köter hat hier die ganze Zeit herumgeschnüffelt und gehorchte dem Pfiff seines Herrn nicht mehr. Schließlich wollte er seinen Hund hier wegholen und fand die Leiche. Dann hat er sofort die Polizei alarmiert.«

»Das klingt einigermaßen plausibel«, nickte De Cock. »Schreiben Sie mir ein Protokoll mit den Aussagen des Mannes, alles mit genauen Zeitangaben.« Einen Augenblick dachte er noch nach. »Was für ein Hund ist das übrigens?«

Der Polizist grinste. »Promenadenmischung, und so mager, daß man die Rippen zählen kann.«

»Na gut. Hab' ich Ihren Bericht morgen früh auf meinem Schreibtisch?«

»Wird gemacht.« Der Polizist klappte sein Notizbuch zu und ging, während De Cock sich Vledder zuwandte, der die Umgebung noch sorgfältig absuchte.

»Haben Sie Patronenhülsen gefunden?«

Vledder deutete auf einen glänzenden Punkt am Boden. »Zwei hab' ich schon gefunden.«

De Cock beugte sich darüber. »Offenbar 9 mm. Wenn wir Glück haben, finden wir die dritte auch noch.«

Bram van Wielingen, der Polizeifotograf, stelzte auf Zehenspitzen heran, sorgfältig die Pfützen vermeidend. Auf seinem breiten Rücken baumelte ein schwerer Metallkoffer mit den Fotogerätschaften. Zur Begrüßung winkte er nur mit der Hand und bückte sich dann gleich über die Leiche.

»Godverdikkie«, gab er einen staunenden Fluch von sich, »der sieht ja genau so zugerichtet aus, wie der Kerl aus dem Rembrandtpark.« De Cock horchte auf.

»Der Kerl aus dem Rembrandtpark?« Sein Mund blieb offenstehen.

Van Wielingen nickte nachdrücklich. »Ja, dieser, wie hieß er wieder? ..., Jan Willem Hoffmann. Der lag genau so da. Auf dem Rücken und mit drei Kugeln genau mitten ins Herz. Ich würde mich an Ihrer Stelle mal sofort mit den Kollegen in der Lodewijk van Deysselstraat in Verbindung setzen.«

De Cock grinste. »Ist längst geschehen, sogar schon, bevor wir diese Mitternachtsleiche hier gefunden haben.«

Van Wielingen öffnete seinen Koffer und montierte das Blitzgerät auf die Hasselbladkamera. »Übrigens hat man schon jemanden deswegen verhaftet. Ich hab' gehört, daß die Kollegen einwandfreie Beweise haben, daß die Frau von diesem Hoffmann etwas damit zu tun hatte.«

De Cock nickte. »Ich nehme sogar an, daß sie noch immer in Untersuchungshaft sitzt.«

Van Wielingen blitzte das Gesicht des Toten.

Plötzlich senkte er seine Kamera und schaute verdutzt auf. »Dann kann sie doch für diesen Mord wohl kaum verantwortlich sein?« Offenbar wurde ihm erst jetzt bewußt, wie haltlos die Beschuldigung Jozefien ter Haars sein mußte.

De Cock nickte. »Ein besseres Alibi kann jemand sich kaum verschaffen.«

Vledder mischte sich ein, er deutete auf die Leiche im Schlamm. »Meinen Sie«, fragte er Van Wielingen, »daß dieser Mann hier und der Mann aus dem Rembrandtpark von demselben Täter umgebracht worden sind?«

Van Wielingen hob abwehrend die Hand. »Ich bin bloß Fotograf. Die Folgerungen fallen in ihren Bereich, meine Herren. Ich kann nur sagen: die Verwundungen sind einander sehr ähnlich. Das ist mir gleich aufgefallen.« Er schwieg einen Augenblick. »Haben Sie Hülsen finden können?«

»Bis jetzt hab' ich zwei gefunden.«

»Also Pistole, und kein Revolver? Ein Trommelrevolver wirft die Hülsen ja nicht aus.«

»Ja, Pistole, vermutlich 9 mm.«

»Na, prima ..., wenn die Leute im Labor nachher feststellen, daß diese Hülsen und die vom Rembrandtpark aus derselben Waffe stammen, dann sind Sie ja schon ein ganzes Stück weitergekommen.« De Cock schaute den Fotografen nachdenklich an. »Weiter? Wohin?«

»Auf dem Weg, den Täter zu entlarven.«

De Cock schüttelte den Kopf. »Solche oberflächlichen Schlußfolgerungen sind gefährlich. Auch wenn die Schußwunden einander sehr ähneln, deshalb muß es nicht unbedingt derselbe Täter gewesen sein. Die Waffe könnte trotzdem von zwei verschiedenen Menschen verwendet worden sein.« Er wandte sich Vledder zu. »Angenommen, unsere Jozefien wäre tatsächlich für die Ermordung ihres Ehemannes verantwortlich. Nach ihrer Tat spielt sie dem Vater die Waffe zu, und Handige Henkie verübt mit derselben Waffe den zweiten Mord als …, äh, sagen wir, als Beweis dafür, daß seine Tochter den ersten Mord nicht begangen haben kann. So etwas wäre doch denkbar …«

Dr. Den Koninghe tippte dem Kommissar von hinten auf die Schulter. »Lassen Sie mich mal ran?« fragte er unterbrechend.

De Cock ging rasch zur Seite. »Ich habe Sie nicht kommen sehen«, sagte er entschuldigend und drückte dem Arzt herzlich die Hand. In einiger Entfernung sah er den Leichenwagen. »Wie, sind Sie etwa mit dem Leichenwagen gekommen?«

JAN KAL

(* 1946)

Amsterdam

Die Stadt gefiel mir gleich ganz wunderbar,
noch eh ich hier richtig Wurzeln geschlagen.
Im Stadtplan sind kaum Straßen eingetragen,
durch die ich noch niemals geradelt war.

Manche Straßen sind mir sehr viel wert,
wo ich was pumpen kann – bin ja oft blank –
oder was Altes schnorre aus dem Kleiderschrank,
oder was Warmes übrigbleibt am Herd.

Ja, ja, auf Freunde ist Verlaß im Leben;
das sagt man meist im negativen Sinn,
auch wenn ich's ausnahmsweise anders deute.

In Amsterdam, der größten aller Spinnenweben,
geh ich gern zu Freund und Freundin hin.
Ich liebe diese Stadt und ihre Leute.

PAUL AUSTER

(* 1947)

Anne-Frank-Haus

Vor zehn Tagen ist er aus Paris zurückgekommen. Er war dort zu einem Arbeitsbesuch, und es war das erste Mal seit über fünf Jahren, daß er im Ausland war. Das Reisen, die ständigen Gespräche, die Trinkgelage mit alten Freunden, die allzu lange Trennung von seinem kleinen Sohn, all das hatte ihn schließlich erschöpft. Da er am Ende seiner Reise noch ein paar Tage übrig hatte, beschloß er, nach Amsterdam zu fahren, wo er noch nie gewesen war. Er dachte: die Gemälde. Doch einmal dort angekommen, machte etwas, was er gar nicht eingeplant hatte, den größten Eindruck auf ihn. Ohne besonderen Anlaß (beim müßigen Blättern in einem Stadtführer, den er in seinem Hotelzimmer gefunden hatte) beschloß er, das Anne-Frank-Haus zu besuchen, das jetzt als Museum eingerichtet ist. Es war ein regengrauer Sonntagmorgen, und die Straßen am Kanal waren menschenleer. Er erstieg die schmale steile Treppe in dem Haus und trat in den geheimen Anbau. Als er in Anne Franks Zimmer stand, dem jetzt kahlen Zimmer, in dem das Tagebuch entstanden war, mit den verblaßten Bildern von Hollywoodstars, die sie gesammelt hatte, noch immer an den Wänden, brach er plötzlich in Tränen aus. Er schluchzte nicht, wie es vielleicht als Reaktion auf einen tiefen innerlichen Schmerz geschehen könnte, sondern weinte tonlos; die Tränen liefen ihm über die Wangen, als wären sie bloß eine Reaktion auf die Welt als Ganzes. In diesem Augenblick, so erkannte er später, hatte Das Buch der Erinnerung begonnen. Wie in dem Satz: »Sie hat das Tagebuch in diesem Zimmer geschrieben.«

Von dem Fenster dieses Zimmers aus sieht man auf der anderen Seite des Hinterhofs die hinteren Fenster eines Hauses, das einmal von Descartes bewohnt wurde. Jetzt stehen Kinderschaukeln im Hof, Spielsachen liegen im Gras, hübsche kleine Blumen. Als er an jenem Tag aus dem Fenster sah, fragte er sich, ob die Kinder, denen dieses Spielzeug gehörte, irgendeine Vorstellung von dem haben mochten, was sich an der Stelle, wo er jetzt stand, vor fünfunddreißig Jahren abgespielt hatte. Und wenn ja, was es wohl für ein Gefühl wäre, im Schatten von Anne Franks Zimmer aufzuwachsen.

Um Pascal zu wiederholen: »Alles Unglück des Menschen ist auf einen einzigen Umstand zurückzuführen: daß er unfähig ist, still in seinem Zimmer zu bleiben.« Etwa zur gleichen Zeit, da diese Worte in die Pensées Eingang fanden, schrieb Descartes einem

Freund in Frankreich von seinem Zimmer in jenem Haus in Amsterdam. »Gibt es irgendein anderes Land«, fragte er begeistert, »wo man die Freiheit in so großen Zügen genießen kann wie hier?« In gewisser Hinsicht läßt sich alles als Kommentar zu irgend etwas anderem lesen. Sich zum Beispiel vorstellen, Anne Frank hätte nach dem Krieg weitergelebt und als Studentin in Amsterdam Descartes' Meditationen gelesen. Sich eine so erdrückende, so untröstliche Einsamkeit vorstellen, daß einem für Jahrhunderte der Atem wegbleibt.

Er bemerkt mit einer gewissen Faszination, daß Anne Frank am gleichen Tag wie sein Sohn Geburtstag hat. Zwölfter Juni. Im Zeichen der Zwillinge. Eine Welt, in der alles doppelt vorkommt, in der alles zweimal geschieht.

Erinnerung: der Raum, in dem etwas zum zweitenmal geschieht.

RICHARD WAGNER

(* 1952)

Der Himmel von New York im Museum von Amsterdam

Wie auf Straßen an den Häusern entlang lief ich an den Bildern vorbei. Vor manchen blieb ich stehen. Chagall. Selbstporträt mit sieben Fingern. Ich lief Treppen hinunter, stand plötzlich in einem kleinen

Vorführraum, wo die Sitzplätze wie Stufen nach unten gingen. Amphitheaterartig. Vorne, wo man die Leinwand vermutete, war ein Bildschirm. Der Bildschirm zeigte, als ich reinkam, den Himmel von New York.

OEK DE JONG

(* 1952)

Treppen Träume

Langsam stieg Leda Simonetti die Stufen der Marmortreppe im Stedelijk Museum hinauf, während ihr Vater in einem anderen Teil des Museums eine Besprechung hatte. Im Sonnenlicht, das durch das gläserne Dach fiel, stieg sie langsam die Stufen hinauf, und auf der ersten Etage angekommen, tat es ihr leid, daß auf diese königliche Treppe nicht eine zweite Treppe folgte, eine dritte, eine vierte, Treppen bis an die Wolkendecke. Sie stieg weiter hinauf bis zu einem Tor in den Wolken, wo sich herausstellte, daß ihre Karte hier nicht gültig war. Der Wärter schickte sie zurück, die ganzen Stufen wieder hinunter, sie solle ein Karte kaufen, die auch über den Wolken Gültigkeit hatte. Als sie endlich unten bei der Kasse angekommen war, stellte sich heraus, daß man da noch nie etwas von Karten gehört hätte, die auch über den Wolken Gültigkeit hätten.

Langsam ging Leda durch die Säle, vorbei an den Gemälden, und sie erfreute sich an dem Parkettboden, dem behaglichen Knarren des Parkettbodens unter ihren Stiefeln – eigentlich erfreute sie sich aber nur an ihren gelben Gummistiefeln, mit denen sie im Meer herumgewatet war. In einer Ecke eines der Säle legte sie unbemerkt eine kleine Muschel auf den Boden, worauf sie wegging, durch drei, vier Säle irrte, bis sie es nicht mehr aushielt und zurückging, um die Muschel wieder aufzuheben.

Schließlich blieb sie in dem Saal stehen, in dem seit Jahr und Tag ein Gemälde von Matisse hängt: *Der Wellensittich und die Sirene.* Ein großer Papierbogen, der eine ganze Wand füllte, mit aufgeklebten Formen, ausgeschnitten aus farbigem Papier. Abstrakte Formen, wie sie anfangs meinte. Es machte ihr nichts aus, sich abstrakte Formen anzusehen, denn sie kannte das Wort »abstrakt« und konnte es in einem Gespräch an der richtigen Stelle einbringen, auch wenn sie sich nicht ganz sicher war, was es bedeutete. Das galt seit einigen Wochen auch für das Wort »Struktur«.

Nach einigen Minuten erkannte sie in den abstrakten Formen große und vielgliedrige Blätter, da links einen Vogel und rechts oben eine Frau, die auf den Knien hockte und anscheinend mit ihrem Haar beschäftigt war. Es sah aus, als wäre die Frau mit dem Kopf in einen Fluß getaucht und hätte ihn, ihr langes Haar schwungvoll nach hinten werfend, gerade erst wieder gehoben. Leda gefiel das Werk, da es einen fröhlichen und farbenprächtigen Eindruck auf sie machte. Am meisten gefielen ihr das Schweben der Blätter, die Frau und der Vogel; die Formen schwebten, als gäbe es in jener Welt kein Oben und kein Unten.

Diesem Kunstwerk gegenüber standen zwei Stühle. Nachdem sie fünf Minuten dagesessen hatte und sich sicher war, daß sie auf diesem Stuhl sitzen durfte, las sie in einem englischsprachigen Faltblatt. Ein gewisser Matisse hatte dieses Werk in seiner letzten Schaffensperiode vollbracht, konnte damals nicht mehr malen, sondern nur noch ausschneiden. Leda dachte, als sie sich die Blätter ansah, an Urwälder und Eingeborenenstämme. Die Temperatur im Saal stieg, und sie überlegte sich, wie sie in einen Urwald gelangen könnte. Ja, sie war die einzige Überlebende eines Flugzeugabsturzes. Sie war aus dem Flugzeug geschleudert worden, durch die Baumkronen gefallen, in einer dicken Blätterschicht gelandet, hatte Schnittwunden am Kopf, wurde von einem Jäger gefunden, bewußtlos, so daß sie nicht über sein Äußeres zu ersckrecken brauchte, und von seinem Stamm aufgenommen. Warm, warm, warm, und keine Kleider mehr an, aber daran gewöhnte sie sich schnell: Die anderen trugen schließlich auch keine Kleider. Geschmeidig lief sie durch das Dorf. Man brachte ihr bei, mit Wasser gefüllte Krüge und Körbe voller Früchten auf dem Kopf zu tragen. Neben anderen Frauen saß sie in der Hocke im Kreis. In den Händen hielten sie glatte Holzpfähle, die sie reihum in die Höhe hielten und auf das Getreide fallen ließen. Im Takt des Zerstampfems wurde ein Lied gesungen.

Im Faltblatt stand an einer Stelle etwas von einer Assistentin, die die ausgeschnittenen Formen für Matisse auf das Papier klebte. Das war sie. Ein unbequemer älterer Herr, doch sie war jeden Tag bei ihm im Atelier, das sie natürlich für ihn aufräumen mußte. Er ließ seine Sachen überall herumliegen – vielleicht mit Absicht, ja, das tat er mit Absicht.

Dann konnte er sie wegen ihrer Kratzbürstigkeit auslachen. Und warm, warm, warm, unter dem Glasdach. Über ihren Köpfen wiegten sich Pfauenfedern, wie in Joe Kurhajec' Schuppen. Matisse lag im Bett. Sie saß auf dem Bettrand und musterte die zitternede Hand, mit der er Frauen, Blätter, Kolibris und Affen, an ihren Schwänzen baumelnd, ausschnitt. Er schüttete Wein auf sein Hemd. Doch bevor Leda böse auf Matisse werden konnte, wurde ihrer Träumerei ein Ende bereitet: In einer Ecke des Saals war ein Wächter erschienen und schaute zu ihr herüber.

CORNELIS BASTIAAN VAANDRAGER

(* 1935)

Vom Fischerdorf zur Weltstadt

»… und sagte, hier sei die romantik
einfach weggebombt,
um einer neuen romantik platz zu machen,
und sagte, daß also auch die romantik
wieder zur zufriedenheit aller bürger
eingemeindet sei und daß,
wenn Amsterdam das herz der Niederlande,
dann dieser ort der allerwerteste!«

HARRY MULISCH

(* 1927)

Friedensdemo 1981

Das letzte Wegstück bis zum Versammlungsort kamen sie kaum noch vorwärts. Unter einem großen, schwarzen Ballon in Form einer niedersausenden Rakete standen vom Concertgebouw bis zum Rijksmuseum Zehntausende, Hunderttausende mit Schildern und Spruchbändern, stellenweise in einer Breite von zehn Metern, und aus allen Richtungen strömten immer noch mehr Demonstranten in straßenbreiten Kolonnen auf den Platz. Aus Lautsprechern an Bäumen und Laternenpfählen dröhnte eine Rede, die anscheinend auf dem Podium, weit weg, am Ende des Platzes gehalten wurde, aber es war Anton gleichgültig, was der Redner sagte. Was ihm auf einmal naheging, waren all die Menschen hier, ihre bloße Anwesenheit – und er und sein Sohn gehörten dazu. Van Lennep hatte er aus den Augen verloren, aber er kam deshalb nicht auf den Gedanken, sich aus dem Staube zu machen. Es war mittlerweile ohnehin unmöglich geworden, wie zwei Halme standen sie in einem wogenden Kornfeld aus Menschenleibern, über ihren Köpfen schwebte die Sense, und Antons Angst vor einer Panik war wie weggewischt. Direkt neben ihm und fest an ihn gepreßt standen außer Peter eine provinziell wirkende ältere Dame mit einem durchsichtigen Kopftuch über dem ondulierten Haar, ein stämmiger Kerl in brauner Lederjacke mit Pelzkragen und mit einem Gesicht, das ein großer Schnurrbart und lange Koteletten zierten, und eine junge Frau mit einem schlafenden Baby in einem Tragetuch vor der Brust. Genau diese Leute standen hier, und das war gut so. Zwischen den Losungen gegen Atomwaffen las er plötzlich auf einem kleinen Schild:

HIOB: HIER SIND SIE

Er machte Peter darauf aufmerksam und erzählte ihm, wer Hiob war. Über Lautsprecher wurde bekanntgegeben, daß in der letzten halben Stunde zweitausend Autobusse in Amsterdam angekommen seien: noch einmal hunderttausend Menschen. Jubel, Applaus. Die Stimme meldete, daß aus den Bahnhöfen immer noch Tausende herausströmten, die mit Sonderzügen hergekommen seien; sämtliche Zufahrtsstraßen zum Museumsplein seien verstopft. Daß die Stimme eines Menschen so laut gemacht werden kann, dachte Anton, hat doch auch irgendwie mit der Existenz der Atombomben zu tun. Vor siebzig Jahren war weder das eine noch das andere möglich, obwohl das, was danach auf der Erde passierte, vielleicht noch viel schrecklicher und unlösbarer war, als man dachte …

Wie lange er so dagestanden hatte, wußte er hinterher nicht mehr zu sagen. Peter sah einen Klassenkameraden, verabschiedete sich und war auch schon verschwunden. Für einen Moment, nur ganz kurz, dachte Anton an die Bunker, die hier einmal gestanden hatten, an das Wehrmachtsheim und die deutschen Behörden in den umliegenden Villen, in denen nun das amerikanische Generalkonsulat, die russische Handelsdelegation und die Société Générale residierten.

Politiker wurden bejubelt, andere ausgepfiffen, und schließlich kam Schritt für Schritt Bewegung in die Menge. Da die offizielle Marschroute für all die Menschenmassen offensichtlich nicht ausreichte, zogen die Demonstrationszüge auf verschiedenen Routen in die Stadt. Eine seltsame Euphorie hatte Anton ergriffen, eine unaufgeregte Erregung, wie in einem Traum, der an etwas anknüpfte, das weit, weit zurücklag in der Zeit vor dem Krieg. Trotz des Lärms um ihn herum kam eine große Ruhe über ihn. Er hielt sich nicht länger abseits, sondern gehörte dazu, gehörte zu all diesen Menschen, deren Anwesenheit alles verändert zu haben schien, nicht nur ihn selbst, sondern auch die Häuser, die Fenster, aus denen hier und dort wie in einer kapitulierenden Stadt weiße Laken hingen, die vorüberziehenden grauen Wolken und den Wind, der den schwarzen Raketenballon hin und her trieb und manchmal etwas einknickte, worauf dieser sich aber sofort wieder streckte:

DANKE, FÜR DIE ZUKUNFT

An der Stirnseite des Platzes stieß der Demonstrationszug auf einen breiten Strom von Leuten, die gerade erst eintrafen. Höflich lachend und sich entschuldigend ließen die einen die anderen durch. Anton war überrascht; die Menschen waren offensichtlich nicht so ungehobelt, beziehungsweise noch nicht so ungehobelt geworden, wie er gedacht hatte. Jedenfalls hier nicht. Oder hatte er es nun ausschließlich mit Leuten zu tun, die noch friedlich waren? Er mußte sich bei van Lennep bedanken, daß er ihn hierhergeschleppt hatte. Er stellte sich auf die Zehenspitzen und schaute sich um. Plötzlich sah er Sandra und rief laut ihren Namen. Sie winkte und sie drängelten sich aufeinander zu.

»Ich trau meinen Augen nicht!« rief sie schon von weitem.

»Große Klasse, Papa, ganz groß!« Sie gab ihm einen Kuß auf die Wange und hakte sich bei ihm ein. »Was ist denn mit dir passiert?«

MARGRIET DE MOOR

(* 1941)

Straßenleben

Noes holte tief Luft.

Die Betongebäude, das Straßenpflaster, die geparkten Autos: Alles strahlte soviel Sonnenwärme aus, die bestimmt nicht erst von der letzten halben Stunde herrührte. Das hatte sich hier sicher den ganzen Tag lang vollgesogen.

Er schaute auf die Passanten. In Hemd und Bluse kamen sie von ihrer Arbeit und sahen so aus, als würden sie heute abend so wie sonst auch auf ihrer Veranda leckeren Saté und leckeren Ikan Boemboe grillen.

Mit ein paar Sprüngen eilte er die Treppe hinunter. Wärme, das war sein Lebenselement. Was dachtest du? War er etwa nicht mit dem Bild der sengenden Sonne am ewig blauen Himmel aufgewachsen? Sicher, sicher, er war älter und viel, viel vernünftiger geworden. Aber hinderte ihn das beispielsweise daran, wenn er nachts nicht schlafen konnte, mit großen Augen auf die weißen Strände, die sanft hin und her schwankenden Palmen zu schauen, still auf das Geräusch des Meeres zu lauschen, von dem das Paradies auf allen Seiten umschlossen wurde?

»Vergiß doch diese Straßenbahn mal, Junge ... «

Er lief durch die Stadt und schlenkerte dabei seinen Beutel. Beim Überqueren des Museumsplein wurde er fast von einem Taxi umgefahren, das bestimmt hundert fuhr, aber Noes tat einen federnden Sprung und kicherte nachsichtig hinter dem Auto her.

Der Leidseplein war voller Possenreißer. Ein Mädchen in einem Jackett bewegte sich mit den zuckenden Bewegungen eines Roboters. Ein ungeheuer dicker Mann entlockte den Umstehenden durch Scherze mit seiner Unförmigkeit ein immer lauter werdendes Gelächter. Manchmal ließ er sich einfach fallen. Noes gesellte sich kurz zu einer kleinen Menge rund um einen halbnackten dunklen Jungen, der sich selbst mit dicken Nadeln durchbohrte, ohne dabei einen Muskel seines Gesichts zu verziehen. Das sah gruselig aus. Spürte der Junge wirklich keine Schmerzen? Noes hatte einmal gehört, daß alle Gefühle, Kummer und Schmerz, verschwinden, wenn man keine Wünsche mehr kennt. Er hatte gehört, daß jedes Verlangen töricht ist, weil die Welt, so wie man sie täglich sieht und fühlt, nichts anderes ist als eine Illusion, ein Schleier, ein eigenes Hirngespinst. Grinsend lief er weiter. Eine schöne Sache wäre das …

In der Leidsestraat bestaunte er die farbenfrohen Auslagen im Schaufenster einer Konditorei.

»Ein Gebäckstückchen für heute abend vor dem Fernseher wäre gar nicht so übel.«

Er war wild auf Süßigkeiten. Wie alle Kinder in der Gegend war er in seiner Jugend verwöhnt worden. Törtchen, Eierkuchen, Gedrücke und Geküsse. Bis man plötzlich groß war und eine Tracht Prügel kriegen konnte, wenn man ungezogen war. Na ja, soll wohl auch für etwas gut gewesen sein. Aber Süßigkeiten mochte man noch immer. Auch wenn man schon lange auf eigenen Füßen stand. Wenn sich die Insel der eigenen Jugend als verlassene Insel herausgestellt hatte.

In dem Geschäft war es kühl. »Ein Zitronenbavarois?«

Die glänzende Kuchenschaufel schwebte nach links.

Noes zögerte. Dann deutete er entschlossen auf ein schönes weißes Stück Torte mit Schlagsahne und Puderzucker.

Der letzte Teil der Straße bestand fast ausschließlich aus Reisebüros. Sunway, Terrasol, Sunnytour. Noes' Augen wanderten über das großzügige Angebot an Stränden, Meer und blauer Luft. Greifbare Paradiese. Sofort zu haben, junger Mann!

Aber Noes hatte kein Interesse. Er sah nichts davon. Noes begann, an seine Frau zu denken. Das passierte ihm in letzter Zeit immer häufiger. Einfach so, wenn er irgendwo hinging oder nur so, wenn er in seiner Arbeit eine Bestellung einpackte, da erschien sie plötzlich: seine Frau.

Auch jetzt sah er sie wieder so deutlich vor sich, als säße er ihr am Tisch gegenüber. Das blauschwarze Haar, das unter der Lampe glänzte ... die roten Lippen ... die Augen ... neckisch, lieb, aber nie zu ergründen. Ihre Haut war noch dunkler als seine, und wenn er jetzt so darüber nachdachte: lieb? Er kicherte.

Seine Aufmerksamkeit wurde von einem Geschäft mit Damenmoden gefesselt. Es schien ihm ein schickes Geschäft zu sein. Im Schaufenster wurden nur ein paar Sachen gezeigt. Hinter dem Fenster funkelte in helllila Neonbuchstaben der Name. Freia hieß das Geschäft.

Freia. So hieß seine Frau.

Er sprach ihren Namen ein paarmal leise aus. Freia ...

DOESCHKA MEIJSING

(* 1947)

Überlegungen im Frühling

Was war denn neu an diesem Frühling, den die Elefanten eingeläutet hatten? Wie lange würde ich noch so vorsichtig gehen wie sie? Verwundert darüber, daß meine Beine mich trugen und daß ich wieder selbst die Dinge tat, die mich am Leben hielten? Wie lange würde ich mich in meiner neuen Schale noch sicher fühlen, ich war angefüllt mit einer Milde, die meine Augen und die Dinge, die ich sah, vollkommen einhüllte. In Gold getaucht waren alle Plätze der Stadt, die Leier oben am Concertgebouw, die Zäune am Rijksmuseum und am Zoo, das Wasser in den Grachten. Und doch wehte auch ein beständiger Frühlingswind, der die Vögel aus ihrem Gleichgewicht brachte und die Zeitungen an den Fassaden der Häuser hinaufwirbelte. Über den Heineken-Fabriken ballten sich rosa und blaue Dampfwolken, die der Wind forttrieb. Es ist immer dieses Stürmen, das einen unruhig macht. Vor allem dieser Wind, den die Meteorologen nicht auf eine Richtung festlegen konnten. Der Wetterbericht zeugte von der Verwirrung.

»Mensch, Mensch, was für ein komisches Wetter«, sagte Mevrouw Schoenmakers, wenn sie fünf Minuten später als ich die Bibliothek betrat. Dann hatte ich den Wind im Rücken gehabt und sie ihn von vorn. Ihr Hut saß etwas schief. »Man kann sich ja gar nicht mehr ausrechnen, wann man das Haus verlassen muß.« Sie hatte recht. Der Wind und die Zeit steckten unter einer Decke. Wollte man gehorsam sein, das heißt ganz pünktlich, dann zwang die Unberechenbarkeit des Windes dazu, sich ihm zu unterwerfen, indem man eine Viertelstunde Spielraum einbezog. Und wollte man sich der Zeit unterwerfen, indem man einen Anfang und einen Endpunkt seines Lebens akzeptierte, um wenigstens im Verlaufe dieses Lebens sein eigener Herr zu sein, so war da der Wind, der die Gedanken zerstreute und der den Plänen den Anstrich von Vergeblichkeit verlieh. Denn wenn der Westwind durch die Straßen fegte, dann trocknete die Wäsche nicht mehr, und die Straßen liefen über vom Regen. Doch aus dem Osten wehten die Gerüche von verschiedenen Universitätslaboratorien und von einem

Abwasserkanal, der irgendwo geöffnet wurde, weil daran gearbeitet werden mußte.

Lag es nicht schon unendlich weit zurück, daß ich mit der Zeit umgehen konnte? Daß ich aufwachte, weil das Licht durch die Gardinen ins Zimmer fiel und nicht, weil der Wecker klingelte? Und ins Bett ging, weil man es anordnete und nicht, weil ich daran dachte, wie früh ich aufstehen mußte? Damals lebte ich in den Tag hinein wie eine kleine Prinzessin, welche die Zeit maß an dem Tempo, mit dem der Riegel Schokolade gegessen werden konnte, den der Großvater ihr zugesteckt hatte. Im Wohnzimmer gab es eine Uhr, die immer tickte, doch das einzig Wunderliche daran war, daß man das Tick-Tack nicht mehr hörte, weil es Bestandteil all dessen geworden war, was man ebenfalls nicht mehr hörte. So konnte man unbeschwert durch die Tür ein und aus gehen, ohne an die Stunden gemahnt zu werden. Sie existierten nicht. Daß mein Großvater jeden Abend die schweren Messinggewichte ratternd nach oben schob, das war vertraut, weil alles, was er tat, ohne Überraschung war und nichts mit der Zeit zu tun hatte. Die Stunden gehörten zu den anderen. Und dann das unterhaltsame Uhrenbetrachten, das man uns beibrachte! All die phantastischen Namen, die dem Stand der Zeiger gegeben wurden. Es war ein Spiel, in dem man sich übte, genau wie Schnürsenkel zubinden und keinen auslassen beim Mensch-Ärgere-Dich-Nicht. Niemand, der einem zugeflüstert hätte, daß so etwas später teuer zu stehen kommt. Daß man nur lernte, die Uhren zu betrachten, weil der unterhaltsame oder auch traurige Zeigerstand später wie ein Fürst über die höchstpersönliche Bannmeile regieren würde. Daß, auch wenn man die Regeln von Mensch-Ärgere-Dich-Nicht beherrschte, noch nicht garantiert war, daß man später seinen Kummer mit Würfeln verschwinden lassen konnte.

H. C. TEN BERGHE

(* 1938)

Amstelbahnhof, 7.1.76 / 9 Uhr 15

Du hast mich aufs neue
im Zug getroffen

kein Bild, aber ein Schirm
aus Worten
entzieht dich dem Blick

obwohl von dir geweckt und zwanzig Jahre
beschattet
konntest du immer ungesehen bleiben

man durfte nichts mehr von dir erfahren
als das, was in den Briefen du schriebst

»Ich bin geschändet
und gebissen,
aber ich leb«

du schriebst
»Der Saft
wird bald durch die Zweige strömen«

du mehr als heiliges Weib
du bist in allem
was ich schreib' anwesend

stets der Gottesgelehrten Galgenaas
nahmst du zuweilen Gestalt an,
nie einen Leib

viel besprochen und doch
unbeschrieben bist du
wie ein Textkörper nur intakt geblieben

Liebe las man und Jahreszeiten ab
an deiner gravierten Hautstruktur

jahrhundertelanger Winter;
Kälte fraß dich nicht an

was Existenzkampf war,
das wurde Überlebenskunst

noch sind die Zeiten rauh und wir
angegriffen schon vor dem Urschrei

jetzt, wo meine Augen dich berühren
seh' ich wieder
jenen Glanz dunkler Wortglasur

KEES VAN BEIJNUM

(* 1954)

Die Brücke

Die Brücke bildete den Schnittpunkt, an dem Deich und Gracht zusammenkamen. Von diesem Punkt aus hatte man einen deutlichen Blick auf die Gracht mit ihren Brücken und auf den eleganten Kirchturm. Wenn er sich auf den Absätzen seiner Schuhe um hundertundachtzig Grad drehte, entfaltete sich als zweites Panorama die Fortsetzung der Gracht auf der anderen Brückenseite, wo der Oudezijds Voorburgwal sich zum Oudezijds Kolk wandelte, an dessen rechter Seite gab es am Wasser noch einen schmalen Straßenteil. Dort befanden sich kleine Läden und Werkstätten: ein Brennstoffhandel, ein Gemüseladen, vor dem Steigen mit Möhren und Endivie standen, eine kleine Druckerei mit dem endlosen, bis in die Mauern nachvibrierenden Dröhnen einer Offsetmaschine und, nicht zu vergessen, unmittelbar am Kolk eine Parterrewohnung, in der Ansje mit üppig geschminkten Lippen hinter dem Fenster saß. Unmittelbar dieser Geschäftigkeit gegenüber, auf der anderen Seite der Gracht, verschwanden die Rücken der hohen Lagerhäuser und der Sint-Nicolaaskerk erhaben und senkrecht im Wasser. Noch weiter entfernt konnte man die Eisenbahnbrücke erkennen, auf der Züge langsam in den Bahnhof hineinfuhren oder diesen verließen.

Wenn er sich statt um hundertundachtzig nur neunzig Grad nach rechts drehte, überblickte er die kurze

Strecke des Zeedijk, den Kopf, mit dem liegenden Gerippe über dem Eingang der Sint- Olofskapel und ihr schräg gegenüber das eingesunkene Holzhaus, das genau das Ende der Straße markierte, dort wo der Zeedijk zum Prins-Hendrikkade wurde. Wenn er sich statt nach rechts zur linken Seite drehte, sah er die Kurve, wo die auf beiden Seiten stehenden Häuser sich aneinanderschoben, verschmolzen zu einer massiven Mauer aus Stein, Tür- und Fensterrahmen. Der Deich war wie eine Schlange: Kopf, Schwanz und dazwischen ein langer, schmaler, sich windender Körper.

Er rutschte zwischen den Stangen des Brückengeländers hindurch, ging die Steinstufen zum Schleusenende hinunter und setzte sich dort auf den Rand. Die Hände hatte er unter die Oberschenkel geschoben, die Schuhe baumelten über dem Wasser. Von dieser Stelle aus, umgeben von den Grachtenhäusern, die im sanften Licht zu zittern schienen, konnte er unter die Brücke hindurchgucken, während die Passanten über seinem Kopf sie passierten. Hunderte von Beinpaaren und von Arten des Gehens. Arbeitsstiefel mit kahlen Schuhkappen, giftig tickende Nadelabsätze, von links nach rechts, von rechts nach links. Und keiner, der wußte, daß er das alles sehen und hören konnte. Ein feierliches und besonderes Gefühl.

Er kannte kein anderes Plätzchen, an dem eine solche große Zahl von Linien »gebildet von Gracht, Kolk und Dachsimsen« beobachtet werden konnte. Hier trat ihm eine Welt entgegen, in der eine selbstverständliche Ordnung herrschte. Er kannte keinen Flecken, der so rührend malerisch war wie die Schleusenkammermauer, auf der sich bei sonnigem Wetter am späten Nachmittag schmale Goldstreifen in einer Länge von mehreren zehn Metern bewegten, indem sie der wiegenden Bewegung des Wassers folgten. Seine Liebe zu den ausgehöhlten Steinstufen der Brücke zur Schleusenkammer, zur mattglänzenden grünen Farbschicht auf dem Brückengeländer und zu den dunkel verwitterten massiven Holztüren der Schleusen war endlos. Er liebte jede Ritze zwischen den Steinen, die vom Grachtenwasser ausgehöhlt oder von der Sonne gebleicht worden war, jede Spur von Moos, das sich im Zement festgesetzt hatte, jede Taube, die in eine stark gedüngte Brückennische gekrochen war, und jede Wolke, die eine dunkelblaue Silhouette über das Wasser zog, um über die kilometerlangen Schatten nur zu schweigen.

Manchmal hing er auf dem Rücken liegend einfach nur seinen Tagträumen nach und blickte minutenlang in den hohen Himmel. Wenn er die Augen zumachte, konnte es geschehen, daß er Jakob Preeker in Todesangst über den Zeedijk herumstreunen sah. Er rannte und rannte, drehte manchmal den Kopf und blickte mit angsterfüllten Glotzaugen auf seinen Verfolger. Das Seltsame war nur, daß er selber der Verfolger war, während er einfach mit unter dem Hinterkopf gefalteten Händen auf dem Schleusenrand vor sich hin döste.

Wenn er sich auf den Bauch drehte und den Kopf etwas über den Rand des Schleusenendes hervorkommen ließ, lag er Auge in Auge mit einer Zukunftsvision. »In achtzig Jahren sehen wir uns wieder, Kumpel«, sagten er und sein Doppelgänger zueinander.

Seine Glücksinsel war außerdem ein vorzüglicher Beobachtungsposten.

Am Ende des Nachmittags konnte man die Angestellten, die in den Büros an den Grachten arbeiteten, vorbeikommen sehen. Auf der Brücke, die bei Regen wie der Rücken eines Nilpferdes glänzte, blieben sie kurz stehen, um auf Ansje, die nur ein seidenes Unterkleid trug, zu gucken. Ihre ausgestellten Reichtümer waren ungeheuer und herrlich. Ihr kleines Zimmer badete in warmem und einladendem Licht. Die Männer murmelten: »Für so 'ne Frau, für so 'n Prachtstück kann von mir aus...« und setzten dann ihren Weg durch Wind und Regen fort. Die Trennung vom weichen Fleisch unter dem Spitzensaum des Unterkleides, der rückwärts gebogene Arm mit dem Haarbüschel in der Achselhöhle, die brennende Zigarette auf der Fensterbank – allem Anschein nach, so stellte er sich das jedenfalls vor, schwebten die in rote Glut gehüllten Bilder den Männer auch danach vor, an der Straßenbahnhaltestelle oder während der öden Fahrt nach Hause.

Einmal hatte er mit der Armbanduhr der Großmutter gemessen, wie lange die Kunden sich bei Ansje aufhielten. Er wußte, weshalb sie zu ihr kamen. Aus denselben Gründen wie die Männer von der Börse am Montagmorgen auf eine Stunde mit einer jungen Frau in einem der Zimmer des kleinen Hotels seiner Großmutter verschwanden. Er hatte die eigentümliche, aggressive Verschlingung zweier Körper auf den zerknitterten Bettlaken gesehen, die seltsamen Geräusche hinter den Zimmertüren gehört. Er wußte Bescheid.

Sobald Ansje den Vorhang zuzog, notierte er auf einem Zettelblock der Amstelbrauerei unter dem Stichwort »drinnen« eine Uhrzeit, daneben befand sich eine Spalte »draußen«, in der er den Zeitpunkt des Weggangs eintrug. Er verwendete einmal einen ganzen Morgen und Nachmittag auf das Eintragen der Zeiten, errechnete aus den Zahlen die kürzeste und die längste Zeit, daß jemand drinnen war, die Gesamtzahl der Stunden, welche die Männer bei Ansje gewesen waren und den Pausendurchschnitt. Am nächsten Morgen setzte er sich mit seinem Notizblock zu seiner Oma am Tisch beim Fenster.

»Oma?« sagte er.

DRAGAN VELIKIĆ

(* 1953)

Wie Seelen im Wasser des Kanals

Beljanski lebte schon zwölf Jahre in Amsterdam. Von Büchern umgeben, schrieb er in seiner kleinen Wohnung in der Nähe des Rembrandtplatzes Verse und zuweilen auch Hörspiele für holländische Herausgeber und Zeitungen. Er traf eine Auslese aus der jugoslawischen Gegenwartsliteratur, übersetzte und schrieb Essays. In den letzten Jahren vermied er es zu reisen und erkannte in sich jenen Zustand, von dem ihm Labud gesagt hatte: »Die Welt ist in unseren Seelen kleiner geworden, ein glühender, erbebender Klumpen.

Uns bleiben der Vers und die Geschichten, die sich weiten.«

Die Nachricht vom Tod Labuds erinnerte ihn daran, daß auch sein Leben dem Ende zuging; und obwohl er ein ganzes Jahrzehnt jünger war als Labud, war sich Beljanskij der Verschiebung der Figuren auf dem Spielbrett des Kontinents bewußt. Am liebsten wäre er übers große Wasser in die Neue Welt gegangen, nur glaubte Beljanski nicht länger daran, daß es diese Welt gab.

Die Sonne durchbrach das Grau des Himmels über Amsterdam, der Wind legte sich. Beljanski war erfüllt von der unbekannten Kraft der Erkenntnis, daß nur die Lebenden verantwortlich waren, und mit dieser Last verließ er das Café *Luxemburg* festen Schritts.

Unter dem Glasdach eines *vaporettos*, das unter einer Brücke durchglitt, bewegten sich die geröteten Köpfe der Touristen. Beljanskij neigte sich häufig über das Wasser und betrachtete in ihm die Spiegelung der Fassaden. Dies war nicht mehr die Stadt, an die sich Ödön von Horvath erinnert hatte, als er in der Höhle eines Magiers, eines gewissen Gottlieb, erfuhr, daß sich sein Schicksal in Paris erfüllen werde. (Ein paar Tage später, nach einem Gewitter, das in Paris wütete, erschlug ein Ast Horvath in der Nähe des Hotels *Marigny*.) Aber es war auch nicht die Stadt, die Danilo Kiš im Juni 1976 gesehen hatte, als er sich vom eben erst beendeten *Grabmal für Boris Davidović* erholte, das sein Leben verändern sollte, so als habe auch er in jenem Sommer im Dunkel der Amsterdamer Kanäle einen Gottlieb getroffen. Oder war er nur an ihm vorübergegangen? Und natürlich war es nicht mehr das Amsterdam, durch das, bis zu völliger Erschöpfung, die Stadt einatmend, Labud Ivanović geschlendert war.

Trunkenheit ergriff Beljanskijs Seele, eine Trunkenheit angesichts der leeren Fenster der schmalen Paläste, die sich wie Seelen im Wasser des Kanals spiegelten. Als er den Rembrandtplatz erreichte, kaufte er eine Zeitung und schlug den Weg zu seiner Wohnung ein.

MARIJKE HÖWELER

(* 1938)

Amsterdam-Buitenveldert

Nachdem Martje eine Weile gerannt war, schlug sie eine langsamere Gangart ein. Und dann bemerkte sie erst, daß man dem Grund in Buitenveldert nicht trauen konnte. Der Bürgersteig, auf dem sie ging, wurde ganz plötzlich höher, und dann tappte sie wieder in eine Vertiefung des welligen Untergrunds. Am vernünftigsten war es wohl, an einer Mauer entlangzulaufen, an der man sich bei Bedarf festhalten konnte. Aber nirgends an diesem traurigen Ort gab es eine Mauer; sicher wohnten hier nur wenige Trunkenbolde. Und hatte man in Buitenveldert einmal eine Mauer entdeckt – so klein sie auch sein mochte –, wurde sie so schnell wie möglich unter stacheligen Kletterpflanzen verborgen, die sich im Laufe ihres Wachstums in grünen Stacheldraht verwandelten. Manchmal hingen rote oder orange Beeren in dem Gestrüpp, um seine eigentliche Absicht zu verhüllen. Hinter ihren Stacheldrahtsperren spähten die Menschen in Buitenveldert durch viereckige Guckfenster (die sie manchmal auch noch halb zuwachsen ließen) hinaus, um zu prüfen, ob ihr Auto noch dastand. Außerdem ließen sie ihre armen Hunde ihr Bedürfnis an diesen messerscharfen Tarnmauern verrichten, damit sich Menschen wie Martje auch zu Hause noch daran erinnerten, daß es für sie in Buitenveldert keinen Platz gab.

Martje, die von all dem keine Ahnung hatte, suchte also weiter verzweifelt nach einer Mauer oder etwas ähnlichem, um sich daran festzuhalten, und wandelte Schritt für Schritt über das Meer. Sie hatte die Hände so fest in ihre Taschen und die Arme so steif gegen ihren Körper gedrückt, daß ihre Hände die Hüften und ihre Arme die Rippen spürten, und das war auch gut so, denn sonst wäre sie bestimmt auseinandergefallen wie ein Bausatz, bei dem der Leim fehlte. Ihr Kinn klemmte das Brustbein fest, und ihre aufeinandergepreßten Kiefer hielten sich gegenseitig in Schach. Kein Wunder also, daß es ausgerechnet ihre Knie waren, die ihr Kummer machten.

Aber schon bald hatte Martje auch dafür eine Lösung gefunden. Sie durfte sie nur so wenig wie möglich beugen, damit sie nicht auf die Idee kamen, sich auf Abwege zu begeben. Martje war jetzt in der Nähe des Krankenhauses. Schräg gegenüber stand eine Art Schuhkarton, von denen sie schon viele gesehen hatte. Dieser erwies sich jedoch als nicht zugewachsen, und Martje beschloß, einen näheren Blick darauf zu werfen.

Es war ein öffentlicher Karton, und als Martje hineinging, fiel ihr als erstes auf, wieviel Exemplare des »Telegraaf« es hier gab. Noch nie hatte Martje eine Snackbar mit soviel Telegraaflesern gesehen! Sie nahm sofort eine Zeitung, um sich dahinter zu verstecken, und suchte einen Tisch, der an der Mauer stand. Aber es gab nur zwei Tische, die diesen Anspruch erfüllten, und die standen auch noch verkehrt herum, weil man noch eine Bank dahinter gebaut hatte. Die anderen standen am Fenster und waren damit für Menschen wie Martje lebensgefährlich. Trotzdem setzte sie sich.

»Soll ich die Zeitung wegtun?« fragte eine freundliche Dame, die eher in ein Freizeitzentrum als in eine Snackbar gepaßt hätte. Aber das registrierte Martje gar nicht, weil sie in ihren Taschen nach Geld suchte. Sie fand noch hundert Gulden.

»Was darf es sein?«

»Nichts«, sagte Martje. »Ich sitze hier bloß so.«

Nun stellte sich heraus, daß die Dame doch nicht so nett war, denn sie schob das Papier, das unter dem Apfelkuchen gelegen hatte, die Teller mit den Mayonnaiseresten und die zerknüllten Servietten direkt unter Martjes Nase auf dem schmierigen Tisch zusammen. Als sie schließlich alles auf ein Tablett geklatscht und mit dem Wischlappen knapp Martjes Gesicht verfehlt hatte, fragte sie noch mal: »Was darf es denn nun sein?« Sie hatte auf einmal einen ganz anderen Tonfall, aber auch das registrierte Martje nicht. Sie spürte den kalten, nassen Tisch, als sie ihre Hand darauf legen wollte, und zog sie gleich wieder zurück, weil sie nicht so schnell zwischen einer heißen

Herdplatte und einer nassen Plastiktischplatte differenzieren konnte. Zum Glück gab es ja noch die Zeitung, die man auf den Tisch legen konnte. Und dann spürte Martje plötzlich alle ihre Muskeln, vor allem im Hals und in den Oberarmen, und ihre Zähne schlugen aufeinander. Sie hatte bestimmt Kaffee bestellt, denn sie bekam welchen. Aber die Dame stellte den Kaffee neben der Zeitung ab, und jetzt konnte Martie ihn natürlich nicht nehmen, denn die Tischplatte durfte ja nicht angefaßt werden. Deshalb ging sie wieder.

»Sie wollten noch zahlen« rief es hinter ihr her, als sie zur Tür hinausrannte. Kaum war sie draußen, war da jemand, der unbedingt Geld haben wollte; schnell gab sie es, damit sie wieder ihre Ruhe hatte. Viel schlimmer als der Boden, der sich zum Glück etwas beruhigt hatte, war nun das Gefühl im Kopf: Es war, als sei er mit Watte vollgestopft. Deshalb hörte sie auch die Autos und den Bus nicht. Wie in einer dicken Schneeschicht rauschte der Verkehr an ihr vorbei, während sie sich an dem grünen Stacheldraht entlanghangelte. Manchmal lag ein graues Gebäude hinter dem Draht, oder eine Reihe Fahrradständer, oder auch ein Lagerhaus. Aber was es auch war, man konnte sich nicht daran festhalten.

HERMAN KOCH

(* 1953)

Apollolaan

In der Apollolaan steht ein Denkmal, das an die vierundzwanzig Geiseln erinnert, die im Herbst 1944 an dieser Stelle als Repressalie für ein Attentat der Widerstandsbewegung von den Deutschen hingerichtet wurden. Es handelt sich um eine Bronzeplastik, die aus drei Männern besteht, die vor dem Erschießungskommando stehen.

Einer dieser drei Männer ist mein Onkel Karel, der selber auch Bildhauer war. Kurz nach dem Krieg hatte er für den Künstler des Denkmals Modell gestanden.

Seit meinem sechsten, siebten Lebensjahr nahmen meine Eltern mich jedes Jahr am vierten Mai mit zum Totengedenken in der Apollolaan. Während der zwei Schweigeminuten strengte ich mich aufs äußerste an, um an die »Toten« zu denken, aber ich wußte nie, was ich mir dabei vorstellen sollte. Anfangs versuchte ich an meinen Großvater aus der Oranjestraat zu denken, der kurz nach meinem sechsten Geburtstag gestorben war, aber das gelang mir nur für einen Augenblick. Wenn ich an ihn dachte, dann dachte ich daran, wie er war, als er noch lebte und irgendwie glaubte ich, daß das bei einer »Totengedächtnisfeier« nicht erlaubt war. Dann horchte ich den Vögeln und hörte, wie still es auf einmal in der Stadt geworden war. Aber schon sehr bald blickte ich nur auf die Statue. Auf meinen »Onkel Karel«.

Jeder der drei Männer erfuhr den Augenblick der Hinrichtung auf eine andere Weise. Der linke hatte den Kopf auf die linke Brustseite gesenkt, er hatte sich schon mit seinem Schicksal abgefunden und erwartete nichts mehr von den letzten Sekunden seines Lebens. Der Mann in der Mitte stand zwar noch gerade, aber er starrte eher vor sich hin, als ob er nicht realisierte, wo er sich eigentlich befand und überhaupt nicht verstand, daß er im nächsten Augenblick erschossen werden sollte. Aber der dritte Mann stand erhobenen Hauptes da, die Brust stolz heraus. Er blickte geradewegs dem Erschießungskommando in die Augen mit einem Blick, der besagte: »Los jetzt! Erschießt mich! Ich fürchte mich nicht vor euch!«

Dieser dritte Mann war mein »Onkel Karel«.

Onkel Karel kam regelmäßig zu uns zu Besuch. Er war groß und stark, an seinen Händen klebte oft Farbe, er trug männlich wirkende Arbeitsjacken, drehte sich Zigaretten aus schwarzem Tabak und trank jungen Genever aus Gläsern, die er in einem Zug hinunterkippte. Ich wollte später nicht Pilot oder Busfahrer werden, sondern Bildhauer. Auch wollte ich schwarzen Tabak rauchen und Genever trinken und genau solche Jacken wie Onkel Karel tragen, der bei uns zu Hause auf der Bank saß und gleichzeitig einige Straßen weiter seiner Hinrichtung harrte.

Am vierten Mai hatten wir nachmittags schon mit der ganzen Schulklasse beim Denkmal Blumen hingelegt. Die Lehrerin hatte uns über das, was wir sahen, erzählt: Der Mann auf der linken Seite ließ den Kopf hängen, er habe »alle Hoffnung schon aufgegeben«, der Mann in der Mitte nehme eine abwartende

Haltung ein, »aber war noch nicht ganz besiegt«. Nur der Mann rechts stand erhobenen Hauptes da, die Brust stolz hervor, als ob er sagen wolle: »Los jetzt! Erschießt mich! Ich fürchte mich nicht vor euch!«

»Das ist mein Onkel,« flüsterte ich einem meiner Klassengefährten zu.

Der Männer standen bis zu den Knien in Blumen. Irgendwie sah es aus, als ob beim »Onkel Karel« mehr Blumen lägen als bei den beiden anderen.

»Aber ist dein Onkel auch wirklich erschossen worden?« fragte mich jemand.

»Das weiß ich nicht«, sagte ich leise und bog den Kopf. »Wir haben ihn nie mehr wiedergesehen.«

MARJAN BERK

(* 1932)

Dreieck

Winde wehn, Schiffe gehn, Wibkje findet Vögeln schön ... summte Wibkje vor sich hin, während sie mit geschickten Fingern die trockenen Blätter aus der Zitronengeranie zupfte. Sie sah auf die Uhr. Noch eine Dreiviertelstunde bis zu seinem Kommen. Plötzlich fiel ihr voller Schrecken ein, daß sie vergessen hatte, eine Packung Milch mitzubringen, und er mochte doch so gerne angewärmte Milch in seinem Kaffee! Ihr selber wurde schon schlecht bei dem Gedanken, aber er ... Eine Haut darauf war ihm noch am liebsten!

Na ja, dieses eine Mal müßte er sich mit Kaffeesahne zufriedengeben. Ihre Beziehung war jetzt solide genug dafür.

Ihre Linke voll toter Blätter, so stand sie vor dem Fenster mit Blick auf die lebhafte Straße im Süden von Alt-Amsterdam und schaute nachdenklich auf den glänzenden roten Mini, der vor der Tür stand.

Ihr Auto, das Symbol einer winzigen Ecke Freiheit in ihrem beengten Dasein. Sie hatte darum kämpfen müssen, Remco hatte sich jahrelang gegen das Zweitauto gewehrt, aber endlich hatte er seinen Widerstand aufgegeben.

»Rot?« hatte er voller Entsetzen gefragt. »Muß das sein? Nimm lieber den blauen, der paßt doch viel besser zu dir.« Aber sie hatte sich durchgesetzt. Gerade dieses Rot mochte sie so gern, es glitzerte herausfordernd, die Farbe sagte etwas über ihre von Zeit zu Zeit heftig aufbrausenden Gefühle.

»Na dann, in Gottes Namen.« Mit einem Seufzer hatte er den Scheck unterschrieben.

Frauen!

Der Mini hatte ihr Glück gebracht. Sogar ihre Frisur war viel hübscher geworden. Früher, als sie ihre Kinder noch mit dem Fahrrad zur Schule brachte, eines vorn, eines hinten drauf, gab es keine Alternative zu dem festen Knoten, zu dem sie ihre langen Haare zusammensteckte. Aber jetzt ... Regen und Wind machten Wibkje nichts mehr aus. In betont lässigen, genau geplanten Locken ringelten sich ihre dicken Haare um ihr Gesicht, sie standen ihr so viel besser.

Mit ihrer Rechten wischte sie ein bißchen Staub von der Fensterbank.

Putzfrauen! In allem mußte man hinter ihnen her sein. Nicht, daß es ihr wirklich etwas ausmachte, aber wenn man nun schon zwölf Gulden in der Stunde bezahlte, durfte man auch erwarten, daß es am Tag danach staubfrei wäre im Wohnzimmer. Sie ging zum Papierkorb, um die Blätter wegzuwerfen. Ja, der Mini hatte ihr Glück gebracht. Als sie ihn vierzehn Tage hatte, vierzehn Tage, in denen das Bringen und Abholen der Kinder ein Fest gewesen war, hatte sie IHN kennengelernt. Natürlich hatte sie ihn schon eher gesehen, auf dem Schulhof, manchmal auch gedacht: netter Kerl ... aufregend auch – aber er hatte sie keines Blickes gewürdigt.

Und dann, an einem Donnerstag, als sie Eike bis vor die Tür seines Klassenzimmers gebracht hatte (ab und zu tat sie das, die gute Seele Klassenlehrerin brauchte doch auch ein bißchen Aufmerksamkeit, nicht wahr), hatte er sie plötzlich angesprochen.

»Hast du Lust auf einen Kaffee?«

Sie war knallrot geworden, hatte gestottert, weil es so unerwartet kam.

»Äh ... ja ... aber ich muß noch in die Reinigung.«

Eine blöde Reaktion, doch sie wußte nicht, was sie sagen sollte.

»Die kann auch eine halbe Stunde warten!«

Er ergriff die Initiative, ging vor ihr her zum Imbiß um die Ecke. Sie folgte ihm und fühlte sich wie der letzte Trottel. Und wie sah sie bloß aus! Zwar saß ihr Haar jetzt besser, aber sonst ... Morgens zog sie sich immer das erstbeste an, es interessierte ja doch keinen. Ihre altgedienten Jeans, in denen die Rundungen ihrer Knie schon lange ein Eigenleben führten, wurden ihr peinlich.

Aber als sie sich dann beim schäumenden Cappuccino gegenübersaßen, brauchte sie nicht um Gesprächsstoff zu bangen. Er stellte sofort die Weichen, sie fühlte sich geschmeichelt. Ein so bekannter Mann und renommierter Illustrator trank mit ihr, einer unbekannten Mücke, Kaffee. Das törnte sie gewaltig an. Und so war es dann passiert.

Zuerst tranken sie nur Kaffee, sie freute sich jeden Morgen darauf, denn es war auch so schon außerordentlich spannend.

Dann hatte er sie einmal zu ihrem kleinen Flitzer begleitet und sich ganz selbstverständlich zu ihr gesetzt; stundenlang hatten sie sich unterhalten. Beim Weggehen küßte er sie zärtlich auf den Mundwinkel, Gott, war das aufregend!

Sie hatte ihren ganzen Mut zusammengenommen und ihn gefragt, ob er bei ihr zu Hause einen Kaffee trinken wolle …

Das klickte sofort. Sie hatte keine Zeit gehabt, ihm irgend etwas anzubieten, er hatte seinen Anorak ausgezogen, sie umarmt, und das Schlafzimmer war oben, sie mußten nur die Treppe hoch, halb trug er sie, Gott sei Dank war gerade frisch bezogen!

Bei jenem erstenmal war für sie selber vor lauter Aufregung und Nervosität nicht viel drin gewesen, obwohl er ein sanfter und selbstsicherer Liebhaber war. Aber das war nicht schlimm, bei ihrem Mann war für sie sowieso niemals viel drin, das hatte sie eigentlich schon aufgegeben.

Dennoch hatte sie geweint, vor lauter Verwirrung. Er tröstete sie, sagte, daß es beim nächstenmal bestimmt besser würde, fragte sie, ob es wenigstens ein bißchen schön gewesen sei.

Wie konnte er nur fragen! Ein bißchen schön! Der Himmel hatte sich ihr geöffnet. Und sie gewöhnten sich schnell aneinander. Ihre Körper fanden schnell zu einem gemeinsamen Rhythmus, es war jetzt jedesmal eine einzige Freude. Schade, daß sie nicht etwas öfter ...

Wibkje versank in Träumereien, halb weggesackt auf der Couch, ihre Gedanken richteten sich voller Vorfreude auf die Wonnen, die ihr bevorstanden.

WILLEM JAN OTTEN

(* 1951)

Ente am IJ

Es war klares, windstilles Wetter, ein Sommertag im Oktober – die Meterologen sagten, es würde der wärmste Herbst des Jahrhunderts. Das IJ roch brackiger als sonst. Joans Ente hatte Junge bekommen, eine Fügung des Herbstes, zu einem langen Winter verurteilt. Tiefhängendes Licht, alles war goldgelb, das Gras auf dem Kai staubig.

Meine Freiheit war vollkommen, und dennoch wollte ich einen Entschluß ausführen, der mich binden würde. Joan stand auf dem Achterdeck und trug ihre Leopardenjacke und die grünen Handschuhe. Wer weiß, was sie für diesen Tag auf Lager hatte.

Susan hatte mir feierlich und lächelnd ihr Einverständnis gegeben. Da stand ich nun, in aller Seelenruhe. Das Einverständnis hatte mich durchsichtig gemacht, wie ein dunkles Haus, in das man hineinschauen kann, wenn der Himmel sich verdunkelt. Ich brauchte den Mund nicht einmal aufzumachen. Joan fing schon an zu reden, bevor wir einander umarmten.

Mein Leben war ein einziger immerwährender Versuch, großen Szenen auszuweichen, und wenn sich eine solche Szene, die *scena madre*, wie Drehbuchautoren sie nennen, dann nicht mehr umgehen läßt, fängt der andere an zu reden und sagt Wort für Wort das, was ich nicht über die Lippen bringen kann. Anschließend besteht meine Rolle darin, alles zu bestätigen, als verstünde ich erst jetzt, meinem eigenen Schicksal lauschend, was ich fühle.

Susan weiß es also, sagte Joan.

Sie schaute mich forschend an. Als ich schwieg, fing die weiche Haut unter ihren Augen an zu zucken. Nach dem langen sonnigen Sommer war ihre Haut genauso dunkelbraun wie meine. Ich wußte, daß sich ihre Wangen jetzt genauso warm anfühlten wie meine. Daß ihr Nacken von der Sonne genauso dunkelviolett geworden war wie meiner.

Ich nickte.

Ob Susan dahintergekommen sei.

Ich winkte ab, ist das wichtig?

Es sei wichtig.

Daß ich ihr also alles selbst erzählt hätte.

Ich schwieg.

Sie wiederholte ihre Anforderung einige Male, selbst erzählt, selbst erzählt, und zog dann, mit den Zähnen an ihnen zerrend, die Handschuhe aus.

Dir wurde es also zuviel.

Ich nickte. Also. Also.

Die Ente schaukelte auf den trägen Wellen, ihre acht flaumiggelben Kinder um sich herum. Wenn es einen Vogel gibt, der zum Säugetier geworden ist, dann ist es die Ente. Zusammen waren die Kleinen so groß wie ihre Mutter, und alles war Gold.

Sie weiß also, daß du jetzt hier bist?

Wieder nickte ich.

Die weiche Haut unter ihren Augen zuckte immer unbeherrschter. Sie zog die Lippen stramm über die Zähne wie eine Katze, der etwas weh tut. Sie zog die Nase hoch, inhalierte Tränen.

Also doch.

Sie drehte sich um und verschand in der Steuerkabine. Ich hörte sie die Treppen zum Laderaum hinunterlaufen.

Ich fühlte mich auf einmal sehr matt und setzte mich auf den Autositz aus Skai, der auf dem Achterdeck stand. Durch halbgeschlossene Lider sah ich, daß ein Zug in den Hauptbahnhof einfuhr. Mir fielen die Augen zu. Eine Seeschwalbe, die kreischend ins Wasser tauchte. Dumpfer Plumps. Das exakte, einsilbige Spritzen einer Welle gegen ein Ruderblatt. Das Geräusch, als ein Holzstück weit hinter mir gegen den Bug eines Schiffes schlug. In meiner dumpfen Dunkelheit war alles hörbar – ich war ein Ohr. Alles war in einzelne Geräusche auseinandergefallen, die mich eins nach dem anderen erreichten und immer hörbar sein würden. Ich lauschte mit Ohren, die dabei waren, dies alles zum letzten Mal zu hören. Ich war ganz von Susan erfüllt und döste mich so blind wie sie. Tief im Laderaum unter mir hörte ich Joans Stimme.

Sie telefonierte kaum hörbar. Als ich aufschaute, flog ein Reiher über mich hinweg. Als sie wieder aufschaute, flog er in die entgegengesetzte Richtung. In der Ferne wiedrholte sich das rasselnde Geräusch der Fährenklappe.

Joan erschien auf dem Deck.

PETER VAN STRAATEN

(* 1935)

Schulden

Alles kam zusammen. Daniel brachte einen Brief von der Schule mit, in dem Geld für den Ausflug verlangt wurde, was Agnes gerade noch zusammenkratzen konnte – mit viel Kleingeld –, dann sperrte man ihr das Telefon ab, und zu allem Überfluß weigerte sich ihr Kaufmann an der Ecke, noch weiter Kredit zu geben.

»Mädchen«, hatte er gesagt, »es ist in deinem eigenen Interesse! Sonst läuft es viel zu hoch auf, und dann kommst du überhaupt nicht mehr nach.«

Etwas mußte geschehen. Bea bekam noch viele hundert Gulden, fiel also weg, von ihren Eltern nahm sie grundsätzlich nichts, und ehe sie Arthur um Geld bat, biß sie sich lieber die Zunge ab.

Daan. Daan war der einzige, der übrigblieb.

Sie ging in die Kneipe und traf ihn hinter der Theke. »Daan«, sagte sie, »du mußt mir helfen. Ich bin vollkommen blank.«

»Was für ein Zufall«, sagte Daan, »ich auch.«

»Es ist nicht meinetwegen. Es ist wegen Daniel«, sagte sie. Sie setzte hinzu: »Dein Sohn.«

Wie ekelhaft, dachte sie. Wie erniedrigend.

Daan erhob sich schweigend und begann, am anderen Ende der Theke Gläser zu polieren. Nach einiger Zeit kam er zurück.

»Hör mal, Agnes«, sagte er, »ich hab für Daniel was zurückgelegt. Für später. Ich kann dir was leihen, aber das muß ich wiederhaben. Wieviel brauchst du?« »Viel«, sagte Agnes grimmig.

»Wieviel?«

Agnes dachte schnell nach. Mit fünfzehnhundert Gulden konnte sie all ihre Schulden bezahlen und wäre vorläufig aus dem Schneider. »Dreitausend«, hörte sie sich zu ihrer Verwunderung sagen.

Daan schwieg und putzte die Theke.

»Wann krieg ich die zurück?« fragte er endlich.

Agnes schaute aus dem Fenster. Irgend etwas muß ich sagen, dachte sie.

»In einem Jahr.«

»Das kostet mich die Zinsen von einem Jahr!« rief er. »Dann bekommst du es in einem Jahr mit Zinsen zurück«, sagte Agnes. Wo ich das in einem Jahr hernehme, wird man schon sehen, und die Zinsen können dann auch gleich dazu, dachte sie.

»Mir wäre es lieber, du würdest jeden Monat etwas zurückbezahlen«, sagte Daan, »ich kenne dich. Sobald du Geld hast, juckt es dir in den Fingern, du verjubelst es, und ich schau in den Mond.«

»Das ist auch gut«, sagte Agnes, »wieviel ist das dann pro Monat?«

»Dreitausend geteilt durch zwölf.«

»Daan, du weißt, daß ich nicht rechnen kann.«

»Deshalb hast du auch nie Geld.«

In diesem Augenblick kam ein Mädchen in die Kneipe. Sie hatte eine Igelfrisur, die eine Hälfte orange, die andere kastanienbraun. Sie ging direkt zur Theke, beugte sich vor und küßte Daan saugend auf den Mund.

»Hallo, Danny«, sagte sie in der ersten Atempause. Dann setzte sie sich an einen Fenstertisch.

Agnes guckte. Wie machen Frauen das bloß, dachte sie, so mit ihrem Hintern zu wackeln. Warum hat mir das nie jemand beigebracht? Sie wandte sich wieder an Daan.

»Danny?« sagte sie fragend, »heißt du gegenwärtig Danny?«

»Agnes«, sagte Daan, »es wäre mir äußerst angenehm, wenn du dich hier raushieltest.«

»Entschuldige«, sagte Agnes unterwürfig.

Daan konnte getrost ein halbes Stündchen weg, und sie gingen zusammen auf die Bank.

»Du willst sicher Hunderter?« fragte Daan.

Agnes nickte lächelnd. Auf der Straße küßte sie ihn auf die Wange.

»Nun versuch doch mal, etwas vernünftiger zu leben«, sagte Daan, »du denkst niemals an die Zukunft. Lebst immer in den Tag rein.«

»Ja, Daan«, sagte Agnes.

Sie standen sich am Randstein gegenüber.

»Ich liebe dich«, sagte Daan auf einmal heiser und ging schnell weg.

Agnes betrat das Postamt und bezahlte die Telefonrechnung mit einer Zahlkarte. Auf dem Museumsplein nahm sie ein Taxi in die Pieter-de-Hoochstraat und bat den Chauffeur zu warten. Bei der Inkassoabteilung versprach man ihr, das Telefon noch am selben Nachmittag wieder anzuschließen. Sie setzte sich wieder ins Taxi und ließ sich zum Leidseplein chauffieren. Als sie bezahlt hatte, sagte der Taxifahrer: »Frollein ... das ist viel zu viel. Soviel Trinkgeld reicht mir schon«, und gab ihr einen Fünfguldenschein zurück. Ertappt nahm Agnes ihn entgegen. Langsam und gemächlich schlenderte sie die Leidsestraat hinunter, unterwegs zu Bea, die bei Metz & Co. arbeitete. Die Schulden bei ihr wollte sie zuerst bezahlen. Danach wollte sie Daniel von der Schule abholen und zum Kaufmann an der Ecke gehen. Aber Ecke Prinsengracht blieb sie stehen. Sie ging die paar Schritte zurück und betrat Dikker & Thijs. Hinter einem grauhaarigen Herrn im Kaschmirmantel wartete sie, bis sie an die Reihe kam.

»Gnädigste?« fragte das Mädchen hinter der Theke. Und Agnes kaufte wie eine Wahnsinnige Delikatessen ein.

OSCAR VAN DEN BOOGAARD

(* 1964)

Blick von oben

Arthur war entzückt über seine neue Wohnung. Am liebsten stand er vor einem der großen Fenster an der Vorderseite. Er konnte von dort das ganze Rokin überblicken. Links bis zum Dam, er sah sogar den

Turm des Palastes, und rechts bis zum Hotel de l'Europe. Es war ein festlicher Anblick, abends die Gäste dieses Hotels sich in ihren Zimmern bewegen zu sehen. Hier unter ihm, unter seinem Fenster, endete die Amstel, die seine Mutter, seine Schwester und ihn miteinander verband. Das Pferd mit Königin Wilhelmina darauf stand da, als ob es selber dort den Fluß zum Stehen gebracht hätte. Jede halbe Stunde fuhr dort ein Rundfahrtboot, der »Rederij Kooy«, ab und kehrte ein anderes zurück.

In dieser luftigen Höhe fühlte sich sein Geist frei und unbedrückt. Die Eingänge der teueren Geschäfte, Anwaltskanzleien, Banken und Universitätsgebäude wirkten wie Mauselöcher in den Windungen der aneinanderliegenden Gebäude. Die winzigen Figuren, die durch die Öffnungen ein- und ausgingen, schienen einförmig und sogar beherrschbar. Alle Bewegungen von Menschen, Straßenbahnen, Autos, Radfahrern, Sonnenschirmen, Rundfahrtbooten und Fahnen schienen vom selben Mechanismus angetrieben zu werden. Und er, Arthur Frederik Maria Dentz, stand dort oben Auge in Auge mit den zwei liegenden Göttinnen im Tympanon des Archäologischen Museums auf der gegenüberliegenden Seite.

Beim Hinuntergehen der Stufen nahm der Druck zu. Unten auf der Straße ragten die Gebäude wie Riesen über Arthur empor und hingen die Stromleitungen der Straßenbahn wie ein Netz über seinem Kopf. Seine Wirbelsäule beugte sich über sein verletzliches Herz, wenn er sich auf den Weg machte. Dann sehnte er sich, wieder hier oben zu sein, an der Oberfläche der Stadt, hinausragend über Betriebsamkeit und Lärm.

Gustav, seine Katze, wurde vor ein paar Wochen operiert. Ihre Zitzen waren amputiert worden. Sie trug jetzt eine weißes Netz um den schwarzen Bauch und auf dem Kopf eine weiße Haube. Am Ende des weißen Tunnels befand sich ihre Welt. Das Drehen ihres Kopfes bereitete ihr Muskelschmerzen und sie hatte nur wenig Appetit. Arthur pflegte sie mit Hingabe. Die neue Wohnung war eine Art Seniorenbleibe für sie. Sie fand es herrlich, keine Treppen mehr gehen zu müssen. Arthur hatte eine Katzenklappe zum Dach für sie gemacht, wo sie zwischendurch frische Luft schnuppern konnte. Wenn sie in Arthurs Nähe sein wollte, brauchte sie nicht lange suchen. Ihr Lebensende würde sie in aller Ruhe hier verbringen können.

Arthur hatte kein Heimweh. Die widersprüchlichen Bilder seiner Mutter schienen in dieser Entfernung zu einer unzweideutigen Liebe zu ihr zusammenzufließen. Er brauchte sich nicht länger in sie hineinzuversetzen oder sich von ihr abzugrenzen. Zum erstenmal in seinem Leben kam er zur Ruhe und in dieser Ruhe spürte er ein neues Verlangen.

Irgendwo zwischen all jenen winzigen Figuren in der Tiefe würde sie herumspazieren. Die Frau, der er gerade in die Augen sehen könnte, die es ihm nicht verübeln würde, daß er gerade eben angekommen sei, die ihn verstehen und schätzen würde. Er würde ihr seine so unendlich große Welt zeigen. Er würde sie mit in seine Wohnung führen, die vielen Treppen hinauf und sie hinunterblicken lassen. Er würde ihr Gustav in die Arme legen, ihr über sein Leben an der Amstel, über seine Mutter und Barbara erzählen. Er würde ihr aus Büchern, die er liebte, vorlesen und sie seine Lieblingsmusik hören lassen.

Im Licht des Leuchtturms würde er sie betrachten und vor Glück zittern. Er würde sie berühren, ganz sanft, und sich in die Hand zwicken, um zu überprüfen, ob er wirklich nicht träumte. Dann würde er in ihre Welt mitgehen, denn er wußte, daß er sich nicht verlieren würde.

WESSEL TE GUSSINKLO

(* 1941)

Nie mehr trinken

Jetzt noch nicht. Nicht in dieser schönen, vielversprechenden Sommernacht, die ich – was könnte mir überhaupt passieren – in sicheren Kneipen in sicheren Straßen verbringen würde. Ich würde künftig besser aufpassen. Eine Nacht, um etwas zu unternehmen. Nicht zum Bonaparte-Club – das war klar – ebensowenig zu Eylders oder Reinders – die reichten mir inzwischen. Die Blue Note war auch nichts mehr. Andere Kneipen? Oder zum Thorbeckeplein? … Das war aber auch langweilig: zu teuer und zu dumm … Oder zu den Huren? Aber ich war arm wie immer, und so etwas war doch vor allem wie schon der Schriftsteller Du Perron gesagt hat, eine geistlose Angelegenheit … Aber Le Fiacre? Le Fiacre, wohin Van het Reve schon ging – mit all den chiquen Homos in ihren bis zum Nabel offenstehenden rosa Oberhemden und Hosen mit einer Sorte von Eingrifftaschen, die ich sonstwo nie gesehen hatte; und Frauen, die wußten, was das Leben zu bieten hatte – und die sich dort jetzt von ihrer Arbeit in Nachtklubs und Kneipen ausruhten und die sicher noch Lust auf etwas hätten. Und dann die eleganten Travestiten und Transsexuellen, die durch ihr spezielles Make up Backen hatten, die wie Bildhauerwerke aussahen und einen hohen Marlene-Dietrich-Gehalt aufwiesen. Mir fielen die Augen manchmal fast aus dem Kopf. Wie der Transsexuelle Romy Haag in einem Interview sagte: »Die besten Köche sind Männer, die besten Modeentwerfer sind Männer; weshalb könnten denn die schönsten Frauen nicht auch Männer sein? …« Das leuchtete zwar nicht ganz ein, aber einiges war dran. Mit einem bildhübschen Transsexuellen ins Bett gehen – keinem stämmigen Typ, wie sie meistens waren, sondern mit einem ganz kleinen aus Hongkong etwa. (Im Suff hatte ich das einmal versucht. Er stellte sich als außerordentlich unternehmungslustiger Transvestit heraus. Es wurde damals also nichts daraus. Denn wenn ich auch zwar abenteuerlich veranlagt bin, gleichzeitig bin ich prüde, wenn nicht sogar zimperlich.) Aber, wer weiß, gelingt es heute abend …

Die Nacht war schön und jung – vielversprechend war das richtige Wort. Alles war möglich.

Nur zu, Amsterdam noch einmal eine Chance gewähren.

Im Le Fiacre war – jetzt um etwa ein Uhr – der Abend erst recht in Schwung gekommen: angenehm und in jener entspannten Atmosphäre, in der nichts unbedingt notwendig, aber vieles möglich war. Leute, die sich nach ihrer abendlichen Arbeit kurz erholten, etwas tranken und sich unterhielten. Das Wichtige und Mühsame war erledigt. Großzügig, spendierfreudig, entspannt: man war nur in der Kneipe, um sich harmlos zu vergnügen.

Auf den ersten Blick gar keine Homos an diesem Abend: nicht das Kichern und Händeschlenkern, das damals Mode war. Und soweit ich es überblicken konnte auch keine Transsexuellen.

Das ist das Reizvolle des Nachtlebens in einer Stadt wie Amsterdam – und im Grunde des Nachtlebens in jeder größeren Stadt, daß alles einfach und ohne Illusionen akzeptiert wird: Sex, Spannung, Sensation; Schamlosigkeit, weil Scham einer anderen, gleichmäßigeren und einfacheren Wirklichkeit angehört.

Ein Nachtleben, an der Grenze des Verbotenen, des bürgerlich Akzeptierbaren, an der Grenze der Unterwelt – und eigentlich schon über diese Grenze hinweg: eine Enklave, ein anderes Land, das es gleichzeitig neben jenem der Arbeitenden und Schlafenden in Kneipen, Straßen und Vierteln gibt. Als ob es zwei Städte geben würde: die Stadt der Büros und Läden und jene nächtliche Stadt des Dramas und des Rausches, der Hemmungslosigkeit und der Leidenschaft, für die der einengende Überbau aus Anstand, Pflicht, und alle dazugehörige vorsichtige Beherrschung keine Gültigkeit hat: eine Welt des Extremen, des Bizarren, der Exzesse und des Rausches, in der man Wünsche hat, Sehnsüchte, Triebe – und alles ist normal, gibt es bereits und wird schamlos zur Schau gestellt und keiner ist erstaunt. Und wenn gestaunt wird, ist das auch egal in dieser Zwischenwelt, in der jeder Passant ist. Denn dafür: für diese Wünsche, diese Sehnsüchte und diese Triebe lebt man hier – die sind hier Ziel und Zweck; und nicht wie im gewöhnlichen Leben etwas Zufälliges oder Heimliches. Eine hohe Trefferquote an Bizarrem, an Dingen, die jeder verheimlicht: von Trunksucht bis zum Sex, von Hemmungslosigkeit bis zur Verrücktheit, die hier alle offen gezeigt werden: der Zustand des Menschen auf Kochhitze gebracht, faszinierender ging es nicht, fand ich damals. Aber weshalb war ich eigentlich dieser Meinung? Wegen der Freiheit, die dieser Zustand einem schenkte – und besonders mir verlieh. Denn keiner erwartete dort etwas von mir. Das Gefühl, ein anonymer Passant zu sein in einer Welt, in der jeder gescheitert war und auf nichts mehr hoffte, ausgenommen auf Rausch, auf Befriedigung und auf Vergessen. Und auch wegen der Ehrlichkeit dieser Welt voller vorzivilisatorischer menschlicher Verhaltensweisen (oder bildete ich mir das nur ein?). Der Gedanke, daß es sich hier um die wahre menschliche Existenz handelte, ohne falsche Illusionen: Verlorene und Hörige (wie wir alle in Wirklichkeit wären, wie ich glaubte), Verlassene, sogar von sich selbst – und hier in diesen nächtlichen Ghettos angeschwemmt. Die wirkliche Welt, wie ich damals glaubte, ohne die Hypokrysie und den einfältigen Selbstbetrug des Bürgertums. Denn war nicht jeder ein Verlorener, ein Verworfener?

Und ich war der Voyeur, der heimliche Betrachter – aber vielleicht hoffte ich das auch nur; vielleicht war ich schon viel weiter.

Waren mir doch Anstand und Sitte völlig egal. Sie interessierten mich nicht. Tote, dürre Seelen.

INEKE VAN MOURIK

(* 1949)

Ankunft aus der Provinz

Kurz bevor der Zug in den überdachten Teil des Hauptbahnhofs einfährt, verbreitert sich das Wasser. Von hier aus kann man die Kuppeln, Dächer und Turmspitzen der Altstadt sehen. Rundfahrtboote bewegen sich wie nervöse Wassertiere zwischen ruhig tuckernden Motorschiffen hin und her. Sie fahren alle auf einen Punkt zu und ich folge mit meinen Augen ihrer Strecke. Beim Schiffahrtmuseum sehe ich ein riesiges hölzernes Segelschiff mit drei Masten. Das muß das Schiff der VOC, der indischen Handelsgesellschaft, sein, das von Arbeitslosen unter sachkundiger Führung gebaut worden ist. Fürstlich und unnahbar liegt es am Quai. Ich kann meine Blicke nicht davon trennen.

Dann spüre ich sie wieder: die aufkommenden Schmerzen in meiner Brust, die sich anschließend um mein Herz zusammenziehen. Es sind Schmerzen, die an Trauer grenzen. Ich bin einem Weinausbruch nahe. Ich kenne die Schmerzen und ihren Weg, aber ich weiß nicht, was sie bedeuten sollen und woher sie kommen. In unerwarteten Augenblicken überfallen sie mich. Meistens weiß ich den Übergang zur Trauer zu vermeiden. Wenn der Zug in den Bahnhof einfährt, lassen die Schmerzen allmählich nach. Sofort entsteht ein Gedränge im Mittelgang, Mäntel werden angezogen, Taschen und Koffer aus dem Gepäcknetz gehoben. Gierig stürzt sich die Masse auf den schmalen Ausgang. Draußen wartet eine ähnliche Masse, um sich mit gleicher Gier hereinzudrängeln. Wie über schmale Rinnen fächern wir uns über das Bahnhofsdelta auf. Als ich in der Bahnhofshalle bin, sehe ich einen Betrunkenen vor mir. Er schwingt seine Tasche wild hin und her, den Hut schief auf dem Kopf. Sehr nachdrücklich, aggressiv geht er weiter, während er den Passanten zuruft: »Na, gibt es hier noch was zu lachen, ihr Scheißleute! Mokum ... Mokum ... da gab es doch immer etwas zu lachen? Na, wo bleibt ihr denn, ihr Miesmacher?« Ich sorge dafür, daß ich deutlich hinter ihm bleibe.

Dann auf einmal mitten in der großen Halle bleibt der Mann stehen, schmeißt seine Tasche auf den Boden und schreit: »Mokum, Mokum! Wo ist denn jetzt dein Humor? Früher gab es hier doch etwas zu lachen. Na los, lach' doch. Ich bin wieder da, wieder da. Zurück bin ich. Lustig, oder? Aber wo seid ihr? Seid ihr?«

Sein Schreien wird zum tierischen Gejammer. Er will sich neben seiner Tasche hinsetzen. Von drei Seiten kommt die Bahnhofspolizei herangeeilt und ich sehe, daß der Mann sich wie ein Lamm abführen läßt. Er wird roh in einen bereitstehenden Überfallwagen geschubst, die Tasche wird ihm hinterhergeschmissen und mit hoher Geschwindigkeit entfernt sich das Polizeiauto.

Auf dem Bahnhofsplatz kehrt die übliche Ruhe wieder ein: die Drehorgel mit den verwitteterten Geldsammlern; dealende Junks, die sich an die Touristen heranmachen; moderne Propheten gekleidet in bürgerliche Anzüge; junge und zu alte Hippies, die auf dem Pflaster ihre Joints rauchen; eine ausgemergelte Heavy-Metal-Gruppe, die ihre Todesklänge ausspeit; Akademiker, die mit Zeitungen hausieren; freche Hotelzimmeranbieter; verschlafene, alkoholsüchtige Penner; aus Anstalten entlassene Geisteskranke; blasse und minderjährige Strichjungen; farbiggekleidete, schwarzglänzende afrikanische Männer hinter Schlagzeug, die mit einer Gruppe musizierender Peruaner in Ponchos konkurrieren; Jugendliche mit Rucksäcken und dazwischen, die unbeirrbar ihren Weg gehenden, arbeitenden Mitmenschen mit ihren Diplomatenkoffern.

Glück ist einfach, überlege ich mir, während ich auf der Brücke gegenüber dem Bahnhof gehe. Zum erstenmal bewege ich mich hier nicht als Tourist, sondern als Einwohner. Ich beschließe, zu Fuß zu meiner neuen Wohnung zu gehen. Ich fühle mich leicht ohne schweres Gepäck und mit der Zeit wie ein ausgedehntes Meer vor mir. Die Stadt wird enger, als ich in den ältesten Teil komme, wo ich immer an Gustav Meyrinks Roman Das grüne Gesicht denken muß. Über die Häuser und die engen Gassen scheint die Sonne, aber dennoch gibt es dort eine finstere, magische Schönheit. Nicht wegen der Dirnen und der Junks, welche die Straße bevölkern, sondern wegen etwas, das älter und ungreifbarer ist. Die Jahrhunderte haben einen feinen Staub hinterlassen, der für das Auge unsichtbar ist. Als hätten alle, die sich hier je aufgehalten oder gelebt haben, etwas ausgeschieden, ein Fluidum von Hoffnung, Leid, Sehnsucht, Humor, Vitalität, Liebe, Erotik, Finsternis und Licht, das sich anschließend vermischt hat mit dem schwarzbraunen Wasser der Grachten, der Feuchtigkeit der Häuser, dem Parfüm der Dirnen und dem exotischen Körpergeruch von Matrosen und anderen Seeleuten, die sich schon seit Jahrhunderten hier ihre Unterhaltung suchen. Die meisten Häuser sind so heruntergekommen, daß sie nur noch mit Stützen zu halten sind; sie lehnen wie alte, erschöpfte Männer aneinander. Einige wenige Häuser sind restauriert worden und unterstützen ihre schwächeren Kollegen. An einigen Stellen sind Häuser verschwunden. Nachts Aufenthaltsorte für Penner, tagsüber Müllablagen und Pissoirs für Mensch und Tier. Auf der Rück- und Unterseite der Häuser frißt sich das Wasser langsam einen Weg durch die Fundamente.

Hier ist der Ort, an dem die Äußersten der Stadt sichtbar werden: die sich selber zur Schau stellenden Prostituierten und deren heimliche Kunden oder die Masturbanten in den roten Pornobuden; die schüchternen Touristen aus der Provinz und die frechen Taschendiebe; die Romantik der alten Giebel am Wasser, die behagliche Gemütlichkeit der Kneipen und Kaffeehäuser und das Elend von Alkohol und Drogen; die wohlernährten, gut gekleideten Rauschgifthändler, die sich mit ihren zu großen und zu aufgeputzten Autos mit schmetternder Musik durch die engen Straßen hindurchzwängen, und ihre blassen, zu Skeletten abgemagerten Laufburschen, gehüllt in eine graue Lumpenjacke mit Kapuze, die wie die aufgescheuchten Kaninchen zwischen den Leuten auf der Straße hin- und herrennen.

MARTIN BRIL

(1990)

Verkündigung

Auf halbem Weg zum Dappermarkt beim Zebrastreifen über die Van Swindenstraat steht ein junger Schwarzer mit einem fahrbaren Verstärker, der mit dem Mikrophon an einem langen Kabel ständig hin und her rennt und für Gott den Herrn predigt: »Gott hat einen Plan, Gott hat etwas mit uns vor, hörst Du, Gott hat ein Ziel für die ganze Jugend aus Amsterdam, Er liebt Dich, Dich und Dich und jeden, hörst Du. Als Jesus in mich kam, als Jesus in mich kam, da geschah etwas, hörst Du, da wußte ich: es gab einen Plan, ein Ziel für mich, für Dich, für die Jugend von Amsterdam. Nicht um Junky zu werden, hörst Du, nicht um Deinen Eltern ihr letztes Geld zu klauen, sondern ..., sondern etwas viel Größeres, etwas, hörst Du, etwas, einen Plan, ein Ziel, eine Absicht: Liebe. Liebe, hörst Du, Liebe in Deinem Herzen, in Deinen Augen, in Deiner Seele, Liebe für Jesus Christus, unseren Herrn.« So hallte seine Stimme zwischen den Häusern hin und her.

Keiner hört zu, keiner ist erstaunt. Jeder überquert die Straße. Wenn das weitergeht, hat der Junge gleich den Herrn nur für sich allein. Können sie zusammen Dame spielen.

Zu Hause.

ARNON GRÜNBERG

(* 1971)

Sohn und Vater in der Beethovenstraat

»Hör auf«, sagt sie da, »es hat doch keinen Sinn«, sagte der Mann links von mir.

Unauffällig behielt ich meinen Vater im Auge. Er saß an dem kleinen Tisch hinter uns, vor sich ein Glas Bier, von dem er kaum getrunken hatte. Früher hätte er es in einem Zug runtergekippt, doch jetzt konnte ich leicht fünf trinken, bis er ein einziges unten hatte.

»Ich hab ihn im Garten begraben«, sagte die Frau auf meiner anderen Seite. Wenn sie nicht neben mir gesessen hätte, hätte ich sie ein betrunkenes Luder genannt. Ein betrunkenes Beethovenstraat-Luder, denn auch betrunkene Luder gibt es in verschiedenen Sorten und Größen.

»Wen?« fragte der Mann.

»Meinen Kater«, sagte sie, »er war zweiundzwanzig.« »Das ist alt«, sagte ich.

»Er war noch von meinem ersten Mann«, fuhr sie fort, »aber der liegt auch schon unter der Erde. Und seine Schwester auch, die von meinem Kater, mein ich. Die liegt auch hinten bei uns im Garten. Jetzt liegen sie nebeneinander.« »Und sie fragt: ›Krieg ich 'n Kuß?‹ sagte der Mann.

In dem Moment kippte mein Vater aus dem Rollstuhl. Ich ließ mich von meinem Barhocker gleiten. »Kann mal jemand helfen?« fragte ich. Das betrunkene Luder stand sofort neben mir. Bei ihrem Alkoholpegel konnte ich auf ihre Hilfe verzichten. Ein Kellner kam zu uns. »Probleme?« fragte er.

»Wir müssen meinem Vater eben mal hochhelfen«, sagte ich.

Der Kellner hob meinen Vater hoch und setzte ihn wieder in den Rollstuhl.

Die langen, gelblichen Haare waren ihm ins Gesicht gefallen und hingen ihm vor dem Mund. Auch sein oberes Gebiß saß nicht mehr richtig, doch eigentlich hatte es das noch nie getan. An seinen Haaren konnte ich etwas ändern, an seinem Gebiß nicht. Ich holte die Bürste aus dem Plastikbeutel, der immer an seinem Rollstuhl baumelte, wenn wir einen Spaziergang machten.

»Was war denn das schon wieder?« fragte ich meinen Vater.

»Ein Erdbeben«, sagte er.

»Was sagt er?« wollte das betrunkene Luder wissen.

»Ein Erdbeben.«

Sie fing an zu kichern. Sie hatte wirklich schon mächtig einen sitzen.

Ich bestellte noch ein Bier.

»Komm«, sagte ich, »trink aus.«

Mein Vater saß vor seinem Bier und sah es an, als wäre es pures Gift. So saß er vor allem Essen und Trinken, das man ihm hinstellte. Ich nahm das Glas Bier und setzte es an seine Lippen. Das meiste tropfte über sein Kinn auf die Hose, doch die war sowieso schon voller Flecken. Mit dem Taschentuch wischte ich ihm das Kinn sauber. Seit er es nicht mehr selber konnte, war er immer schlecht rasiert. Zwar hatten wir einen Pflegehelfer; er hieß Roy und kam jeden

Tag, um meinen Vater zu rasieren, aber er machte es mit einem elektrischen Rasierapparat und las nebenbei die Zeitung. Vorher hatte ich meinen Vater jeden Morgen rasieren müssen, doch dadurch kam ich immer zu spät ins Büro, und so hatte sich meine Mutter entschlossen, Roy ins Haus zu holen. Es war nicht einfach, meinen Vater zu rasieren. Als ich es noch machte, mußte ich dafür mindestens eine halbe Stunde früher aufstehen. Dann legte ich seinen Kopf auf einen Stapel Kissen, drückte den aufladbaren Rasierapparat gegen seine Wangen und bewegte ihn ein wenig hin und her. Meistens stellte ich dabei das Radio an, denn mein Vater war schon seit vielen Jahren radiosüchtig, und schon darum fand ich, daß die »Arbeitsvitamine – Musik für Aktive« und sein hilfloses Gebrüll zusammengehörten. Während mein Vater schrie, ich würde ihn foltern, sang ich *The sun always shines on TV* mit, oder was sie sonst gerade im Radio spielten, und mit der freien Hand trommelte ich den Rhythmus auf seinem Bettrand. Mein Vater lag hinter einem Gitter, damit er nicht aus dem Bett fiel.

Es gab auch Tage, an denen er sich nicht sträubte, doch die waren selten. Meistens schrie er: »Ich will mich selbst rasieren, ihr Idioten.« Oder: »Ich will naß rasiert werden.« Naß rasierten wir ihn nur sonntags, weil meine Mutter danach praktisch das ganze Zimmer aufwischen mußte. Seine Stoppeln waren weiß, und was auch immer in seinem Körper jetzt langsamer funktionierte – sein Bartwuchs jedenfalls nicht.

Roy wohnte in Almere und fuhr einen riesigen Mercedes. Er trug einen langen, schwarzen Bart, und als er drei Wochen bei uns war, lud er uns zur katholischen Variante der Bar-Mizwa-Feier bei seinen zwei Töchtern ein. Ich paßte an dem Tag auf meinen Vater auf, damit meine Mutter hingehen konnte. Wir machten es uns im Garten bequem und schliefen. Um sechs Uhr kam meine Mutter zurück und erzählte, daß es sehr gutes, aber recht wenig Gebäck gegeben hätte und daß Roys Töchter »ganz goldige kleine Negermädchen in weißen Kleidchen« wären. Roy verdiente sich also was nebenbei, indem er jeden Morgen meinen Vater rasierte, doch ich konnte mir nicht vorstellen, daß er mit dem bißchen Bartschneiden den riesigen Mercedes bezahlen konnte, der jeden Morgen bei uns vor der Tür stand. Seit ich im Büro arbeitete, wußte ich, daß so ein Mercedes ein geiles Auto war, und das wunderte mich an Roy, denn er schien mir nicht der Typ für geile Autos zu sein.

Eigentlich hätte ich mit meinem Vater jetzt durch den Beatrixpark spazieren sollen. So kam er an die frische Luft, und meine Mutter hatte ein paar Stunden Ruhe. Meistens landeten wir aber nicht im Park, sondern blieben in der Beethovenstraat in einer Kneipe hängen, bis es Zeit zum Abendessen war und wir wieder nach Hause mußten. Oder bis mein Vater sich in die Hose gemacht hatte und es anfing zu stinken.

»Komm, trink aus«, sagte ich wieder. Meine Mutter war heilfroh, wenn er überhaupt etwas trank, ob es nun Wasser, Bier oder Orangensaft war.

A. F. TH. VAN DER HEIJDEN

(* 1951)

Labyrinth

Die Struktur Amsterdams war die eines Fingerabdrucks, ebenso labyrinthisch und ebenso unverwechselbar. Einmal im Jahr verirrte sich Quispel überglücklich in dem, was er als Gottes höchstpersönlichen Fingerabdruck betrachtete.

Ein unzugängliches Labyrinth blieb die Stadt nicht. Im Laufe der ersten Woche entstanden, über ganz Amsterdam verstreut, immer mehr und immer komplexere geometrische Figuren, deren Eckpunkte Kneipen und andere Etablissements bildeten, hin und wieder auch die Wohnung eines Mädchens.

Es fing zum Beispiel mit einem Dreieck an, das man zwischen De Doffer, De Pels und einem Lokal an der dazwischen liegenden Keizersgracht ziehen konnte. Oder einem, das von zwei großen Hotels in der Nieuwe Doelenstraat und dem Hotel Schiller am Rembrandtsplein gebildet wurde. Später kam noch ein Fünfeck rund um den Leidseplein hinzu mit allen nur denkbaren Diagonalen und deren Schnittpunkten, an denen auch wieder Kneipen zu finden waren.

Während seiner besessenen Tage war Quispel unentwegt damit beschäftigt, diese wie von selbst entstandenen Figuren nachzuziehen. Er wählte stets den direktesten Weg von Lokal A zu Lokal B oder C, oder von C oder B zu A, und konnte einen halben Tag damit verbringen, von einem Lokal zum anderen zu eilen, wobei er das Dreieck in seinem glühenden Überschwang gleichsam in den Stadtplan brannte. Im Falle eines Fünfecks gab es drei, fünf, zehn nebeneinander liegende Dreiecke, die häufig eine Kneipe als Eckpunkt gemeinsam hatten. Hier entstand unter Quispels eiligen Sohlen innerhalb kürzester Zeit die Struktur eines Schneekristalls, bei dem keine einzige Facette, kein einziger funkelnder Eckpunkt vernachlässigt werden durfte. Quispel entwickelte während seiner Periode die zwanghafte Neigung, eine solche Figur immer wieder von neuem zu »schließen«.

Quadrate, Rechtecke, Rhomben, Trapeze ... alle mit ihren Diagonalen. In der Biegung einer der Hauptgrachten hatte er einige Jahre in Folge eine bumerangartige Figur, bestehend aus den Wegen zwischen acht Kneipen, nachgezogen, die allesamt, und häufig öfter als einmal am Tag, an die Reihe kamen.

Im Laufe der zweiten Woche wurden diese geometrischen Figuren, deren Seiten und Diagonalen für gewöhnlich begehbar waren, selbst wieder zu den Eck- und Schnittpunkten einer viel größeren geometrischen Figur, die die gesamte Innenstadt durchzog. Die Eck- und Schnittpunkte dieser Figur steuerte Quispel per Taxi an, das er manchmal, bis es weiterging, vor der Tür eines Lokals warten ließ.

Die komplexe mathematische Figur, die jedes Jahr anders ausfallen konnte, verkörperte für die jeweilige Trinkperiode das innerste Wesen der Stadt. Wenn er in Gedanken den Stadtplan betrachtete, leuchtete dieser auf wie eine Karte des Firmaments, voller Sternbilder, durch Verbindungslinien akzentuiert. Zwischen den Sternbildern war es dunkel (auch tagsüber); dort bestand die Stadt aus Füllsel, es sei denn, dort glühte ein noch unentdeckter Lichtpunkt auf, der dann seinen Platz in der Gesamtfigur erhielt.

Hier verriet sich, als Symptom seiner merkwürdigen, alljährlich wiederkehrenden Flitterwochen, Quispels Bedürfnis nach Allgegenwärtigkeit. Alle Lokale, die bei der Ausgestaltung seines Glücks und dessen Verbreitung einmal eine Rolle gespielt hatten, mußten immer wieder an die Reihe kommen. Der Gedanke, eines zu vernachlässigen, war unerträglich. In der einen Kneipe dachte er schon an die nächste. Die Vorstellung allein, daß jetzt, während er hier in Kneipe X saß, ein Stück weiter in Kneipe Y eine Konstellation entstand – von Leuten, von Affekten, Spannungen –, in der er unentbehrlich war, zumindest eine Rolle spielen konnte … Und schon eilte er weiter, nachdem er den geschätzten Betrag für seine Getränke in kleinen Scheinen auf die Bar gelegt hatte.

Er wollte den Überblick behalten, alles unter Kontrolle haben. Die Stadt mußte in seine Hosentasche passen, so daß er, ausschließlich durch Tasten, den Weg finden konnte. Daher ließ er sich gern mit dem Taxi ins Okura bringen (das zusammen mit dem Hilton und dem Marriott ebenfalls ein oft besuchtes Dreieck bildete), um bei einem eiskalten Wodka vom obersten Stockwerk aus auf die Stadt zu blicken und zu sehen, wie alle relevanten, zu geometrischen Figuren zusammengefügten Strecken zwischen den grauen Häuserblocks aufleuchteten. Unten warteten wieder neue Taxis.

Kurzum, im Laufe von zwei, drei Wochen wurde die Stadt Amsterdam für Quispel zu einer idealen Totalkneipe, in der er überglücklich rastlos von einem Tisch zum anderen ging, von der Tanzfläche zur Bar und von der Bar zum Billard und von da wiederum zur Toilette, um dort – eher beschwingt als beschwipst – nur schnell die glühende Wange an die kühle Fliesenwand zu legen, wie er es als Kind auf der Grundschule getan hatte, wenn ein Glücksgedanke ihn in der Klasse übermannte.

REMCO CAMPERT

(* 1929)

Fakten und Zahlen

Ich lebe unweit des Verlags De Bezige Bij, der meine Bücher verlegt und dies schon seit 40 Jahren mit einer bemerkenswerten Treue macht. Die Straße, in der ich lebe, gehörte bis zum 1. Mai 1896 zur Gemeinde Nieuwer-Amstel und trägt den Namen eines der letzten Bürgermeister dieser Gemeinde, Herr Alexander Boers, der nur 48 Jahre alt geworden ist. Die Straße ist kurz, aber nicht eng. Auf der geraden Seite lautet die letzte Hausnummer 62, auf der ungeraden 43. Die Alexander Boersstraat ist eine der wenigen Straßen im Viertel, die sich mit einer Kurve schmücken können. Wenn ich vor einem meiner Fenster stehe, kann ich bis zur Nummer 42 in die Van Breestraat hineingucken. Im Haus Nummer 18 habe ich noch eine Weile gewohnt. Ich hatte dort 2 Mansarden.

Unter mir ertönte Musik, tagaus tagein. Das war sehr schön. Der Name Nieuwer-Amstel ist verschollen, meine Straße liegt jetzt in Oud-Zuid, dem älteren südlichen Teil von Amsterdam. Ehe der Begriff ›Grachtengürtel‹ Mode wurde, hatte Oud-Zuid den Ruf, eine Brutstätte von Kungelei, Machenschaften und übler Nachrede zu sein. Den sind wir jetzt los. Mein Haus liegt auf der geraden Seite, wenn ich aus der Tür gehe, links von der Mitte. Wenigstens einmal in sieben Tagen gehe ich aus dieser Tür hinaus und spaziere zu meinem Verlag. Um ihn zu erreichen, muß ich, wenn ich die Tür hinter mir zugemacht habe, nach links gehen. Ich komme an einigen Wohnhäusern und an einer Galerie vorbei. An der Ecke steht ein großes Haus, dessen Rolläden immer heruntergelassen sind. Ich habe den Eindruck, daß es jetzt unbewohnt ist. Bis vor kurzem sah ich dort manchmal philippinische Frauen ein- und ausgehen, aber es war Schluß damit, als jemand (aus Oss, las ich später in einer der drei Zeitungen, die ich jeden Tag lese) eine Handgranate dorthin warf. Es klingelte später noch ein Kriminalbeamter, der fragte, ob mir etwas Besonderes aufgefallen sei. Das war mir nicht. Bei diesem Haus biege ich links um die Ecke und überquere dann schräg die Straße zwischen dem Concertgebouw und der Bodega Keyzer. Wieder überquere ich die Straße, über die Schienen der Staßenbahnlinien 3, 5 und 12 und gelange auf den Museumsplein, links von mir befinden sich der Bibelkiosk und die Rückseite des Stedelijk Museum, rechts die schwer bewachte Festung des amerikanischen Konsulats. Zwischen rechts und links läuft eine mit Klinkern gepflasterte

Straße, über die der Verkehr vorbeirast. Die Strecke ist nur kurz und findet ein ruhmvolles Ende beim Rijksmuseum. Auch diese Straße überquere ich. Ich komme an einem unebenen, auf allen Seiten offenen »bewachten« Parkplatz vorbei, gehe etwa zehn Meter in die Tenierstraat hinein und biege dann rechts ab in die Van Miereveldstraat, in der schräg gegenüber auf der Nummer 1 mein Verlag angesiedelt ist. Ich klingele. Die Tür geht auf. Zum zweiten Mal an diesem Tag fühle ich mich zu Hause.

Nachbemerkung

Obwohl etwa die Stadt Utrecht viel älter ist, der Rotterdamer Hafen als größter der Welt die Amsterdamer Konkurrenz weit überflügelt hat, manche sich alternativ nennende Lebensformen nur bedingt Zustimmung finden können und sicher noch weitere Argumente gegen die Stadt zu finden wären, hat dies alles ihre Faszination nie beeinträchtigen können. Amsterdam ist seit dem 17. Jahrhundert auf eine unnachahmliche Weise präsent. In den Niederlanden selber dadurch, daß die Stadt immer wieder eine zur Erstarrung drohende Bürgerlichkeit zu durchbrechen wußte, und dabei in durchaus eigenwilliger Weise auf ihre Freiheit und Unabhängigkeit pochte, im Ausland als Handels- oder Kunstmetropole und sowohl im wörtlichen als auch im übertragenen Sinne als Tor zu einer unbekannten, fernen Welt, deren Kostproben in der Stadt selber allgegenwärtig sind. Das Auffällige dabei sind Bewegung und Beweglichkeit. Die Präsenz der Vergangenheit macht sich überall bemerkbar, sie erdrückt aber nicht. Sie ist da, aber kann sich genauso gut zurückziehen, sich einfügen oder sich wieder nachdrücklich zurückmelden. Sie hat ihre Selbstständigkeit, kann aber auch Kulisse sein, bewußt oder unbewußt gesehen werden. Aber auch die Gegenwart wirkt nicht statisch, auch sie weist viele Richtungen und Bewegungen auf. Beide aber verlieren sich nicht, sie bleiben unverkennbar und behalten ihre Substanz. Man könnte beide mit dem Wasser der Grachten oder des IJ vergleichen, das ständig vom Wind bewegt wird und nie zur Ruhe kommt.

Das Schicksal einer Anthologie ist ihre Unvollständigkeit, und auch über die schließlich getroffene Auswahl können die Meinungen verschieden sein.

Es wurde, um dem geschichtlichen Aspekt gerecht zu werden, eine behutsame historische Auswahl von Texten getroffen, in denen die vergangenen Jahrhunderte, aber auch die jüngste Vergangenheit zum Ausdruck kommen. Man könnte von einer vertikalen Erzähllinie sprechen. Den weitaus größeren Platz nimmt die horizontale Erzähllinie ein, welche die Breite des Stadtlebens zeigen soll. Es sind besonders die Erfahrungen der Menschen in der Stadt. Die Klischees der Touristen stehen neben der Ironie oder der Frechheit der Einheimischen, bei denen neben ihrer Liebe zur Stadt immer wieder eine unerschütterliche und oft unbekümmerte Vitalität auffällt. Nachdenklichkeit und Traum stehen neben Aktionismus und Protest. Selbstironie zieht sich wie ein roter Faden durch die Texte. Und alles fügt sich wie selbstverständlich in das Stadtbild ein.

Um Überschneidungen und Wiederholungen zu vermeiden, wurden nur wenige Texte über das jüdische Amsterdam augenommen. (Vgl. dafür Carel ter Haar/ Eduard von Voolen (Hg.), *Jüdisches Städtebild – AMSTERDAM*, Frankfurt am Main 1993).

Man kann mit vorliegendem Buch Amsterdam erlesen, aber mit dem Stadtplan in der Hand und mit Hilfe dieser Anthologie die Stadt auch erkunden und die beschriebenen und benannten Straßen und Plätze besuchen, dabei feststellen, was verloren ist, aber auch das auf sich einwirken lassen, was es noch gibt. Nicht wenige Texte erscheinen zum erstenmal in deutscher Übersetzung. Man kann außerdem weiterlesen, denn ein Großteil der übrigen Texte ist aktuellen und damit erhältlichen deutschsprachigen Buchveröffentlichungen entnommen.

Carel ter Haar

QUELLENVERZEICHNIS

Hester Albach (geb. 1954), *Wohnboot auf der Amstel*. Aus: Das Debüt. Roman. Aus dem Niederländischen von Siegfried Mrotzek. (c) Limes Verlag, Wiesbaden 1977, S. 51 ff.

Paul Auster (geb. 1947), *Anne-Frank-Haus*. Aus: Die Erfindung der Einsamkeit. Aus dem Amerikanischen von Werner Schmitz. (c) Rowohlt Taschenbuch Verlag, Reinbek bei Hamburg 1995, S. 112 ff.

A. C. Baantjer (geb. 1923), *Mord am Lastageweg*. Aus: De Cock und das tödliche Komplott. Aus dem Niederländischen von Erwin Peters. (c) Ullstein Verlag, Frankfurt am Main/Berlin 1982, S. 25–29.

Max Beckmann (1884–1950), *Januar 1944*. Aus: Tagebücher 1940–1950. (c) Piper Verlag, München/Zürich 1987 (Serie Piper 786), S. 78 ff.

Kees van Beijnum (geb. 1954), *Die Brücke*. Aus: Dichter op de Zeedijk. (c) Uitgeverij Nijgh & Van Ditmar, Amsterdam 1995, S. 30–33.

H. C. ten Berghe (geb. 1938), *Amstelbahnhof, 7.1.76 / 9 Uhr 15*. Aus: Zeitgenössische niederländische Lyrik. Herausgegeben von Hugo Brems & Ad Zuiderent. Aus dem Niederländischen von Heinz Schneeweiß. (c) Stichting Ons Erfdeel, Rekkem 1993, S. 78 f.

Marjan Berk (geb. 1932), *Dreieck*. Aus: Der Feminist. Roman. Aus dem Niederländischen von Marie-Thérèse Schins-Machleidt und Martje-Antje Postma. (c) Rowohlt Taschenbuch Verlag, Reinbek bei Hamburg 1987, S. 5–8.

Oscar van den Boogaard (geb. 1964), *Blick von oben*. Aus: Dentz. Roman. (c) Uitgeverij Athenaeum/Ten Bosch, Amsterdam 1990, S. 182 ff.

Conny Braam (geb. 1948), *Studentenrevolte*. Aus: De bokkeslachter. (c) Uitgeverij Meulenhoff, Amsterdam 1993, S. 13 ff.

Martin Bril (1990), *Verkündigung*. Aus: Voordewind. (c) Uitgeverij De Bezige Bij, Amsterdam 1990, S. 139 f.

Andreas Burnier (Catharina Irma Dessaur) (geb. 1931), *Hosenrolle*. Aus: Rendezvous bei Stella Artois. Roman. Aus dem Niederländischen von Waltraud Hüsmert. (c) Twenne Verlag, Berlin 1994, S. 31 ff.

Remco Campert (geb. 1929), *Fakten und Zahlen*. Aus: De zomer van de zwarte jurkjes. Verhalen. (c) Uitgeverij De Bezige Bij, Amsterdam 1996, S. 63 f.

Simon Carmiggelt (1913–1987), *Gemüse*. Aus: Heiteres aus Amsterdam. Erzählungen. Aus dem Niederländischen von Marga E. Baumer. (c) Deutscher Taschenbuch Verlag, München 1982, S. 17 ff.

Rudi van Dantzig (geb. 1933), *Hungerwinter 1944/1945*. Aus: Der verlorene Soldat. Roman. Aus dem Niederländischen von Helga van Beuningen. (c) Rowohlt Taschenbuch Verlag, Reinbek bei Hamburg 1988, S. 11–14.

Max Dendermonde (Hendrik Hazelhoff) (geb. 1919), *Leidseplein*. Aus: Het leven betrapt. (c) Internationale Uitgeversmaatschappij Het Wereldvenster, Baarn 1952, S. 9 ff.

Neel Doff (1858–1942), *Ich höre die Flöhe springen*. Aus: Keetje Tippel. Szenen der Jahrhundertwende. Aus dem Niederländischen von Rüdiger Bliese, Theresa Ewerhart, Barbara Ilius, Elke Kröger, Elga van Leusden, Josh van Soer, Ina Thomsen. (c) Nautilus/Nemo Press, Hamburg 1982, S. 53 ff.

Flip Droste (geb. 1928), *Das Wunder von Amsterdam*. Aus: De aanslag op Amsterdam. (c) Uitgeverij De Bezige Bij, Amsterdam 1997, S. 82 f.

Hans Magnus Enzensberger (geb. 1929), *Robert im virtuellen Amsterdam von 1621*. Aus: Wo warst du, Robert? Roman. (c) Hanser Verlag, München 1998, S. 244–247.

Georg Forster (1754–1794), *Stapellauf*. Aus: Ansichten vom Niederrhein (1791). Georg Forsters Werke, Band IX. Hg. v. Gerhard Steiner. Akademie-Verlag, Berlin 1958, S. 297–300.

Anne Frank (1929–1945), *Angst*. Aus: Das Tagebuch der Anne Frank. Aus dem Niederländischen von Anneliese Schütz. (c) S. Fischer Verlag (Fibü 77), Frankfurt am Main 1955, S. 67 f.

Herman Franke (geb. 1949), *Philosoph unterwegs*. Aus: Weg van loze dromen. (c) Uitgeverij Nijgh & Van Ditmar, Amsterdam 1992, S. 46 ff.

Arnon Grünberg (geb. 1971), *Sohn und Vater in der Beethovenstraat*. Aus: Blauer Montag. Roman. Aus dem Niederländischen von Rainer Kersten. (c) Diogenes Verlag, Zürich 1997, S. 121–124.

Wessel te Gussinklo (geb. 1941), *Nie mehr trinken*. Aus: Het engeltje. Novelle. (c) Uitgeverij Meulenhoff, Amsterdam 1995, S. 30–33.

Karl Gutzkow (1811–1878), *Der Sadducäer von Amsterdam*. Aus: Die Selbsttaufe. Erzählungen und Novellen. Herausgegeben von Stephan Landshuter. Mit einem Nachwort von Wolfgang Lukas. Verlag Karl Stutz, Passau 1998, S. 7 ff. (Mit Dank an Johan de Blanc, München.)

A. F. Th. Van der Heijden (geb. 1951), *Labyrinth*. Aus: Der Anwalt der Hähne. Roman. Aus dem Niederländischen von Helga von Beuningen. (c) Suhrkamp Verlag, Frankfurt am Main 1995, S. 201 ff.

Heinrich Heine (1797–1856), *Der fliegende Holländer im Amsterdamer Theater*. Aus: Memoiren des Herren von

Schnabelowopski (1834). Herausgegeben von Klaus Briegleb. Sämtliche Schriften, Band I. Carl Hanser Verlag, München 1976, S. 528 ff.

Willem Frederik Hermans (1921–1995), *Besatzungsalltag*. Aus: Die Tränen der Akazien. Aus dem Niederländischen von Jürgen Hillner. (c) Joseph Melzer Verlag, Darmstadt 1968, S. 182–185.

Judith Herzberg (geb. 1934), *Vorrätiges Gefühl*. Aus: Tagesreste. Gedichte. Übersetzt von Rosemarie Still und Michael Krüger. (c) Agora Verlag, Berlin 1986, S. 23.

Etty Hillesum (1914–1943), *Ausgrenzung – 1942*. Aus: Das denkende Herz. Die Tagebücher von Etty Hillesum 1941–1943. Herausgegeben von J. G. Gaarlandt. Aus dem Niederländischen von Maria Csollány. (c) Rowohlt Taschenbuch Verlag, Reinbek bei Hamburg 1992, S. 127 ff.

Marijke Höweler (geb. 1938), *Amsterdam-Buitenveldert*. Aus: Von Glück sagen. Roman. Deutsch von Andrea C. Busch. (c) Deutscher Taschenbuch Verlag, München 1995, S. 99 ff.

Oek de Jong (geb. 1952), *Treppen Träume*. Aus: Ein Kreis im Gras. Roman. Aus dem Niederländischen von Thomas Hauth. (c) Piper Verlag, München/Zürich 1999, S. 121 ff.

Jan Kal (geb. 1946), *Amsterdam*. Aus: Unbekannte Nähe. Moderne niederländische Lyrik bis 1980. Aus dem Niederländischen von Hans Theo Asbeck. (c) Straelener Manuskripte Verlag, Stralen 1985, S. 301.

Hans Keilson (geb. 1909), *Sanierung Amsterdam*. Aus: Sprachwurzellos. Gedichte. (c) Edition Literarischer Salon, Gießen 1989, S. 35 ff.

Johannes Jacobus Klant (1915–1995), *Happening 1947*. Aus: Das etwas seltsame und durchaus abenteuerliche Menschenleben des einstigen Kasper Jan Klaassen. Aus dem Niederländischen von Hans Th. Asbeck. (c) Süddeutscher Verlag, München 1958, S. 140–143.

Herman Koch (geb. 1953), *Apollolaan*. Aus: Eindelijk oorlog. Roman. (c) Uitgeverij Meulenhoff, Amsterdam 1996, S. 63 ff.

Wolfgang Koeppen (1906–1996), *Melancholischer Spaziergang*. Aus: Nach Rußland und anderswo hin (1958), enthalten in: Gesammelte Werke. Herausgegeben von Marcel Reich-Ranicki in Zusammenarbeit mit Dagmar von Briel und Hans-Ulrich Treichel. (c) Suhrkamp Verlag, Frankfurt am Main 1990, Bd. IV, S. 82–86.

Hendrik van Loon (1882–1944), *Rembrandt (I)*. Aus: Der Überwirkliche. Zeitbild um Rembrandt van Rijn. Deutsche Übertragung von Gustav Schultze-Buchwald. (c) Buch- und Tiefdruck Gesellschaft m.b.H., Abteilung Buchverlag, Berlin 1934, S. 194–197.

Geert Mak (geb. 1946), *Vergnügliches Leben in der Scheldestraat*. Aus: De engel van Amsterdam. (c) Uitgeverij Atlas, Amsterdam/Antwerpen 1992, 1996, S. 215 f.

Klaus Mann (1906–1943), *Amsterdam*. Aus: Die Sammlung. Jg. I, Heft 6. (c) Querido-Verlag, Amsterdam 1934, S. 326 f. Zitiert nach dem Reprint, München 1986.

Philip Markus (geb. 1956), *Innenstadterkundung*. Aus: De weg naar Oude God. Uitgeverij Nijgh & Van Ditmar 1991, S. 84–87. (c) der Übersetzung Piper Verlag, München 1993 (= S. 152–155 der von Sibylle Mulot und Ronald Jonkers herausgegebenen Anthologie »Großer Himmel – flaches Land«. Niederländisches Lesebuch. Serie Piper 1444, München 1993.)

Nicolaas Matsier (Tjit Reinsma) (geb. 1945), *Die Benutzung der Fahrradklingel*. Aus: Dicht bij huis. (c) Uitgeverij De Bezige Bij, Amsterdam 1996, S. 132 ff.

Justus van Maurik (1846–1904), *Bettelngehen.* Aus: Papieren kinderen. (c) Uitgeverij Veen, Utrecht/Antwerpen 1985, S. 53 ff.

Lizzy Sara May (1918–1988), *Bekannte und Verwandte.* Aus: Oom Bennetje raaskalt. Verhalen. (c) Uitgeverij Sijthoff, Amsterdam 1987, S. 40 f.

Daphne Meijer (geb. 1961), *Ankunft in Amsterdam 1772.* Aus: Het plezier van de duivel. Roman. (c) Uitgeverij Nijgh & Van Ditmar, Amsterdam 1995, S. 71 f.

Ischa Meijer (1943–1995), *Hund.* Aus: Och, zei De Dikke Man. (c) Uitgeverij Prometheus, Amsterdam 1992, S. 19 ff.

Doeschka Meijsing (geb. 1947), *Überlegungen im Frühling.* Aus: Der Katze hinterher. Roman. Aus dem Niederländischen von Renate Holy. (c) Droemersche Verlagsanstalt Th. Knaur Nachf., München 1984, S. 121 ff.

Geerten Meijsing (geb. 1950), *Sperrmüll.* Aus: Tussen mes en keel. Roman. (c) Uitgeverij De Arbeiderspers, Amsterdam/Antwerpen 1998, S. 105 f.

Sipko Melissen (geb. 1941), *Spurensuche 1996.* Aus: Jonge mannen aan zee. (c) Uitgeverij Querido, Amsterdam 1997, S. 158 ff.

Anja Meulenbelt (geb. 1945), *Nachkriegsgeneration.* Aus: Ich wollte nur dein Bestes. Roman. Aus dem Niederländischen von Silke Lange. (c) Rowohlt Verlag, Reinbek bei Hamburg 1986, S. 9–12.

Gustav Meyrink (G. Meyer) (1868–1932), *Apokalypse und Zeitenwende.* Aus: Das grüne Gesicht. Ein Roman. (c) Kurt Wolff Verlag, Leipzig 1916, S. 325–329.

Margriet de Moor (geb. 1941), *Straßenleben.* Aus: Rückenansicht. Erzählungen. Aus dem Niederländischen von Rotraut Keller. (c) Deutscher Taschenbuch Verlag, München 1993, S. 97 ff.

Ineke van Mourik (geb. 1949), *Ankunft aus der Provinz.* Aus: Het lege kwartier. (c) Uitgeverij Atlas, Amsterdam 1998, S. 13–16.

Harry Mulisch (geb. 1927), *Friedensdemo 1981.* Aus: Das Attentat. Aus dem Niederländischen von Annelen Habers. (c) Hanser Verlag, München 1986, S. 221 ff.

Multatuli (Eduard Douwes Dekker) (1820–1887), *Monarchie.* Aus: Woutertje Pieterse. Die Geschichte eines holländischen Jungen. Aus dem Niederländischen von Hans Bruck. Verlag Neues Leben, Berlin 1955, S. 247–251.

Nescio (J. H. Frederik Grönloh) (1882–1961), *Ordentliche und gewichtige Herren.* Aus: Kleine Titanen. Übersetzt von Michael Bahlke, Bernt Bornemann, Francis Bulhof, Barbara Fietz, Elisabeth Jahn und Ilona Riek. (c) Ammann Verlag, Zürich 1993, S. 85–88.

Cees Nooteboom (geb. 1933), *Gärung und Langeweile.* Aus: Rituale. Roman. Aus dem Niederländischen von Hans Herrfurth. (c) Suhrkamp Verlag, Frankfurt am Main 1985, S. 14–17.

Willem Jan Otten (geb. 1951), *Ente am IJ.* Aus: Der weite Blick. Roman. Aus dem Niederländischen von Annegret Böttner. (c) Residenz Verlag, Salzburg 1995, S. 112–115.

Willem Antonie Paap (1856–1923), *Akademikerleben.* Aus: Vincent Haman (1898). Uitgeverij Querido, Amsterdam 1984 (Salamander 201), S. 67 ff.

Hans Plomp (geb. 1944), *Szenenleben.* Aus: Gulle nachtmoeder. (c) Nioba Uitgevers, o. O. 1987, S. 69 f.

Frans Pointl (geb. 1933), *1946 Amsterdam.* Aus: Das Huhn, das über die Suppe flog. Aus dem Niederländischen von Maria Csollány. (c) Amman Verlag, Zürich 1992, S. 13 ff.

Christian Reuter (1665 bis nach 1712), *Titanic 1697.* Aus: Schelmuffskys Wahrhafftige Curiöse und sehr gefährliche

Reisebeschreibung Zu Wasser und Lande. 1. Theil (1696). Werke. Herausgegeben von Georg Witkowski. Insel Verlag, Leipzig 1916, Bd. II, S. 198–203.

Gerard Reve (geb. 1923), *Silvester 1946*. Aus: Die Abende. Eine Wintergeschichte. Aus dem Niederländischen von Jürgen Hillner. (c) Merlin Verlag, Gifkendorf 1988, S. 373–376.

Renate Rubinstein (1929–1990), *Feuerwehr*. Aus: Nichts zu verlieren und dennoch Angst. Aus dem Niederländischen von Johannes Piron. (c) Suhrkamp Taschenbuch Verlag, Frankfurt am Main 1993, S. 54 ff.

Peter van Straaten (geb. 1935), *Schulden*. Aus: Agnes. Szenen eines unordentlichen Lebens. Aus dem Niederländischen von Sibylle Mulot. (c) Kabel Verlag, Hamburg 1995, S. 93 ff.

Albert Vigoleis Thelen (1903–1989), *Grachteninnenleben*. Aus: Der Schwarze Herr Bahßetup. (c) Claassen Verlag, Düsseldorf 1983, S. 43 f.

Cornelis Bastiaan Vaandrager (geb. 1935), *Vom Fischerdorf zur Weltstadt*. Aus dem Niederländischen von Hans Theo Asbeck. Aus: Unbekannte Nähe. Moderne niederländische Lyrik bis 1980. (c) Straelener Manuskripte Verlag, Straelen 1985, S. 239.

Dragan Velikić (geb. 1953), *Wie Seelen im Wasser des Kanals*. Aus: Dante-Platz. Aus dem Serbischen von Bärbel Schulte. (c) Wieser Verlag, Klagenfurt/Celovec 1999.

Simon Vestdijk (1898–1971), *Nachts an der Amstel*. Aus: De laatste kans (1960). (c) Uitgeverij Nijgh & Van Ditmar, 's-Gravenhage/Rotterdam o. J., S. 268 ff.

Joost van den Vondel (1587–1679), *Verkündigung und Legitimation eigener Größe 1637*. Aus: Gysbrecht van Aemstel. Trauerspiel aus dem Jahre 1673. Aus dem Holländischen übertragen von G. H. de Wilde. F. A. Brockhaus, Leipzig 1867, S. 93 f.

Theun de Vries (geb. 1907), *Rembrandt (II)*. Aus: Rembrandt. Roman. Aus dem Niederländischen von Eva Schumann. (c) Verlag Bruno Henschel und Sohn, Berlin 1950, S. 13 ff.

Richard Wagner (geb. 1952), *Der Himmel von New York im Museum von Amsterdam*. Aus: Der Himmel von New York im Museum von Amsterdam. Geschichten. (c) Frankfurter Verlagsanstalt, Frankfurt am Main 1992, S. 106.

Georg Ludwig Weerth (1822–1856), *Brief aus Amsterdam*. Aus: Sämtliche Werke. Herausgegeben von Bruno Kaiser. Aufbau Verlag, Berlin 1957, Band V, S. 227 f.

Grete Weil (geb. 1906), *Deportation*. Aus: Tramhalte Beethovenstraat. (c) Verlag Nagel & Kimche, Zürich 1992, S. 31–34.

Die Texte, für die kein Übersetzer angegeben ist, wurden vom Herausgeber übersetzt.

EUROPA ERLESEN

Bisher erschienen in der Reihe EUROPA ERLESEN folgende Bände:

AMSTERDAM, BARCELONA, BERLIN, BUKAREST, DALMATIEN, DUBLIN, FRIAUL, GALIZIEN, ISLAND, ISTRIEN, KÄRNTEN, KARST, LAPPLAND, LJUBLJANA, MÄHREN, MOSKAU, MÜNCHEN, NIEDERÖSTERREICH, PLOVDIV, PRAG, ROM, SALZKAMMERGUT, SANKT PETERSBURG, SIEBENBÜRGEN, TRIEST, VENEDIG, WIEN, ZÜRICH, SOWIE

die Themenbände IN ANDERER AUGEN, DIE LETZTE REISE, SENZA CONFINI – BREZ MEJA – OHNE GRENZEN, WEIHNACHTEN UND WIENER EINSTELLUNGEN.

Pressestimmen zu EUROPA ERLESEN

Das alte Europa als unentdeckter Kontinent – dieses Paradox kann zumindest in einer Hinsicht Geltung für sich beanspruchen: Die literarische Landkarte des Abendlands weist gerade für den deutschsprachigen Leser noch viele weiße Flecken auf. Gerade in einer Zeit, die im Osten politische und im Westen ökonomische Grenzlinien zu Fetischen kultureller Identität macht, kommt der Aufmerksamkeit für Randregionen ein gesteigerter Wert zu: In der Schnittmenge von Eigen- und Fremdbild entsteht das unverwechselbare Profil von Gegenden, die sich selbstbewußt in die Vielfalt Europas einpassen.

Neue Zürcher Zeitung

Eine Verführung zum Lesen sind die Bücher der Reihe Europa Erlesen des Wieser Verlags: erlesene Literatur, um sich die Besonderheiten der Regionen und Städte Europas zu erlesen. Eine Reise durch Europa, die bereits viele Stationen aufweist. Beginnen kann man gleich in Kärnten: Die Liste der Autoren ist lang, das literarische Paket umfangreich. Das Wort von Christine Lavant: »Kauf uns ein Körnchen Wirklichkeit! Wir könnten doch endlich auch Schwarzbrot essen statt eingezuckerte Engel« ist die Aufforderung, mehr von Literatur zu kosten: vom »Land des Durchzugs, der Ängste und des Stolzes, des Aufschreis und der Begeisterung«, das Land auch, das »in all den Jahrhunderten beengende Grenzen zu sprengen« bemüht war.

Kirchenzeitung

»Senza confini – Brez meja – Ohne Grenzen«, so nennt Verleger und Herausgeber Lojze Wieser einen Band seiner ebenso erfolgreichen wie verdienstvollen Reihe Europa Erlesen: eine ausgezeichnete Übung, uns zu be- und erlesenen Europäern zu machen, ein Nachhilfekurs in »Europäisch-Fühlen«. Das Olympiaprojekt »Senza confini« ist vorläufig gescheitert, Wieser dagegen hat längst alle Grenzen aufgehoben, wenn er uns mit Hilfe vieler Dichterstimmen auf literarischen Wegen durch dieses »Wortland« führt, durch den trotz mancher Gegensätze von so viel Gemeinsamem durchtränkten Raum Kärnten-Slowenien-Triest-Friaul. All diesen Landschaften sind auch Einzelbände gewidmet, in dieser Gesamtschau wird die Einheit in der Vielfalt jedoch noch viel greifbarer.

Kronen Zeitung

Laibach kennt eh jeder, vermeinen die Nachbarn im Norden – aber nein, die allerwenigsten nur kennen Laibach, die »Liebliche«. Der Band »Ljubljana« in der vorzüglichen Reihe Europa Erlesen sammelt Erfahrungen, welche Dichter mit der »Lieblichen« gemacht haben. Zu Worte kommt Fritz von Herzmanovsky-Orlando mit seiner eingetroffenen Prophezeiung eines »Reich der Tarocke« in den Grenzen des heutigen Sloweniens, mit welcher er Nostradamus an Präzision bei weitem aussticht, Johann Gottfried Seume berichtet von kulinarischen Wonnen: sogar die Franzosen wollten in Laibach »weiter nichts als essen«. Dichter aus Laibach und aus ganz Europa, lebende und tote, Valvasor und Anastasius Grün, Drago Jančar, Josip Vidmar, Edvard Kocbek huldigen der »Lieblichen«: Ein Pflichtbuch. Mitnehmen, hinfahren, träumen!

Kärntner Tageszeitung

Herzlichen Dank für das schöne Buch Europa Erlesen Dalmatien. Der Band und die Auswahl könnten nicht besser sein, in jeder Hinsicht gelungen. Ich bin zwar selbst kein Freund von Anthologien. Doch ist mir klar, daß eine »europäische« Literatur ohne solche Sammlungen noch schwerer entstehen würde. Ich bin froh, in dem Band vertreten zu sein.

Paul Parin

Eine Einstiegsdroge – ohne diese kleinen Bände mag man gar nicht mehr verreisen.

Kleine Zeitung

Aus diesen Büchern wächst das Land.

Günther Hödl

Durch die Blicke von Außen und von Innen bieten diese kleinen Bände ein vielseitiges Porträt von Landschaften und Städten, sodaß allein schon die Lektüre zu einem buchstäblichen Reiseerlebnis wird.

Neue Zürcher Zeitung

Echte Kulturmenschen erkennt man in Zukunft daran, ob sie diese kleinen Büchlein eingesteckt haben.

ORF, Treffpunkt Kultur

Europa. Die alte Welt. Gemeinschaft der Völker. Ein Verleger zog aus, das christliche Abendland beim Wort zu nehmen (im späten Licht glüht der Okzident) und die römisch-katholische Welt mit der der Orthodoxen zu versöhnen und beide mit dem Reich der Muslime. Grenzen überwinden will er, Mauern einreißen, will das Zentrum mit den Rändern versöhnen, die reiche Dame Europa mit den Schmuddelkindern vom Hinterhof. Der Macht der Dummheit stellt er Bücher entgegen, entwaffnende Waffen. Stück für Stück wächst die Reihe, Stein um Stein: Wieser errichtet eine Wand aus Büchern in erdigen Farben, einen niedrigen Wall, um die Barbaren fernzuhalten von den heiligen Stätten der Kultur. Wegweiser durch unwegsames Gelände sind diese Breviere, handlich-handfeste Kompendien guten Geschmacks. Versammlung der Wortgewaltigen. Landkarten von Landschaften des Geistes, auf denen jeder Hohlweg, jeder Sommertag aus fremder Menschen Kinderzeit so verzeichnet ist, als wär´s ein Teil der eigenen Kindheit.

Neues Deutschland

Eine ausgezeichnete Idee des Klagenfurter Verlegers Lojze Wieser bringt unter dem Leitwort Europa Erlesen neuartige und sehr gefällig gestaltete Landschafts- und Wanderbücher heraus, allerdings keine touristischen. Mit viel Sorgfalt und ruhigem Bedacht sind literarische Zeugnisse mehrsprachiger Herkünfte, unterschiedlicher Heimatgefühle, Erfahrungen und Blickpunkte nebeneinandergestellt.

Bücher Bord

Im Herbst 1996 startete der Klagenfurter Wieser Verlag die literarisch wie geographisch anspruchsvolle Reihe Europa Erlesen. In der Zeit von Globalisierung und Eurofizierung betonen diese Publikationen die Unterschiede zwischen den Regionen. Texte bekannter und weniger bekannter Dichter öffnen die Wunderkammern der kleinen Räume. Diese Büchlein halten ihr Versprechen: Aus den blinkenden Steinchen von Feuilletons, Gedichten, Landschaftsbetrachtungen und Portraits entsteht als dichtes Mosaik ein Bild von Lebensweise und Kultur, wie es kein Reiseführer vermitteln kann. Handlich, mit Goldprägung und Lesebändchen, sind die kleinformatigen Büchlein wahre Kleinodien.

Die Zeit

Das Bild, das aus der Vielfalt der Textbeiträge entsteht ist sehr viel bunter als der beste Farbdruck vermitteln könnte. Die Sache ist sehr viel einwendiger angelegt, und das ist gut so, denn eine Reise, die auch den Kopf beschäftigt und nicht nur den Bleifuß am Gaspedal, eine solche Reise hat noch keinem geschadet.

Salzkammergut Zeitung

An Handlichkeit und schönem Design sind die kleinen literarischen Anthologien aus dem Wieser Verlag unübertroffen. Daß Istrien ebenso wie der Karst oder Mähren zu den weniger bekannten Regionen Europas zählen, ist ein weiterer Pluspunkt für die neue Reihe. Der Verlag hat es sich zum Ziel gesetzt, Europa auch und ganz besonders an seinen Rändern zu »erlesen«, politische Grenzen spielen in diesem Konzept keine Rolle, denn es geht nicht um das Europa der EU, sondern um den gesamten Kontinent – von Island bis zu den Karpaten.

Frankfurter Allgemeine Zeitung

Der Wieser Verlag in Klagenfurt ist auf die ebenso einfache wie einleuchtende Idee gekommen, den Europagedanken über die Grenzen der EU-Länder hinaus zu spannen. Diese Reihe verspricht eine unendliche Geschichte zu werden. Hübsch ist auch die Ausstattung der kleinen Bücher mit Goldprägung und Lesebändchen, und man fragt sich, warum der Verlag diese Schmuckstücke fast verschenkt.

Der Tagesspiegel

Europa Erlesen heißt Wiesers Projekt, für das die verstaubten Handwerkszeuge des enzyklopädischen Zeitalters aus dem methodischen Winkel hervorgekramt wurden. Er vertraut dem genauen Hinsehen, dem geduldigen Zuhören, er pflegt die Tugenden des Sammlers, der an Plätzen, die er kennt, das Unerwartete findet und entdeckt. Europa Erlesen ist auch deshalb ein altmodisches Vorhaben, weil es dem naiven Glauben an die Erzählbarkeit der Welt treu bleibt.

Der Standard

Neu in der Reihe EUROPA ERLESEN

Literaturschauplatz

Der Wieser Verlag leistet innerhalb der Reihe EUROPA ERLESEN einen weiteren kartographischen Beitrag, indem er eine zweite Abteilung begründet: den Literaturschauplatz.

Wir eröffnen diese mit Pazin in Istrien mit dem ersten vorliegenden Band. In loser Folge werden weitere literarische Werke des erlesenswerten Europa folgen.

EUROPA ERLESEN
Literaturschauplatz Pazin

Jules Verne:
Mathias Sandorf
Gebunden, Fadenheftung, Prägedruck,
bedruckter Vor- und Nachsatz

740 Seiten, nur öS 288,-/DM 39,60/sfr 38,-
ISBN 3 85129 287 1

Der Roman »Mathias Sandorf«, eine Geschichte des Widerstandes der Magyaren gegen die Vorherrschaft der Habsburger innerhalb der k. und k.-Monarchie. Der Anführer Mathias Sandorf wurde in die Festung von Pazin verbracht und dort festgehalten. Für die Schergen ein sicherer Ort, über einem Felsvorsprung gelegen, der eine Flucht von vornherein ausschloß.